Franziska Steinhauer

Das Café, der Wald und der Tod

AF197354

Franziska Steinhauer

Das Café, der Wald und der Tod

edition krimi

Steinhauer, Franziska: Das Café, der Wald und der Tod.
Hamburg, edition krimi 2023

1. Auflage 2023
ISBN: 978-3-948972-97-4

Dieses Buch ist auch als eBook erhältlich und kann
über den Handel oder den Verlag bezogen werden.
ePub-eBook: ISBN 978-3-948972-98-1

Lektorat: Bianca Weirauch, Weida
Korrektorat: Sabrina Emrich, Mainz
Umschlaggestaltung: Kim Hoang, Guter Punkt, München
unter Verwendung von Motiven von iStock/Getty Images Plus
und iStockSatz
Typografie & Herstellung, Julia Walch, Bad Soden

Bibliografische Information der Deutschen Nationalbibliothek:
Die Deutsche Nationalbibliothek verzeichnet diese Publikation in
der Deutschen Nationalbibliografie; detaillierte bibliografische Daten
sind im Internet über https://www.dnb.de abrufbar.

Die edition krimi ist ein Imprint der Bedey & Thoms Media GmbH,
Hermannstal 119k, 22119 Hamburg.

1

Die Gestalt huschte am Spreeufer entlang.

Geduckt.

Ungelenk.

Als täte sie dergleichen nicht oft.

Aus der Deckung des Buschwerks starrte sie suchend in die Dunkelheit.

Wo zum Henker war der Kerl denn nur?

Irritiert überlegte die Gestalt, ob etwas an der »Einladung zum Gedankenaustausch« missverständlich formuliert gewesen sein könnte. Rief sich die überschaubaren Zeilen ins Gedächtnis. »Sehen uns am 25. um vier Uhr morgens an der Spree. Bekannte Kurve, üblicher Platz. Verkleidung als Angler! Wenn du nicht kommst, findet dich der Tod!«

Nein! Da gab es kein Vertun!

Wo hockte der Kerl bloß?

Die Gestalt lief möglichst geräuscharm weiter. Ganz ließen sich Rascheln und Knacken nicht vermeiden. Gerade bei einem, der im Anschleichen ungeübt war.

Glaubte der Arsch etwa, er könne die Sache aussitzen? Sich unsichtbar machen und einfach abwarten? Das konnte und würde ihm nicht gelingen! Die Sache duldete keinen Aufschub.

Weil Zorn sich in ihm ausbreitete, wurden die Bewegungen eckig und der herumschleichende Schatten blieb nicht länger unentdeckt. Vögel schreckten im Schlaf auf, die eine oder andere Ente startete einen Fluchtversuch ins Wasser.

Da!

Plötzlich tauchte der Angler direkt vor ihm auf!

Wirkte, als sei er von den Geräuschen der Tiere nicht irritiert, glaubte wohl an einen jagenden Fuchs.

Idiot!

Was für eine unprofessionelle Verkleidung!, amüsierte sich der Schatten still, sieht man sogar im Finstern, dass das kein echter Angler ist! Klapphocker, mehrere ausgeworfene Angeln in Halterungen, Eimer für den Jagderfolg, ein Weidenkorb, aus dem eine Thermoskanne herausragte, daneben ein Päckchen, in dem sicher Proviant für den Angler steckte. Und der Mann selbst in regendichtem Cape und kniehohen Gummistiefeln.

Viel zu plumper Versuch, zu dick aufgetragen!

Drei schnelle Schritte.

Ein kräftiger Schlag mit dem unterwegs aufgelesenen Stein.Das Knacken von Knochen. Die Gestalt spürte deutlich, wie Gewebe, Blut, Splitter und Hirnmasse zusammen mit dem Stein anhaftenden Erdresten auf ihn niederprasselten. Bis ins Gesicht war ihm das widerliche Zeug gespritzt. Zur Sicherheit holte er noch mehrfach aus, kraftvoll trafen seine Schläge den Hinterkopf. Er war froh, dass er im Dunkeln nicht genau sehen konnte, was genau er anrichtete.

Sprang vorsichtshalber zurück, falls der Typ ihn packen wollte.

Ein einzelnes leises Aufstöhnen noch.

Ruhe.

Alles erledigt.

Der Schatten schlich wieder näher an den Körper heran. Drehte mit dem Fuß den Kopf des Niedergestreckten in seine Richtung und leuchtete dem Erschlagenen ins Gesicht.

Pfiff erschrocken durch die Zähne.

»Scheiße!«, fluchte der Schatten. »Der ist es nicht.«

Er hatte einen in der Gegend namhaften Angler erwischt.

»Nun ja, schade ist es um dich nun auch wieder nicht«, murmelte er dann, schlug mehrfach auf das Gesicht ein, als ließe sich sein Fehler durch die Verwüstung wortwörtlich unerkennbar machen, brach mit derart gereinigtem Gewissen zur Suche nach dem Richtigen auf.

Wenig später entdeckte er einen weiteren Angler am Ufer.

Diesmal war er sicher, den Gesuchten vor sich zu haben. Der Dilettant hatte nicht einmal eine Angel ausgeworfen, geschweige denn irgendwelche Utensilien parat, die das Jagen und Töten von Fischen notwendig machte.

Diesmal war es bestimmt der Richtige!

Alles lief wie beim ersten Mal.

Kein Wunder – er hatte nun schon Übung.

Zufrieden grunzte der Schatten, als er kurz in das Gesicht seiner Beute leuchtete.

Dann zerstörte er es.

2

Angela Liebetanz sprang gut gelaunt noch vor dem Klingeln des Weckers aus dem Bett. Strubbelte durch die Kurzhaarfrisur, wurde von Jonas, dem anhänglichen Mischling, freudig begrüßt. Nach einem schnellen Frühstück für beide schlüpfte sie in Jeans und ein rotes T-Shirt mit dem Namenszug ihres Cafés: Gurken, Quark und Leinöl. Jonas setzte sich neben die Tür. Wartete.

»Na, du Drängler! Ich bin ja gleich so weit.« Sie strich dem Tier über den Kopf, kraulte es an den Ohren, was Jonas ganz besonders liebte. »Nur noch ein bisschen Farbe ins Gesicht zaubern, dann gehen wir los.« Mit geübten Bewegungen zog sie die Augenbrauen nach, konturierte die Augen mit schwarzem Kajal und betonte die kräftigen Wimpern mit Tusche. Zum Schluss bekamen die Lippen die für ihr neues Leben als Besitzerin eines Cafés typische rote Farbe. Zufrieden strahlte sie sich im Spiegel an.

»Für heute Abend hat sich eine Geburtstagsfeiergruppe angesagt und vorab aus der Karte nur die besten Gerichte gewählt.« Die junge Frau lachte leise bei diesen Worten, schließlich war in ihrer Karte ausschließlich das Beste zu finden. »Wir brauchen noch ein paar Dinge für die Würze und die Tischdeko«, informierte sie ihren Mitbewohner, der sich fest an ihr Bein schmiegte, als sie vorbeigehen wollte, ohne noch einmal zärtlich zu kraulen.

Damit der Hauch des Besonderen den Gästen in Erinnerung bleiben würde, waren noch einige spezielle Zutaten notwendig, die das Festessen um eine markante Note bereicherten und nur frisch gesammelt die gesamte Fülle ihres Aromas beisteuerten.

Als die beiden Frühaufsteher sich vom Parkplatz aus zur Spree aufmachten, freute sich Angela auf die Sonne, die schon den Himmel zaghaft erhellte. Ihr Schritt war forsch und fest, Jonas hielt locker mit. Ihre Gedanken kreisten um die Veränderungen, die sich in ihrem Leben ergeben hatten. Sie fand, alles sei gut. Die kleine Konditorei »Gurken, Quark und Leinöl« in Heidesaum brummte, die »Gurke«, wie man das Café liebevoll nannte, war längst in der weiten Umgebung ein Geheimtipp. Man verschenkte gern exklusive Keksvarianten, die ungewöhnlichen Marmeladensorten, extravagante Torten und Kuchen. Ihre überschaubare Speisekarte bot Gourmets überraschende Zungen- und Gaumenerlebnisse und Gourmands mussten nicht hungrig vom Tisch aufstehen. Das Lob der Gäste beflügelte ihre Fantasie.

Sicher, eine einstweilige, vielleicht gar endgültige Trennung hinterließ die eine oder andere Narbe, auch wenn man sich in Freundschaft verbunden blieb. Ihr Noch-Ehemann Hagen war Stammkunde in ihrem Café.

Auch den Job an den Nagel zu hängen, der mal der Traumberuf war, war nicht leichtgefallen. Sie seufzte, schulterte ihre Tasche für die Kräuter neu. Von Polizistin in Dauerstress auf null Action. Wenn sie jetzt gelegentlich der Drang nach Spannung und Abenteuer überfiel, probierte sie ein neues Rezept aus!

Ihre Hand strich sanft über Jonas' Rücken.

»Aber das Beste bist du!«, versicherte sie ihm, dachte dankbar an ihre Freundin Nele, die den Welpen zu ihr gebracht hatte. Angeblich mutterlos, sollte Angela ihn für eine gewisse Zeit aufnehmen und hochpäppeln. Die ganze Hunde-Familie sei verendet bei einem illegalen Züchter aufgefunden worden – es gab nur einen Überlebenden. Natürlich hatte Nele gewusst, dass sich die Freundin von ihrem Jonas nie wieder trennen würde.

In der letzten Nacht war leichter Regen gefallen und nun hatte sich der Boden an manchen Stellen in eine glitschige Rutschbahn verwandelt.

Vorsichtig quietschten sich die Gummistiefel voran.

Jonas war unruhig, stupste sie nervös gegen den Oberschenkel. »Na, was ist denn? Gehe ich dir zu langsam? Auf dem Rückweg toben wir noch eine Viertelstunde – versprochen!«

Schnell entdeckte sie, wonach sie gesucht hatte.

Ziegenfuß!

Angela zückte die kleine Sichel, beugte sich über ein paar kurze Büsche am Ufer, packte die Pflanze am Stiel, kappte gekonnt knapp oberhalb der Erde, während Jonas immer wieder witterte und um sie herum durch den Matsch patschte, auffordernd bellte. »Hey. Ich muss mich ja komplett umziehen, wenn du so spritzt«, lachte sie über das Ungestüm des Hundes.

Ihre Augen entdeckten plötzlich etwas anderes.

Der Schuh gehörte da nicht hin!

Es gab genug Mülleimer hier, in die man so etwas hätte entsorgen können – aber einfach ins Wasser? Eine einzige Dreistigkeit! Ein Gummistiefel! Der würde hier vielleicht tausend Jahre rumdümpeln und am Ende noch immer als Zivilisationsmüll zu erkennen sein. Sie beschloss, ihn mitzunehmen. Was genau sie damit beginnen wollte, stand so schnell nicht fest, aber ihr würde schon etwas einfallen, um die Menschen für das Thema »Bewusste Müllentsorgung« zu sensibilisieren.

Entschlossen packte sie nach dem schwarzen Gummiding, fühlte irritiert, dass der Schaft gar nicht leer war! Möglicherweise hatte sich ein kleiner Säuger eingemietet? Dann würde sie ihn nicht der wetterfesten Behausung berauben, sondern nur ein Foto machen. Jeder hat ein Recht auf ein Dach über dem Kopf, dachte sie und ihre Blicke tasteten sich über den Stiefel weiter in Richtung Wasser voran, die freie Hand hielt Jonas automatisch am Halsband zurück.

Erschrocken ließ sie den Stiefel los.

Unterdrückte das Bedürfnis, mit einem großen Satz zurückzuspringen.

Fingerte stattdessen ihr Handy hervor und verständigte die Polizei.

»Leichen verfolgen mich! Das kann doch gar nicht wahr sein, früher gehörte das quasi zum Job – aber den habe ich schließlich aufgegeben. Das ist nicht fair!«, murmelte sie fassungslos und wartete auf die Beamten des nahe gelegenen Reviers. Warf einen professionellen

Blick auf die Spuren am Tatort. Im Wasser trieb eine Jacke. Jeder in Heidesaum und Umgebung wusste, wem die gehörte.

»HL? Du liebe Güte. Hast du wieder einen Streit angefangen?«, murmelte sie leise.

Die Kollegen der Forensik würden bestimmt versuchen, Schuheindruckspuren zu sichern. Doch offensichtlich war der Täter im Schlamm eher gerutscht denn gelaufen.

Knochenteile, Blut, Haarbüschel. Schaudernd wandte sie sich zu ihrem vierbeinigen Freund um.

»Weißt du, Jonas, den Ziegenfuß für die Küche werden wir besser an einer anderen Stelle ernten!«, beschloss sie dann.

3

Wie erwartet füllte sich das kleine Café zügig, kaum dass Angela die Tür geöffnet hatte.

Natürlich.

Schließlich gab es heute jede Menge Gesprächsbedarf.

Irmgard, eine mütterliche Freundin der Cafébesitzerin und Stammgast in der »Gurke«, bestellte wie immer ihren Kaffee mit Schuss, womit sie den heimischen Whiskey meinte, der »um die Ecke« gebrannt wurde.

Den duftenden Kaffee selbst bezog das Café aus einer Rösterei am Altmarkt in Cottbus, einer Universitätsstadt im Spreewald, und der Eierlikör, den es auf Wunsch auch als Topping gab, war »Sanftes Gelb« aus Senftenberg. Brandenburger Spezialitäten. Allesamt.

Angelas Kunden probierten sich leidenschaftlich gern durch all die verschiedenen Varianten.

Als sie die Tasse mit Sahnehaube und Schuss vor Irmgard abstellte, krallte diese ihre knochigen Finger um Angelas Handgelenk und wisperte eindringlich: »Der HL ist tot.«

Die Cafébesitzerin nickte so hart, dass ihre langen Ohrringe mit der giftgrünen Gurke am Ende lebhaft gegen ihre Wangen schlugen. »Ja, ich weiß.«

»Man hat ihn heute Morgen am Ufer der Spree gefunden! Ermordet. Noch warm, wie man so hört. Aber mal ehrlich, wer sollte den Hans-Ludwig umbringen wollen?

Der hatte doch nur seine Arbeit als Pförtner bei Gerlach und Fische im Kopf«, meinte eine junge Frau, die gerade hereingekommen war.

»Erschlagen!«, steuerte eine andere Kundin vom Nachbartisch lebhaft bei. »Mit einem Stein, hat man mir erzählt.«

»Na, Hildchen. Wenn du dich da mal nicht täuschst. Erstochen! Mit einem langen Fleischermesser«, trumpfte Käthe auf und schmatzte laut ein Stückchen von ihrer Torte.

»Also dem Malko wäre so was vielleicht schon zuzutrauen, meint ihr nicht? Messer gehören zu seinem Alltag. Wer hat den HL denn eigentlich gefunden?« Magda beugte sich weit über den Tisch, damit sie die Antwort würde verstehen können, und stellte ihr Hörgerät vorsichtshalber etwas empfindlicher ein.

»Jonas und ich«, bekannte die Besitzerin des Cafés. »Es war reiner Zufall!«, beteuerte sie und hob abwehrend die Hände, um weitere Fragen abzublocken. »Und ich weiß auch nicht mehr als ihr!«

»Ha!«, mimte Irmgard die Empörte. »Da hast du Informationen aus erster Hand und fütterst uns neugierige Kundschaft nicht!«

»Na, weil ich doch auch nichts weiß! Man hat mich genauso weggeschickt, wie man es mit jedem anderen tun würde. Ich arbeite nicht mehr für den Verein! Aber warum es jemandem notwendig erschien, ausgerechnet unseren Superangler umzubringen, würde mich schon auch interessieren.«

Sie stand inzwischen hinter der Theke und verpackte die Schokolade mit Zimt und Thymian für Karin in eine dekorative Schachtel. Die Leckerei sollte sicher ein Geschenk werden. »Fahren Sie heute wieder zu Ihrer Tante?«

Die Kundin nickte.

»Sie wissen ja, die schwört auf Zartbitter plus.« Karin strahlte. »Sie sagt, in ganz Berlin gibt es so etwas Leckeres nicht. Seit ich Ihre Schokolade mitbringe, bin ich zur Lieblingsnichte aufgestiegen.«

Irmgard warf der plaudernden Angela einen nachdenklichen Blick zu. Einmal Polizei, immer Polizei, dachte sie und die junge Frau tat ihr plötzlich leid. Da wollte sie eigentlich nur ihre Ruhe und möglichst viel Abstand zu den Gräuel der Welt haben – und zack! wurde sie davon eingeholt, stolperte unversehens in einen Mordfall. Der würde sie nun nicht mehr loslassen, hatte sie den Toten ja gefunden. Hoffentlich, dachte Irmgard halb besorgt, halb wohlig erwartungsvoll, weitete sich das Ganze nicht noch aus.

»Warst du denn nicht erschrocken, als du den Toten gesehen hast?«, fragte Käthe, leckte sensationslüstern über ihre Lippen. »War doch sicher alles voll Blut, oder? Ist es wohl in jedem Fall, nicht wahr? Egal ob er nun erstochen, erschossen oder erschlagen wurde.« Sie beugte sich noch weiter vor. »Nun sag doch mal!«

»Nein!«, entschied Angela. »Morgen steht alles in

der Zeitung. Tatortbeschreibung passt nicht zu einem Plausch bei Schokolade und Plätzchen.«

Sie reichte Karin das liebevoll verpackte Kistchen über die Theke. »Vielen Dank, Frau Liebetanz. Da ist ja schon die Verpackung ein Erlebnis.« Die Kundin wandte sich zu den Gästen um. »So eine schreckliche Tat in unserem friedlichen Heidesaum. Hoffentlich klärt die Polizei den Fall schnell auf«, meinte sie und winkte freundlich zum Abschied.

»Weiß eine von euch eigentlich, wie alt Thomas Kluge heute wird?«, lenkte Angela die Damen zu einem neuen Thema um.

»Der Thomas Kluge? Ich wusste gar nicht, dass der heute schon wieder dran ist! Hm, damals, als der seinen Job bei der NVA verloren hat, war er da erst 25 oder schon 30?«, wandte sich Käthe an Irmgard.

»Zu der Zeit, als der Wagen des Parteisekretärs vor dem Rat der Stadt in Brand gesetzt wurde, war er jedenfalls nicht dabei!«, behauptete Magda. Genüsslich nahm sie einen großen Schluck ihres Kakaos und schloss für einen Moment genießerisch die Augen. »Mhmm! Also wirklich, meine Liebe – Ihr Kakao, Ihre Torte, ein Träumchen!«

Irmgard verdrehte die Augen. Diese Formulierung, einem Fernsehkoch entliehen, ging ihr gehörig auf die Nerven. Wie hieß der gleich noch mal? Ach ja! Lichter! Der mit dem Bart!

»Wann soll das denn gewesen sein? Brandanschlag vor dem Rat der Stadt?« Käthe schüttelte den Kopf. »Doch nicht hier, oder?«

»Ne, Cottbus, glaube ich. Aber der Thomas geht doch auch in der besagten Kurve angeln, von der Hans-Ludwig immer geschwärmt hat. Wurde dort die Leiche ...? Na, wenn das so ist, dann wird sich der Thomas sicher einen neuen Platz suchen. Wer mag schon im Dunkeln allein am Schauplatz eines Mordes sitzen? Unbewegt. Sonst erschrecken sich die Beutetiere und nix ist's mit dem Angelerfolg. Mit dem Rücken zu all den Menschen, die dort rumschleichen und womöglich etwas Böses im Schilde führen!«

4

Bei Metzger Malko in Heidesaum wurde auch über den Mord diskutiert, wenn auch zunächst deutlich verhaltener als im Café.

»Der Hans-Ludwig? Ehrlich jetzt? Unser berühmter Angler?«

»Genau der! Heute früh hat man ihn gefunden. Ermordet.«

»Mann! Warum denn? Gab es wieder Streit über einen Fisch?«

»Ich hab' jedenfalls nichts davon gehört. Ist ja schlimm, erst der Sohn und nun der Vater.«

»Mit dem Jungen hat er sich ja auch nie verstanden. Manchmal hat er gar behauptet, der Bastard sei nicht von ihm.«

»Nun, als Mann kann man sich letztlich in dieser Frage nie sicher sein.«

So ging es vor der Wursttheke hin und her.

Simone, Fachverkäuferin bei Malko, hörte zu, sah von einem zum andern. Wegen der Ablenkung dauerte das Bedienen des einzelnen Kunden sehr lang. Aber da ja alle mitredeten, störte es wohl auch keinen. Sie hätte sich gern in die Diskussion eingemischt, aber das war natürlich vollkommen ausgeschlossen. Schließlich durfte sie keinen Kunden vergraulen, ganz gleich, welcher Meinung der war.

Also beschränkte sie sich darauf, geschickt mit ihrer Frage in eine Atemholpause des Kunden zu stoßen.

»Hundert Gramm Bierschinken.« Sie legte das erste Päckchen zur Seite. »Darf es sonst noch etwas sein?« Dabei ließ sie die langzinkige Gabel über der Auslage schweben und lächelte einladend.

»Ach, was redet ihr für einen Blödsinn«, mischte sich die schwankende Fistelstimme Gottfrieds ein und er unterstrich diese Einleitung mit einem kräftigen Rums! seines Stockes. »Immer das gleiche Gesülze hier, wenn einer den Löffel abgibt! Wehe, ihr macht das auch bei mir so, wenn ich endlich in die Grube falle! Der Hans-Ludwig war ein Arsch, wie er im Buche steht!«

»Stimmt schon«, räumte ein Bariton zögernd ein. »Der HL hat immer gern queruliert!«

»Na eben! Hat so getan, als seien die Fische in der Spree sein Eigentum, er der Einzige, der zum Angeln berufen sei. Jeden anderen hat er abschätzig behandelt, fast so, als entstamme er fürstlichem Hause und der Rest der Menschen hier sei Plebs.«

Irmgard, die zwischen den anderen Kunden wartete, hatte eine Weile schweigend zugehört. Nun, entschied sie, war der richtige Moment, sich einzumischen.

»Deshalb ermordet man doch keinen!«, gab sie zu bedenken.

Gottfried konterte: »Ach, ich weiß nicht! Wenn einer ständig nur für Ärger und Unfrieden sorgt, mag mancher zu der Einsicht gelangen, die Welt sei ohne den Quertreiber eine bessere!«

»Wie ist er denn ermordet worden?«, fragte jemand aus der hinteren Reihe.

»Erschlagen!«, antwortete Irmgard prompt. »Die Angela aus der ›Gurke‹ hat ihn in der Frühe gefunden. Beim Kräutersuchen. War wohl kein schöner Anblick.«

»Erschlagen also. Hm. Dann war es am Ende möglicherweise gar kein Mord.« Pfarrer Schulzes tragender Bass mischte sich nun ein. Alle drehten sich verwundert bis empört zu ihm um. »Nun ja. Es könnte schließlich ein Stein verwendet worden sein, der am Ufer lag, eine Waffe, die man jederzeit finden, aufnehmen und benutzen konnte. Wir alle wissen um HL und seine Reizbarkeit. Möglich, dass er mit jemandem in einen heftigen Streit geriet, der ähnlich aufbrausend reagierte, einen Stein aufhob und im Zorn kräftig zuschlug. Dann ist es am Ende zwar ein Tötungsdelikt, aber nicht unbedingt ein Mord. Der Gesetzgeber unterscheidet da in mehrere Varianten.«

»Tot ist er allemal. Und seine arme Frau kann endlich aufatmen. Es wird Ruhe unter den Anglern eintreten. Alles gut«, fasste der Kunde vor dem Tresen kurz zusammen, zahlte den Bierschinken und schlurfte hinaus.

Die anderen sahen ihm nach.

Nachdenklich.

5

Als Pfarrer Schulze in die kleine katholische Kirche kam, wurde er bereits erwartet.

»Mein Mann ist tot!«, schluchzte die Witwe, wischte mit einem Tuch über die geschwollenen Lider, die rot geweinten Augen. »Stellen Sie sich nur vor: Jemand hat ihn ...«, weiter kam sie nicht. Die Stimme versagte.

Mitfühlend legte der Seelsorger seinen Arm um die zuckenden Schultern der Trauernden.

»Ach Anne, es ist schwer, einen vertrauten Menschen zu verlieren.« Er vermied bewusst die Formulierung vom »geliebten Menschen«. Schließlich kam Anne regelmäßig zur Beichte. »Wenn es auf solche Weise passiert, fühlt es sich besonders boshaft und unverzeihlich an. Dein Mann war ein unbequemer Mensch, hatte viele Leute in Heidesaum mehr als nur gegen sich aufgebracht. Manche waren ihm gegenüber direkt feindselig eingestellt. Denk nur an die arme Familie und die bedauernswerte Katze. Was selbstverständlich keine Entschuldigung für eine solche Tat sein kann!«, schloss er eilig, weil er spürte, wie sich der Körper der Witwe in seinem Arm versteifte.

»Erschlagen!«, weinte sie. »Wie kann man nur einen Menschen totschlagen! Sicher, manche Bauern tun das mit jungen Katzen. Schlimm und absolut verabscheuungswürdig! Aber einen Menschen! Womöglich hat er ihm dabei in die Augen gesehen!«

»Damit hast du natürlich vollkommen recht, Anne. Die Polizei wird den Täter hoffentlich schnell finden. Ihn wird erst die irdische Gerechtigkeit einholen und später die göttliche. Der Weg in die Ewigkeit wird steinig und qualvoll für ihn sein.«

»Plötzlich reden alle schlecht über HL! Das haben sie sich nicht getraut, als er sich noch hätte wehren können.«

»Mag sein, dass sich nun die ihren Ärger von der Seele reden, die es zuvor nicht gewagt haben. Die zu feige waren. Sehr gut möglich. Aber dich hat er geprügelt. Kannst du ihm alle die Schläge, die Schmerzen vergeben?«, fragte der Pfarrer leise.

Anne senkte den Blick. Flüsterte: »Nein.«

»So mischt sich in deine Trauer Ärger über seine Brutalität.«

Sie nickte.

»Ihr habt euch gestritten gestern Abend?«

Wieder ein Nicken.

»Es fühlt sich für dich nicht richtig an, dass er im Zorn aus dem Haus gegangen ist und die Situation nun unbereinigt bleibt. Es ging um deinen Sohn?«

»Ja.«

»Nach all den Jahren?«

»Bevor er die Tür zuzog, erklärte er, es sei nur gut, dass der Junge schon tot sei, denn sonst hätte er all die Jahre ein Kuckuckskind durchbringen müssen. Einen Kegel! Den Bastard einer Hure!«

Der Pfarrer nahm die zitternde Hand der Witwe, streifte den Ärmel des Pullovers hoch.

»Was war es diesmal?«

»Der Schraubenschlüssel, mit dem er den Wasserhahn in der Küche repariert hatte. Vielleicht heißt das Ding auch Rohrzange – ist eigentlich gleichgültig, nicht wahr? Der Hieb kam ganz und gar unerwartet, ich konnte nicht ausweichen.«

»Soll ich dich zum Arzt fahren? Vielleicht ist der Arm gebrochen.«

»Nein. Es wird mich an meine Schuld erinnern. Manche sagen, er sei vielleicht mit jemandem in Streit geraten. Mag sein, weil er sich von mir provoziert fühlte und der Schlag nicht gereicht hat, ihn abzukühlen. Wütend war er. Meinetwegen.«

Sie stand langsam auf, trat aus der Bank.

Schwankte in Richtung Portal.

Pfarrer Schulze dachte an all die Beichten, in denen sie von den Übergriffen ihres Mannes berichtet hatte, von gebrochenen Rippen, Fingern, Armen, die der anstürmenden Gewalt nicht standhalten konnten, von brutaler Vergewaltigung. Und von den sündigen Gedanken und Wünschen der Frau, um deren Vergebung sie stets brav betete. Schließlich durfte man den Herrn nicht um den Tod eines Menschen bitten.

Ein bohrender Verdacht zupfte an des Pfarrers Magenwand: War sie diesmal nicht gekommen, um zu beichten, sondern um mit ihm zu sprechen, weil sie in die Tat umgesetzt hatte, was sie endlich befreien würde? Ein schlichtes Gespräch mit dem Pfarrer erforderte nicht das gleiche Maß an Tiefe und Wahrheit wie ein Bekenntnis im Beichtstuhl.

Nein, versuchte er den Aufruhr in seinem Inneren zu beruhigen, so konnte es nicht gewesen sein.

Obwohl ... kreisten seine Gedanken weiter um diese Frage, Motive gab es mehrere und rein körperlich hätte sie es schaffen können. In einem Moment der Überraschung, an der Spree hätte ihr Mann sie sicher nicht erwartet ... mit einem Schraubenschlüssel ... Ja, konstatierte er, durchaus möglich, denkbar, vielleicht sogar gut vorstellbar.

6

Während Angela ihre Gäste bediente, in den Pausen letzte Vorbereitungen für die Geburtstagsgesellschaft traf, kreisten ihre Gedanken voller Sorge um den jungen Camper im Waldstück nah der Spree.

Vielleicht hatte auch er den Angler gekannt? War er mit dem schwierigen Hans-Ludwig in einen heftigen Streit geraten? Gar einen Kampf, der für den älteren Angler ein tödliches Ende genommen hatte? War der junge Mann vielleicht dabei verletzt worden, brauchte Hilfe?

»Weißt du, Jonas, morgen werden wir mal nach dem jungen Mann sehen. Wir nehmen wie immer ein paar Kekse für ihn mit und das Foto, das in der Zeitung war, als HL diesen großen Wels gefangen hatte. Wir fragen einfach mal, ob er ihm schon begegnet ist. Könnte doch sein, dass die beiden brummigen Typen sogar miteinander ins Gespräch gekommen sind. Fachsimpeleien zum Beispiel.«

Der Hund setzte sich auf, warf einen warmen, braunen Blick auf sein Frauchen, antwortete, als habe er jedes Wort verstanden, mit einem leisen, zustimmenden: »Wuff!«

»Echt, mein Lieber, manchmal glaube ich wirklich, wir beide verstehen uns perfekt – manchmal selbst ohne Worte. Auf jeden Fall bist du ein ganz besonderer Freund und Lebensbegleiter!«

Die Geburtstagsgesellschaft kam pünktlich, freute sich gut gelaunt auf Angelas kreative Kompositionen. Sie hatte einige typische Spreewaldgerichte »umkomponiert« und um überraschende geschmackliche Dimensionen erweitert. So mischte sie unter den Quark für die Backkartoffel eine geheime Kräutermischung, rundete ihn mit in winzige Würfel geschnittener Spreewaldgurke ab. Ihr leicht exotisch angehauchtes Würzfleisch schmeckte nicht nur dem Geburtstagskind sehr gut – auch seine thailändische Ehefrau und deren Verwandtschaft waren begeistert.

Und natürlich gab es auch in dieser Runde nur ein Thema: Hans-Ludwigs gewaltsamen Tod.

»Wenn zwei Choleriker in Streit geraten, gehen manchmal Argumente und Puste aus. Wenn die fehlen, gilt plötzlich das Recht des Stärkeren und so setzt man gern durch Zuschlagen neue Akzente in der Diskussion.« Thomas Kluge zuckte mit den Schultern. »Dann muss man nur noch eine empfindliche Stelle treffen und schon ist einer der Streithähne tot.«

»Du meinst, er wurde Opfer seiner Streitlust? Hat provoziert?«, fragte seine Schwester nach.

»Er ist tot, wir können ihn nicht fragen. Aber vorstellen kann ich mir das gut.«

»Du willst damit sagen, er sei selbst schuld?«, bohrte die Schwester gereizt nach. »Das scheint die Lieblingsmeinung der meisten hier zu sein.«

»Nein, natürlich nicht. Schuld an seinem Tod ist der Täter. Aber der HL war, und das wissen wir alle, uneinsichtig bis zum Anschlag. Wenn Argumente fehlen, entscheidet gern das Faustrecht die Debatte.«

»Ach, das klingt nach dir! So hast du das schon gemacht, als wir noch Kinder waren!«, zickte die Schwester zurück. »Das Recht des Stärkeren! Pfffff. Keine Kunst, wenn man fünf Jahre älter als die Schwester ist!«

»Deshalb ist das Matriarchat besser!«, rief eine Freundin der Familie.

»Oh – das ist ein weitverbreiteter Irrtum, den die Frauen gern breit streuen«, widersprach deren Ehegatte sofort. »Gerade Frauen können Macht mit sehr gewalttätigen Mitteln durchsetzen!«

»Frauen verfügen über ein großes Empathievermögen«, protestierte die Gattin.

»Sie können sehr grausam sein. Denkt nur an die Machtkämpfe zwischen Elisabeth und Maria Stuart. Zwei brutale, intrigante, machtbesessene Frauen. Es konnte nur eine Siegerin geben. Eine Königin ...« Thomas Kluge sah in die Runde. »Mord in der Familie«, setzte er dann leise hinzu.

»Na, Jonas, ich glaube, es wird Zeit für die nächste Runde Sekt«, murmelte Angela und gab dem für die musikalische Unterhaltung zuständigen Gitarristen ein Zeichen, begann damit, die gefüllten Gläser zu verteilen.

Schnell wandte sich die Gesellschaft nun dem eigentlichen Grund des Zusammenseins zu. Die Gemüter beruhigten sich, es wurden keine verfänglichen Themen mehr angeschnitten.

Als die Gäste aufgebrochen waren und Stille sich über das Café senkte, räumte Angela schnell auf und bereitete einige Dinge für den nächsten Morgen vor. Jonas, der nicht in die Küche durfte, stand geduldig in der Tür, verfolgte jeden ihrer Schritte aufmerksam.

»Gleich! Ich will nur noch ein paar Brote vorbereiten. Dann brechen wir auf.«

Angela legte die Kräuterquark- und Schinken-Käse-Sandwiches in einen Korb, stellte einen Becher mit heißem Kakao dazu und signalisierte dem Hund, es sei nun Zeit für den Aufbruch.

»Wir gehen noch schnell bei Anne vorbei!« Jonas tobte los. »Ja, ist gut. Wie nehmen einen längeren Umweg! Heute musstest du ja wirklich viel Geduld haben.«

7

»Ach Angela, wie lieb von dir vorbeizuschauen!« Die Witwe umarmte die Besucherin vorsichtig, um den Korb nicht umzukippen. »Kommt rein!«

»Ist doch das mindeste, was ich tun kann«, erklärte Angela und packte ihre Mitbringsel auf dem Küchentisch aus. »Vielleicht verführt dich das zum Essen. Und in dem Kakao ist ein kleiner Schuss.«

»Ach, Angela. Ich kann aber nicht bezahlen.«

»Das sollst du doch auch nicht. Kommt von Herzen!«

»Du hast ihn gefunden, nicht wahr? Das war doch sicher fürchterlich.«

»Nun, wir haben ihn gefunden, das stimmt. Und danach hat uns die Polizei weggeschickt. Mach dir um uns keine Gedanken.« Sie strich dabei dem Hund über den Rücken, der sich fest an sie gedrückt hatte.

»Setz dich doch einen Moment.« Anne wies auf einen der Küchenstühle. »Weißt du, Hans-Ludwig hat irgendwo so eine Plastikkarte für die Bank. Aber ich kann sie nicht finden. Und mir hat er das Haushaltsgeld für diese Woche noch nicht gegeben. Der Kühlschrank ist leer und ich habe keine Ahnung, wie ich jetzt an Geld kommen soll, um einkaufen zu gehen.«

»Nun iss erst mal.« Angela schob eines der Sandwich-päckchen über den Tisch. »Wir gehen morgen zur Bank und klären das. Wenn du auf den Erbschein warten musst, helfe ich dir so lange aus. Hier wird nicht verhungert, verdurstet oder verzweifelt!«, versprach sie der Witwe des Getöteten, wunderte sich allerdings im Stillen über dessen Gebaren. Misstrauen gegen die eigene Frau, Angst vor Verschwendung? Verarmungswahn? Sonderbar.

»Mhmmmm. Ist das lecker!«, nuschelte Anne mit vollem Mund. »Und der Kakao! Eine einzige Verführung.«

»Weißt du, ob du je eine Kontoverfügung unterschrieben hast?«

Ratlose Blicke. Also wohl nicht.

»Hat Hans-Ludwig nicht irgendwo im Haus Geld deponiert? Für den Fall, dass er krank wird und nicht zur Bank gehen kann?«

»Darum habe ich mich nie gekümmert. Er meinte, das ginge mich nichts an. Für ausreichend Geld sei gesorgt. Da war es besser, nicht nachzuhaken. Geld war ein Reizthema. Da konnte er regelrecht ausrasten. Wenn ich mal etwas außer der Reihe ... nun ja. Es lag in seiner Natur. Ich bin sicher, er konnte nichts dafür, hätte lieber anders reagiert. Hinterher tat es ihm immer leid und er war richtig geknickt.«

Angela kannte das nur zu gut.

Viele Frauen warteten jahrelang auf den versprochenen Wandel, schafften es nicht, sich aus der Beziehung zu lösen – bis sie eines Tages lebensgefährlich verletzt oder gar getötet wurden.

»Aber bei welcher Bank er das Konto hat, weißt du?«

»Er hat immer gesagt, er geht zur Sparkasse Geld holen. Aber dann hätte die Karte rot sein müssen, oder?«

»Wir finden es raus. Komm morgen zum Frühstück zu mir ins Café. Wenn es ruhig ist, bitte ich Irmgard, mal eben einzuspringen. Dann suchen wir die richtige Bank, gibt schließlich nur zwei Filialen neben der Sparkasse hier, und klären alles andere. So! Aber nun muss ich los. Jonas ist noch nicht müde, wir laufen noch ein Stück!«

Draußen warf sie einen Blick zurück – auf das einzige erleuchtete Fenster.

Einsamkeit kann man einem Haus manchmal direkt ansehen, dachte sie noch, dann joggte sie mit dem begeisterten Jonas los.

8

»Dieser tote Angler, der an der Spree … Der war ein lang-jähriger Mitarbeiter von uns. Ich meine, der hatte so un-glaublich viele Feinde. Da wird es für die Polizei sicher schwierig, den Täter zu finden.« Jesper Gerlach, Besitzer einer der größten Anbauflächen für Gurken im Spree-wald und eines bekannten gurkenverarbeitenden Be-triebs, ging, während er telefonierte, in seinem Arbeits-zimmer auf und ab.

Blieb gelegentlich stehen und sah in den beleuchteten Park hinaus. Die Lichter sollten keine Einbrecher fern-halten, dazu lief in der großen Anlage ein pflichtbewuss-ter Rottweiler umher. Eine Begegnung mit dem wach-samen Hubert konnte für Unbefugte im Park zu einem Erlebnis mit bleibenden Folgen werden. Die Lampen er-möglichten nur einen tieferen Blick in die Dunkelheit. Und Jesper war der Meinung, in seinem Leben habe es von Finsternis schon genug gegeben, da könnte er auf seinem eigenen Grund gut darauf verzichten.

»Ja. Das sehe ich auch so«, bestätigte er den Kommen-tar seines Gesprächspartners. »Ja! Aber die Witwe sollten wir unterstützen. Ist doch ein großer Schock, wenn der Mann derart gewaltsam … Wie wäre es, wenn die Firma die Kosten für die Beisetzung übernimmt? Kinder haben die beiden nicht, der einzige Sohn ist vor Jahren ertrun-ken. Es sähe sicher gut aus, würden wir der Witwe eine großzügige Spende überweisen. Zur Überbrückung der ersten Monate. Muss ja nicht wirklich viel sein, eher eine symbolische Hilfe, aber eben gefühlt großzügig. Immerhin hat er jahrelang für uns gearbeitet. ›Der Betrieb ist ihm zu Dank für seinen Einsatz und seine Loyalität verpflichtet‹, das macht sich gut in der Presse.«

Er lauschte auf die Antwort.

Reagierte gereizt. »Sie sind Leiter des Marketings, stimmt's? Wie also können Sie so eine dumme Frage stellen? Natürlich bestellen wir keinen grünen Sarg mit dem Logo der Firma! Und natürlich gibt es keine öffentliche Mitteilung über eine finanzielle Zuwendung. Das werden andere machen! Erst geht es von Mund zu Ohr, dann zur Presse!« An dieser Stelle wäre Gerlach beinahe ein »Sie Volltrottel!« rausgerutscht. Im wirklich allerletzten Moment konnte er die Beleidigung zurückhalten.

Stattdessen forderte er: »Dann sorgen Sie gefälligst für eine undichte Stelle, die der Presse eine Information ins Ohr flüstert, das kann doch so schwer nicht sein! Sobald im Ort über die großzügige Unterstützung getuschelt wird, kommt mit Sicherheit die Interviewanfrage und wir nehmen bescheiden Stellung!« Jesper nickte beim Gehen vehement. Ja, so läuft das!, dachte er und verkürzte in Gedanken die Galgenfrist für den Leiter der Marketingabteilung. Dessen Mindesthaltbarkeitsdatum war abgelaufen. Das Geschäft mit der Gurke: ein Ellbogenbusiness.

»Genau. Sie leiten das alles sofort nach dem Aufstehen morgen in die Wege. Und die Todesanzeige wird auch umgehend in die Zeitung gesetzt.«

Er hörte zu.

»Nein! Es wird keinen seltsamen Eindruck machen, wenn innerhalb kurzer Zeit die zweite Todesanzeige von uns in der Zeitung erscheint!« Er ist schlicht ein Vollpfosten, stellte Jesper abschließend fest. »Nein! Der erste Todesfall war meine todkranke Mutter und nun ist es ein Mitarbeiter! Die beiden hatten weder im Leben noch im Tod etwas gemein. Unsere Kunden werden nicht von einer Seuche im Gurkenglas ausgehen! Eher bedauert man uns, der Schicksalsschläge wegen!«

Damit war das Gespräch beendet.

Grußlos. Floskellos.

Draußen schlug der Hund wütend an.

Darum würde sich der Haushälter kümmern.

Jesper zog sich beruhigt in sein Schlafzimmer zurück.

9

Lange vor Morgenanbruch waren Angela und Jonas schon unterwegs.

Ziel der kurzen Fahrt mit dem Auto war der Parkplatz am Rand des Waldes.

Von dort aus liefen die beiden zügig los, über das Wehr, immer tiefer in den Wald über Trampelpfade und Nebenwege parallel zur Spree.

Angelas Rhythmus war gleichmäßig, die Bewegungen locker und entspannt, die Atmung ruhig.

Sicher, ihr neues Leben hatte ihren Körper weicher und runder gemacht, aber fit war sie geblieben. Nicht zuletzt durch die Extraportion Bewegung, die ein agiler Lebensgefährte wie Jonas einforderte.

Wahrscheinlich bin ich nur hysterisch. Ich habe keine Kinder und arbeite meine Instinkte an einem Fremden ab. Übertragung!, dachte sie und amüsierte sich über ihre offensichtlich aus dem Ruder gelaufenen Bemutterungsinstinkte.

Trotz der intellektuellen Analyse blieb die emotionale Sorge.

Kurz bevor sie den Lagerplatz des Campers erreichten, blieb Jonas unvermittelt stehen, sträubte die Nackenhaare, knurrte leise.

Selbst das Fell über der Wirbelsäule stand senkrecht.

»Was ist denn?« Angela war in die Hocke gegangen, sprach leise. »Dir ist doch irgendwas unheimlich!«

Sie schlich sich drei Schritte weiter, hielt sich geduckt, starrte in Richtung Camp.

Von einer Sekunde auf die andere sah sie all ihre dumpfen Befürchtungen bestätigt!

Das Zelt: zerfetzt.

Die Isomatte und der Schlafsack: zerschnitten.

Die Kleidung: zerrissen.

Die Vorräte: verstreut.

Hätte es sich um ein Haus und nicht um ein Zelt gehandelt, wäre die Formulierung »kein Stein blieb auf dem anderen« sehr passend gewesen.

Sie drehte sich einmal um sich selbst.

Niemand zu sehen. Rief laut. Doch kein Geräusch aus dem Wald kündigte die Rückkehr des jungen Mannes an.

Erschrocken wich sie ins Unterholz zurück, streichelte ihren Hund, was sie wohl beide beruhigen sollte, fotografierte den verwüsteten Platz. Sah sich immer wieder nervös um. Selbst die Feuerstelle war zertrampelt. Sie kehrte zum Lagerplatz zurück, hielt die Hand über das Häufchen Asche – vielleicht war das Verlöschen noch gar nicht lange her, stellte sie fest.

»Hallo Kollegen, ich schick euch mal die Koordinaten von einem Lagerplatz rüber. Hier hat ein junger Mann gewohnt. Nein, den Namen kenne ich nicht. Ich bin ihm ein paarmal begegnet. Der Platz ist unweit der Stelle, an der ihr den getöteten Angler geborgen habt. Ist von hier aus fußläufig zu erreichen.«

Sie hörte dem Kollegen zu.

»Ja«, meinte sie dann, »schon möglich, dass nach Geld gesucht wurde. Alles in Fetzen. Nur noch kleine Stücke ...«

Hatte der Fremde in jener Nacht etwas Verdächtiges beobachtet?

Wurde er bemerkt und befand sich nun selbst in höchster Gefahr? Ein unliebsamer Zeuge, der beseitigt werden sollte?

Oder war er selbst der Täter, hatte seine Habe zerstört und war untergetaucht?

Sie hatte sich bisher blind auf ihre Fähigkeit verlassen, Menschen schnell und sicher einschätzen zu können. Nun nagte für einen Lidschlag der Gedanke an ihr, sie habe vielleicht einem Mörder den Aufenthalt hier im wahrsten Sinne des Wortes »versüßt«. Unsinn!, schalt sie sich.

Möglicherweise würden Kollegen Reste der Keksbeutel aus ihrem Café unter den Fetzen identifizieren. Kleine Mitbringsel, die sie genutzt hatte, um mit dem Fremden ins Gespräch zu kommen, seine Brummigkeit zu durchdringen, die, da war sie sich auch jetzt noch sicher, ein Schutzmechanismus war.

»Nun, Jonas, wir haben einen sympathischen Bekannten gewonnen. Hoffen wir nur, dass der junge, nette Mann nicht in ernsten Schwierigkeiten steckt. Komm, wir gehen zurück. Die Kollegen wissen ja, wo sie uns finden!«

Was sie dem Hund verschwieg, war eine weitere Überlegung: Würde sie selbst vielleicht auch in den Fokus eines Täters geraten, der davon ausging, dass sie um sein Geheimnis wusste?

10

Hagen Bredow stand ein wenig ratlos im Chaos.

Du liebe Güte, überlegte er, war das nun Ergebnis einer Suche – vielleicht nach Drogen – oder schiere Zerstörung aus Wut, weil man den Bewohner des Zeltes hasste oder nicht gefunden hatte, wonach man suchte?

Mit der Schuhspitze hob er eine kleine Zellophantüte an. Stöhnte.

»Mensch, Angela. Musst du eigentlich immer wieder in solche Geschichten reingeraten?«

»Was gefunden?« Einer der Kollegen des Spurensicherungsteams trat neben ihn, warf einen fachkundigen Blick auf den kleinen Beutel. »Aha. Wunderbare Kekse, die deine Frau backt. Ich kauf auch gern bei ihr. Ist nur blöd, dass die bei mir nie das Ende der Haltbarkeit erreichen. Einfach zu lecker.« Dabei strich er nachsichtig über seinen sich deutlich unter dem Schutzanzug abzeichnenden Genussbauch.

»Ja. Kochen und Backen. Sie hat ihre Passion zum Beruf gemacht.« Bredow klang bitter.

»Neidisch? Besorgt? Ach komm, es gibt sicher eine ganz einfache Erklärung für die Tütchen!«

»Die Tütchen?« Hagen bemerkte selbst den hysterischen Unterton, räusperte sich. »Es gibt mehrere davon? Dann hat er regelmäßig bei ihr eingekauft, sie kennt ihn also möglicherweise ganz gut.«

»Sie hat uns alarmiert, als sie das zerstörte Camp entdeckt hat. Einmal Polizistin – da weißt du, was du tun musst. Und es war ihr auch sofort klar, dass er nicht alles verstreut hat, um weiterzuziehen. Sie war tief besorgt.«

»Bisher habt ihr ihn nicht gefunden – oder?«

»Nein, nein. Dann hätten wir dich sofort ins Bild gesetzt. Einige Beamte aus Heidesaum gehen am Ufer entlang. Dort, wo der ermordete Angler gestern gefunden wurde – ach je, auch von deiner Frau.«

»Die Kollegen gehen dort entlang, weil Mordopfer aller Erfahrung nach in Gruppen auftreten?«, erkundigte sich Bredow gereizt.

»Nein. Aber ausschließen können wir es auch nicht«, konterte der Fachmann des Erkennungsdienstes.

»Okay. Er hat mehrfach bei Angela eingekauft, ist sicher mit ihr ins Gespräch gekommen. Vielleicht hat er ihr etwas von Bedeutung über sich erzählt. Kontakt per Handy! Ich fahre bei ihr vorbei.«

»Habt ihr was?«, rief Peter, Leiter der lokalen Polizei-Dienststelle, den beiden Kollegen zu.

»Nö. Bisher nur Wasser und Uferbepflanzung. Wenn er tatsächlich irgendwo hier liegt, kann es noch Wochen dauern, bis wir ihn finden. Oder der Geruch jemandem auffällt«, unkte Marc, fuhr mit allen zehn Fingern durch sein volles, nach hinten gekämmtes Haar. Wischte dann, wie er hoffte unauffällig, die Gelreste seitlich an der Hose ab.

»Wir könnten doch Hunde ...«, wagte Gordon, der Jüngste der Dreiergruppe, einen Vorstoß.

»Ach, nee, Blondchen. Das kostet einen Haufen Geld. Schau – wir kriegen unser Gehalt eh. Da will die Behörde, dass wir auch dafür arbeiten und nicht andere bestellen, die Extra-Kosten verursachen.« Das kam schon beinahe mitleidsvoll rüber, signalisierte, der andere könne nichts für seine Denkschwäche. Marc dozierte gern, machte sich über andere lustig. War kein sympathischer Kollege, fand Gordon.

Er war unter dem »Blondchen« regelrecht zusammengezuckt, hoffte inständig, der andere habe das nicht bemerkt.

Peter, der erfahrene Leiter des Teams, protestierte: »In meinen Augen hat Gordon recht. Es ist schließlich wichtig, sofort zu wissen, wo wir stehen, wen wir suchen. Gibt da viele Denkmöglichkeiten. Er könnte irgendwo verletzt liegen! Oder er ist vielleicht der Mörder des Anglers, der gestern hier rausgezogen wurde.«

»Der Täter kommt nicht von hier. Einer aus der Gegend hätte sich nie und nimmer an HL rangetraut.« Gordon erwartete einen boshaften Kommentar von Marc. Doch der blieb überraschend aus. Lag vielleicht bloß daran, dass der Kollege noch über die richtigen Peitschenhiebwörter nachdachte.

»Dann hätte er sein eigenes Camp zerstört, um uns auf eine falsche Fährte zu locken? Kleidung, Zelt, Schlafsack – für eine Finte?« Peter klang fassungslos. »Wenn das Camp aber nun alles war, was er besaß?«

»Nun, genau wissen wir bisher gar nichts! Vielleicht war dieser Täter ein Serienkiller, der sich gut getarnt hat.« Marc streckte den Rücken. Wollte wohl ein paar Zentimeter Höhe gewinnen.

»Und der war auf HL angesetzt? Wow!« Gordon war beeindruckt. »Serienkiller, Auftragsmörder in Heidesaum! Das wird die Schlagzeile!«

»Nein, an die Geschichte glaub ich nicht. Warum sollte jemand viel Geld für die Ermordung von HL bezahlen? So ein Auftragsmord, der kostet.« Peter blieb skeptisch.

»Ich hab' gehört, manche übernehmen diesen Job für so ungefähr zehntausend Euro. Wenn sich mehrere zusammentun, kann so eine Summe schon schnell zusammenkommen.« Marc grinste breit.

»So nach dem Motto: Kleinvieh macht auch Mist? Zu viele Mitwisser! Muss bloß einer Gewissensbisse kriegen und mit uns kooperieren, schon fliegt das Komplott auf.«

»Wenn es nun aber kein Killer war? Dann hat der Vermisste auch sein Camp nicht selbst zerstört und ist eher nicht freiwillig abgehauen.« Gordons linkes Auge zuckte nervös vom inneren bis äußeren Augenwinkel.

»Womit wir uns erfolgreich einmal im Kreis gedreht hätten«, stellte Peter ernüchtert fest.

Mürrisches Schweigen begleitete die drei bei der weiteren Suche.

»Also ich würde ja die Polizei einschalten, wenn ich einen Mord beobachtet hätte. Weglaufen ist keine Option.« Gordon. Typisch, dachte Marc.

Peter wartete gespannt auf eine Antwort.

»Ach, Blondchen. Was willst du den Beamten denn erzählen?«, erkundigte Marc sich mit zu viel Hohn in der Stimme.

»Dass ich gesehen habe, wie jemand am Flussufer mit einem Stein erschlagen wurde!« Zwei tiefe Atemzüge waren zu hören, dann: »Und wenn du auch nur noch einmal Blondchen zu mir sagst, wehre ich mich. Gegen solch herabsetzende Äußerungen kann man sich bei Holger Hilfe holen.«

Marc pfiff anerkennend durch die Zähne. »Holger von der Internen?«

»Genau der. Der hat auch dafür gesorgt, dass der Typ gehen musste, der beim Einsatz immer den weiblichen Beamten auf den Po geklopft hat. Angeblich als Signal für den Zugriff, hat aber als Ausrede nicht verfangen. Zugriff war das schon, aber nicht gegen den Täter. Und man würde auch dein verbales Verhalten als Übergriff sehen.« Peter zeigte sich gut informiert.

»Ihr wollt mir mit Rausschmiss drohen? Dein Ernst, Blondch ... Blonder?«

»Wenn du es so weit kommen lassen möchtest!« Gordon funkelte den Kollegen wütend an.

Peter griff ein: »Schluss jetzt! Ihr beide kühlt euch runter! Hier wird ermittelt – oder habt ihr schon vergessen, dass wir nach einem eventuellen Mordopfer suchen?«

Betreten senkten die Streiter die Köpfe.

»Und – um das deutlich zu sagen, Marc: Gordon hat

recht! Blonder, Blondchen und was dir sonst noch so einfallen mag, ist in allen Variationen tabu. Wenn nicht, schließe ich mich einer Beschwerde von Gordon bei Holger an. Nur, dass das klar ist!«

Über den Streit hätten sie beinahe den Anorak übersehen.

»Ey, guckt mal! Da schwimmt eine Jacke!« Peter deutete wild mit dem Zeigefinger auf ein treibendes Stück Stoff, das hinter dem Schilfsaum gerade so zu erkennen war.

»Echt? Du glaubst, das ist eine Jacke?«

»Wenn es eine ist, steckt wenigstens keiner mehr drin. Also kein weiterer Leichenfund.« Gordon machte sich lang, hoffte vergeblich, dadurch mehr erkennen zu können.

Peter telefonierte. »Ja, Hagen, genau. Am Schilfsaum. Sollen wir die rausholen? Oder lieber warten, bis deine Fachleute von der Spurensicherung ... Nein, kein Problem. Also holen wir die raus. Klar denken wir daran, Handschuhe zu tragen. Bis später, Hagen, ich melde mich.«

Die drei sahen sich an.

»Und wer stapft da jetzt rein und holt das Ding raus?«, fragte Marc schließlich.

»Du!«, entschied Peter.

»Och, nö! Schon wieder alles nass bis übers Knie. Nö!«

Plätschern zeigte an, dass Gordon sich längst auf den Weg zum Fundstück gemacht hatte.

Marc drehte sich um. Grinste abschätzig. »Na, damit ist das ja wohl geklärt.«

Peter erklärte mild lächelnd: »Ja, genau. Gordon fischt den Anorak raus. Und du kümmerst dich um den Rucksack, der dort hinten verhakt ist.«

Marc gönnte Peter einen tödlich gemeinten Blick, der seine Wirkung allerdings nicht entfalten konnte. Also schob er ein nörgeliges »Nö!« nach.

»Oh doch. Ich lege fest. Und ich entscheide, dass du nun den Rucksack holen wirst. Du bist ja auch größer als Gordon, wirst nicht ertrinken, auch wenn er an dem Ast dort deutlich weiter in Richtung Flussmitte hängt. Ich sehe im Moment keinen Spielraum für alberne Nachfragen.« Peter, sonst um Ausgleich bemüht, hörte sich kalt und entschlossen an.

»Na, wenn du mir so kommst«, murrte Marc verhalten und zog die schweren Einsatzschuhe aus, stellte sie ordentlich nebeneinander am Schilfsaum ab. Stapfte zornig los.

»Waffe!«, rief Peter ihm nach.

»Brauch ich nicht. Der Rucksack sieht unbewaffnet aus!«

»Du sollst sie hier am Ufer lassen«, präzisierte Peter.

»Oh, ja klar. Scheiße!« Marc kehrte mit ziemlicher Bugwelle zurück. Legte die Dienstwaffe ab und machte sich erneut auf den Weg.

»Geht doch!«, murmelte Peter zufrieden.

Gordons Miene war sonderbar, als er den Anorak ans Ufer brachte.

»Ist was nicht in Ordnung?«

»Hier!« Der behandschuhte Zeigefinger Gordons wies

auf ein Loch. »Durchschuss. Ein zweites Loch ist hinten auf der Jacke. Vielleicht ein glatter Durchschuss. Könnte sein, dass er den Angriff nicht überlebt hat. Sieh dir mal an, wo die Kugel durchgesaust sein muss. Lunge?«

»Die Rechtsmedizin wird uns in der Frage weiterhelfen müssen.« Peter rief eine Kurzwahltaste auf.

»Hagen? Wir haben inzwischen den Anorak aus dem Wasser geholt. Der weist im Brust- und Rückenbereich je ein Loch auf, das wie ein Einschuss- und Ausschussloch aussieht ... Ja, vielleicht, das können wir hier nicht beurteilen. Ein Kollege ist noch im Fluss, um einen Rucksack zu bergen.«

Er schwieg.

»Na ja. Der Anorak ist wohl für keinen großen, kräftigen Mann gemacht. Der Besitzer steckte aber nicht drin.« Er grinste, was Hagen offensichtlich durchs Telefon hören konnte. »Nein, nein. Völlig richtig, das ist überhaupt nicht lustig. Ist ja nur, weil in dem Stiefel ...« Er hörte wieder zu. »Noch nicht, er holt ihn. Sobald ich mehr weiß, melde ich mich. Klar, wir sehen nach, ob ein Ausweis drin ist.«

»Puh«, machte er, als er das Handy wegsteckte. »Die machen wohl eine Staatsaffäre daraus. Am Ende kommt der Kerl hier pfeifend um die Ecke und will eine Anzeige machen, weil jemand sein Lager verwüstet hat. Dabei darf man hier gar nicht wild campen. Mann!«

Peter sah Marc langsam in Richtung Ufer kommen. Er setzte die Füße vorsichtig. Steine, schlussfolgerte der Kollege, hart und glitschig, vielleicht einige spitz.

»Na, ist das die Jacke des Vermissten?«, erkundigte sich Marc, als er am Ufer stand. Er setzte den Rucksack ab. »Wollen wir mal nachsehen?«

»Die Jacke hat zwei gegenüberliegende Löcher. Sieht aus wie ein Durchschuss. Noch wissen wir ja nicht, ob es sein Anorak ist, aber wenn ...« Gordon ließ den Satz in der Schwebe.

Vorsichtig öffnete Peter mit handschuhgeschützten Fingern den vorderen Reißverschluss des Backpacks – den ersten von vieren. »Ist wohl seiner. Hier ist ein Kekstütchen von dem Café im Ort drin. Stammkunde, glaube ich. Natürlich durchgeweicht, aber das Etikett ist noch lesbar. Hm, ein Kugelschreiber, eine Straßenkarte. Okay, zweites Fach: Ein feuchtes Buch zur Historie der Gegend hier. Das ist schon ziemlich zerlesen. Offenbar hat es ihm gefallen. Ein warmer Pulli, vielleicht für alle Fälle. Ein Brief. Hm, ob man den wird retten können, erscheint fraglich. Aber gut, unsere Leute kriegen vieles hin. Drittes Fach: Ein Portemonnaie. Inhalt hundertfünfzig Euro!« Peters Gesicht zeigte Überraschung. »So viel Bares: Im Zelt? Na ja. Eine Bankkarte, ein Ausweis, ein Führerschein, mehrere Fotos. Bei dem Besitzer der Börse handelt es sich dem Ausweis nach um einen Marten Rumland, wohnhaft in Oslo. Ziemlich weiter Weg bis hierher. Hm, das ist seltsam. Die Namen von Bankkarte, Führerschein und Ausweis stimmen nicht überein. Arbeit für die Kollegen. Okay, ich gebe Hagen die Infos durch – wir suchen weiter flussabwärts.«

11

Hagen saß im Café und genoss einen Cappuccino nach Art des Hauses. Ein Stück Obstkuchen wartete auf dem nebenstehenden Teller darauf, verzehrt zu werden.

»Wieso warst du bei dem Zeltplatz? Kanntest du den Camper?«, tastete sich Hagen vorsichtig an den Kern des Problems heran. Seine Angela kannte sich schließlich in Polizeiarbeit blendend aus, er bewegte sich also auf besonders sensiblem Terrain.

»Kennen ist nicht das Wort, das ich wählen würde. Er hat bei mir gelegentlich Kekse gekauft. Ein verschlossener, junger Mann. Aber wenn ich ihm mal ein Tütchen vorbeibrachte, lud er mich zu einem kurzen Gespräch ein. Er mochte Jonas – und der Hund ihn.«

»Du hast ihm Kekse gebracht?«, staunte Hagen. »Lieferservice?«

»Nein«, lächelte Angela nachsichtig. »Nein!«, setzte sie dann mit Nachdruck hinzu.

»Also?«

»Ich habe sie ihm geschenkt. Nach viel Einkommen sah er nicht aus, und ich wollte ihn kennenlernen. Er war mir sympathisch.«

Hagen registrierte den leicht trotzigen Unterton, wusste, er musste sich in Acht nehmen, sollte das Gespräch kein abruptes Ende finden.

»Und? Hat er dir ein bisschen von sich erzählt? Von

den Absichten, die ihn ausgerechnet nach Heidesaum geführt haben, oder erwähnte er vielleicht seinen Namen?«

»Nicht wirklich.« Angela sah Hagen fest in die Augen. »Verschlossen ist ein harmloses Wort in diesem Zusammenhang. Tatsächlich hat er sich lieber mit Jonas unterhalten als mit mir.«

»Du hast ihn nicht gefragt?«

»Nein. Warum sollte ich? Im Grunde ging ich davon aus, die Kekse würden es richten. Mir war klar, dass es dauern würde, ehe er wirklich Vertrauen entwickeln konnte.«

»Es gab von seiner Seite nie einen Hinweis darauf, was ihn hierhergeführt hat?«

»Nein«, antwortete die Besitzerin der »Gurke« zögernd. »Aber als er das erste Mal hier reinkam, sagte er etwas, was mich glauben ließ, er sei schon einmal in Heidesaum gewesen. So was wie: Ach, so was hat es hier noch nie gegeben.«

»Hm.« Hagen probierte den Kuchen. »Der ist wirklich ganz besonders lecker«, lobte er dann. »Nicht so süß und sehr fruchtig.«

Angela schmunzelte. »Viel Zucker im Gebäck ist out. Deshalb mögen meinen Kunden mein Angebot. Alles schmeckt nach den guten Zutaten – nicht nur nach Zucker. Und bio ist es auch.«

Irmgard kam am Tisch vorbei und nickte den beiden zu.

»Na, die Polizei auch hier in meinem Lieblingscafé?

Wegen des Mordes an HL? Der war nie hier, oder täusche ich mich da?«

Angela schmunzelte, nickte. »Anne auch nicht. Ich hatte sie gestern eingeladen, zum Frühstück zu kommen.«

»Sie wird auch nicht kommen. Die Hürde ist noch zu hoch. Der Hans-Ludwig hat so was immer verboten. Aber heute hat sie den Besuch der Polizei verpasst.« Irmgard war stehen geblieben, musterte Hagen neugierig. »Was Neues?«

»Ein Mord im beschaulichen Heidesaum. Da darf es nicht verwundern, dass viel Polizei im Ort auftaucht.« Bredow lächelte Irmgard freundlich zu, vermied es, auf die Frage einzugehen. »Der Mord ist doch sicher Gesprächsthema im Ort.«

»Sicher! Morde sind extrem selten bei uns. In Heidesaum stirbt man bio.«

»Der getötete Angler war offensichtlich sehr beliebt im Ort. Wen wir auch fragen, alle erzählen uns, er sei toll gewesen, umgänglich, freundlich, immer bereit, anderen zu helfen.«

In Irmgards Gesicht tobte ein Kampf zwischen Ekel, Lachen, Wut, Ungläubigkeit und Schock. »Wo zum Teufel hat die Polizei denn nachgefragt? Bei mir zum Beispiel war niemand, um sich zu erkundigen. Und die, die so einen Schwachsinn über HL verbreiten, sind ihrer Feigheit wegen zu bedauern! Und die, die ihnen glauben, ihrer Leichtgläubigkeit wegen noch mehr!« Die ältere Dame bebte vor Wut.

»Mich hat auch bisher niemand nach HL gefragt. Von mir hätte die Polizei andere Informationen über den Mann bekommen«, ergänzte Angela. »Aber vielleicht wäre die Frage ja noch gekommen.«

»Äh? Das soll heißen, er war ganz anders? Die Aussagen sind geschönt, weil man Toten nichts Schlechtes nachsagen soll?« Das Erstaunen Bredows war glaubhaft. »Sicher hätte ich mich auch gleich bei Ihnen nach dem Mordopfer erkundigt.«

»Dieser Kerl war das personifizierte Übel! Viele werden über seinen Tod mehr als erfreut sein. Angela weiß das auch – Sie hätten sie danach fragen sollen. Im Café sammeln sich all die Geschichten. Unsere wunderbare Gebäckzauberin und kreative Köchin wunderbarer Gerichte ist inzwischen die gute Seele von Heidesaum – HL war das ganz sicher nicht!«

Überrascht erkannte Hagen bei einem raschen Seitenblick, dass Angela rot geworden war.

»Nicht doch«, wehrte sie leise ab.

»Du hast dich doch gestern um die Witwe gekümmert. Wer außer dir war noch dort? Niemand! Weil dieser Mann alle im Ort derart verärgert hat und seine Frau sich nie gegen ihn wehrte.«

»Du warst bei der Witwe?« Hagens Augen fixierten seine Frau.

»Ich wollte mich gern um sie kümmern. Sie ist nett. Das weiß im Ort nur kaum jemand, weil man sich um sie nicht geschert hat. Nach Meinung vieler in Heidesaum ist sie einfach ein dummes, wehrloses Gänschen.«

»Sie hätte sich schon vor Ewigkeiten scheiden lassen sollen, dann wäre ihr vieles erspart geblieben. In meinen Augen war HL das Böse unter der Sonne schlechthin. Eigentlich dachte ich das ja von meiner Schwiegermutter, die sicher dereinst in der Hölle schmoren wird, aber die wurde von HL um Längen geschlagen. Der spielte in einer völlig anderen Liga!«

Angela kicherte verhalten. Ihre Schwiegermutter gehörte zu einem ähnlichen Typus.

Hagen zuckte heftig zusammen, spürte, dass ein Kommentar von ihm erwartet wurde. »Ja, meine Mutter«, seufzte er tief, »ist eine schwierige Frau. Andere weibliche Wesen an der Seite ihres Sohnes sind ihr ein Gräuel. Deshalb versucht sie immer, sie wegzubeißen.«

Irmgard lächelte und nahm an ihrem angestammten Tisch Platz.

Angela zwinkerte ihr kurz zu, trat hinter die Theke und begann damit, die Bestellung zusammenzustellen, die wortlos aufgegeben worden war. Man kannte sich eben.

Hagen hatte endlich Muße, sich dem leckeren Kuchen, der nun das Mittagessen ersetzte, zu widmen.

Seine Angela – eine patente Frau, allen Lebenslagen gewachsen, mit einem offenen Ohr und einer helfenden Hand für jedermann.

Seine Angela.

Er seufzte leise.

Von diesem Gedanken konnte und wollte er nicht ablassen.

Sie war sehr selbstbewusst, hatte schon vor der Eheschließung klargestellt, sie würde ihren Mädchennamen nicht aufgeben. Nicht, weil sie fürchtete, dass dadurch jeder sofort erkennen würde, die beiden seien ein Paar – sondern weil ihr der Name Liebetanz so viel besser gefiel.

Ja, sie lebten im Moment getrennt. Nicht nur von Bett und Tisch, sondern ganz deutlich in unterschiedlichen Welten, die sich nur gelegentlich berührten. Jeder in seinem Wirkungsbereich. Seit der Trennung setzte er auf eine Neubelebung ihrer Beziehung, bemühte sich, hielt engen Kontakt – wusste allerdings nicht, ob Angela diese Hoffnung teilte oder seine Anstrengungen für eine Rettung überhaupt bemerkte.

Seine Augen folgten ihren Bewegungen.

Sie ist glücklich hier und mit dem, was sie tut, räumte er widerwillig ein.

Ohne mich, ohne ihren bisherigen Job. Hagen seufzte erneut. Diskret. Ein wenig desillusioniert.

Sein Blick begegnete Irmgards wissender Miene und einem verhaltenen Zwinkern.

Er erschrak. Konnte man ihm sein Sehnen etwa so deutlich ansehen?

»Man wird sich schwertun, den Mörder von HL zu finden«, hörte er Irmgard leise mit Angela sprechen. »Zu viele, die ihn gern tot sehen wollten. Ich war beim Metzger, dort ist man geteilter Meinung. Einige dachten allerdings noch immer, sie müssten positiv über ihn sprechen. Solche Heuchler! Niemand konnte ihn wirklich leiden. Es ist fast, als hätten die Leute Angst, dass er sogar aus dem Grab heraus, in dem er noch gar nicht liegt, Schaden anrichten könnte!«

»Am meisten hatte seine Frau unter ihm zu leiden.«

»Ja, da hast du völlig recht. Sie war nicht zu beneiden. Viele Frauen im Ort verachten sie 'ihrer Wehrlosigkeit wegen zutiefst. Anne hatte einfach nicht die Kraft, sich zu lösen, hat all die Prügel von ihm und die Ausgrenzung im Ort eingesteckt.«

»Einziger Ansprechpartner war der Herr Pfarrer. Und der konnte auch nicht wirklich helfen. Beichtgeheimnis. Ist in der katholischen Kirche ein heiliges Versprechen. Blieb ihm nur, sie zu beraten.« Angela eilte zur Theke zurück, stellte ein gut eingeschenktes Glas Sekt aufs Tablett.

Als sie das leise prickelnde Getränk zu Irmgard schob, meinte sie: »Was soll er auch sonst tun? Beichtgeheimnis wird bei den Katholiken rigide gehandhabt. Selbst ein Mordgeständnis bleibt geheim.«

Irmgard prostete Angela zu, nippte am Sekt.

»Wie immer?«, erkundigte sich die junge Frau.

»Klar! Von deinem wunderbaren Obstkuchen mit Sahne!«

Angela verschwand in die Küche, holte die Sahne aus der Kühlung und schnitt dann ein Stück Kuchen ab, arrangierte alles appetitlich auf dem Teller.

»Danke, meine Liebe!« Die Kundin sah sich überrascht im leeren Café um. »Na, die anderen werden heute wohl ein bisschen später kommen. Die stehen seit gestern beim Metzger und diskutieren.«

Angela warf ihrem Mann einen prüfenden Blick zu.

Hagen deutete mit der Gabel auf den zweiten Stuhl am Tisch. »Setz dich bitte noch mal. Nur kurz, dann gehe ich wieder.«

»Gut. Du hast ja gehört, die anderen Stammkunden verspäten sich nur ein wenig.« Angela lächelte. »Kommt ja selten vor in Heidesaum, dass etwas so Aufregendes los ist.«

»Was heißt, seine Frau hatte es nicht leicht mit ihm?«

»Na, was es immer heißt: Häusliche Gewalt. Physisch und psychisch. Er war ein echter Widerling. Aber eben auch der berühmteste Angler hier in der Gegend. Im Internet findest du jede Menge Fotos von ihm mit großen, leider toten Fischen, die er stolz der Kamera präsentiert. Einschlägige Magazine haben lange Interviews mit ihm geführt, über sein Leben, sein Angeln, seine geheimen Methoden zum Fischfang. Natürlich fiel dabei nicht einmal ein Wort über seine cholerische, brutale Seite. In Heidesaum war er der Größte!«

»Und seine Frau konnte sich nicht wehren?«

»Nein. Befreien auch nicht. Sie hätte im Ernstfall gar nicht gewusst, wie sie so einen Schritt umsetzen sollte. Angst vor den Folgen spielte ebenfalls eine große Rolle. Geld hatte sie nicht. Wie also sollte sie eine Flucht finanzieren. Ihr war sehr bewusst, dass ihr Mann sie bis ans Ende ihrer Tage mit seinem Hass verfolgen und Rache nehmen würde. Da schien es ihr besser, zu bleiben, zu leiden und zu schweigen. Zumal sie hoffte, dass man in Heidesaum nicht wusste, was hinter den Wänden des Hauses vor sich ging. Es war ihr schlicht peinlich.«

»Ihr war es peinlich? Er war gewalttätig!«

»Schon. Aber sie duldete es, verteidigte und deckte ihn.«

»Ein Frauenhaus? Niemand im Ort hätte erfahren müssen, warum sie ging und wohin.«

»Dazu muss man Entschlusskraft besitzen. Die war aus ihr rausgeprügelt worden.«

»Polizei wäre eine andere Option.«

»Klar. Damit was genau geschieht?« Angela stand erbost auf. »Er ins Gefängnis kommt? Nein. Man würde ihn ermahnen, im schlimmsten Fall erteilte man ein Abstandsgebot, an das sich jemand wie HL niemals halten würde. Wir beide haben solche Fälle doch erlebt! Und oft genug kam die Polizei zu spät.«

Jonas, der bislang ruhig in seinem Korb gelegen hatte, stand geschmeidig auf und presste sich eng an Angelas Bein. Beruhigung und Trost auf Hündisch, wusste die junge Frau und bedankte sich bei ihrem tierischen Freund durch intensives Kraulen.

»Ist alles gut, mein Lieber. Wir unterhalten uns nur ein bisschen zu laut.«

Jonas hatte allerdings nicht vor, die Schmuseeinheit schon abzubrechen, und rieb seinen Kopf am Oberschenkel seiner Freundin.

Sie lachte warm, beugte sich hinunter, kraulte weiter.

»Na, Sieg auf der ganzen Linie«, flüsterte sie dem tierischen Freund dabei ins Ohr.

»Hans-Ludwig war angestellt? Weißt du, wer sein Arbeitgeber war?«

»Anne erwähnte mal beiläufig, ihr Mann sei bei der Gurkenverarbeitung angestellt. Pförtner. Bei Jesper Gerlach. Ist im Nachbarort.«

Hagens Mobiltelefon schob sich vibrierend über die Tischdecke.

»Ja!«, meldete er sich knapp und lauschte dem Anrufer.

»Aha. Mehr habt ihr bisher nicht gefunden?«

Angela sah besorgt auf.

»Gut. Geborgen habt ihr Anorak und Rucksack. Wir werden klären, ob die Stücke dem Vermissten gehören. Nein, ihr könnt nicht abbrechen. Geht weiter und überseht nichts Wichtiges!«

»Und?« Angelas Stimme zitterte leicht.

»Nur ein Anorak mit Loch und ein Rucksack. Wir suchen weiter.«

Hagen fragte sich beunruhigt, ob seine Ehefrau, wie er Angela durchaus liebevoll in Gedanken nannte, für diesen Camper tiefergehende Gefühle entwickelt hatte. Musste er etwa alle Hoffnungen auf einen Neustart ihrer Ehe fahren lassen?

»Tut mir leid. Dein Camper kommt natürlich auch als Tatzeuge oder gar Täter in Betracht. Noch können wir nichts ausschließen. Hat er dir gegenüber vielleicht angedeutet, er kenne den getöteten Angler?«

»Irmgard? Weißt du, ob der junge Mann aus dem Wald HL kannte?«, gab Angela die Frage sofort weiter.

»Nein.«

»Nein – Sie wissen es nicht? Oder nein – er kannte ihn nicht?«, hakte Bredow ein.

»Ich glaube nicht, dass die beiden, wie man das früher bezeichnete, Umgang miteinander hatten. HL war ein wirklich schwieriger Mensch. Begegnet sein könnten sie sich natürlich.« Irmgard stand auf und kam an den Tisch der beiden.

»Den Supermarkt können wir ausschließen. HL hat immer Anne zum Einkaufen geschickt. Niemals würde er eine solch banale Aufgabe übernommen haben. In Ausnahmefällen darf sie allein ... Maximale Kontrolle. Für den Kauf von Anglerzubehör galt das selbstverständlich nicht. Er hatte immer das neueste, teuerste Equipment.« Angela schnaubte verächtlich. »Neben allem anderen war er auch noch ein Macho übelster Sorte.«

Das Mobiltelefon des Ermittlers brummte erneut.

»Das sind sicher die Fotos des Anoraks und des Rucksacks. Kannst du dir die bitte mal eben ansehen?« Er öffnete die Bilddatei.

Beide Frauen beugten sich über das kleine Gerät.

»Also, ich weiß nicht«, murmelte Irmgard unsicher.

Angela jedoch nickte. »Den Anorak, der eigentlich ein Parka ist, habe ich bei ihm gesehen. Getragen hat er ihn nicht. Er erklärte mir, den habe er aufgehoben, weil er ein wichtiges Puzzleteil sei. Dann hat er das Thema gewechselt.«

»Willst du damit andeuten, er habe hier herumspioniert?« Irmgards Stimme überschlug sich vor Empörung. »So eine Frechheit!«

»Wieso? Gibt es denn etwas herauszufinden?«, lachte Angela, zog überrascht die Augenbrauen hoch, schüttelte den Kopf und ließ die Ohrringe tanzen.

»Na, man teilt schließlich nicht alle Geheimnisse von jedermann beim Metzger!« Patzig drehte sich Irmgard um und kehrte steifbeinig an ihren Tisch zurück.

12

Hagen fuhr zum verwüsteten Lagerplatz im Wald.

»Habt ihr inzwischen eindeutige Hinweise auf seine Identität gefunden?«

»Ne! Bisher nur Stofffetzen und kleine Zellophan-beutelchen aus dem Café im Ort.« Marc hielt eines der wohlbekannten Tütchen hoch und feixte. Hagen nickte, unterdrückte ein genervtes Grunzen.

»Ich habe gerade mit der Cafébesitzerin gesprochen. Sie hat ihm gelegentlich eines geschenkt, manchmal hat er auch direkt ein Kekstütchen im Café gekauft. Sie meinte, er sei nicht sehr gesprächig gewesen. Weder seinen Namen noch den Grund für seinen Aufenthalt habe er genannt.«

»Ist doch seltsam.«

»Wieso?«

»Na ja. Erst wird der Hans-Ludwig erschlagen und dann ist der Typ hier abgängig. Vielleicht hat er tatsächlich mit dem Mord zu tun?« Gordon runzelte die Stirn.

»Hm. Und bevor er abgehauen ist, hat er – warum gleich noch mal? – sein gesamtes Lager zerschnitten, verwühlt und verstreut, schlicht verwüstet?«, erkundigte sich Hagen in leicht aggressivem Ton.

Im Hintergrund beobachtete er, wie Personen in Schutzanzügen Nummernkärtchen auf dem Boden verteilten, Fotos gemacht wurden. Untersuchungsmaterial wanderte in Asservatentüten.

»Nun, ich denke, das liegt auf der Hand«, trumpfte Marc auf. »Um die Polizei auf eine falsche Fährte zu locken, natürlich.«

»Die da wäre?«

Gordon seufzte, hörbar genervt, bemühte sich nicht einmal ansatzweise, seine Ungeduld mit der Beschränktheit des Kollegen der Mordkommission zu verbergen. »Wir sollen glasklar glauben, dass er nichts mit dem Mord zu tun hat. Weil es eben Schwachsinn wäre, hier diese Zerstörung anzurichten. Er will gar nicht erst auf der Liste der Verdächtigen erscheinen. So sieht es für mich aus!« Er grinste. »Sicher einer, der noch eine Rechnung mit Hans-Ludwig offen hatte.«

»Um was für eine Art Rechnung könnte es sich dabei gehandelt haben?« Bredow sah die beiden jungen Polizisten interessiert an.

»Angelwettbewerb? Ist hier sehr beliebt. Vielleicht wollte der Camper unbedingt gewinnen, hat womöglich ein bisschen getrickst. Hing was am Sieg für ihn. Das Jawort der Liebsten zum Beispiel?«

Staunend hörte Bredow zu. Die beiden Kollegen entwickelten ein echtes Liebesdrama.

»Vielleicht hat der HL ihm den Sieg weggeschnappt. Und es wurde nix mit der Liebesheirat. Dafür musste der HL nun eben mit dem Leben bezahlen.«

»Prüft das nach!«, entschied Bredow. »Vielleicht gab es gar eine Vorausscheidung? Wann hat das Opfer gewonnen, wo und gegen wen? Gab es Gerüchte, dass der Zweitplatzierte getrickst hat?«

Gordon schrieb eifrig mit.

»Da ist noch etwas anderes: Ich habe im Ort Gerüchte über häusliche Gewalt gehört. Das Opfer soll seine Ehefrau mehrfach massiv geprügelt und dabei nicht unerheblich verletzt haben. Ist da was dran?«

Gordon nickte. »Ja. Wirklich nett oder auch nur umgänglich war der Zuhause-Hans-Ludwig nicht. Es stimmt schon, dass er sie verprügelt hat. Auch eingesperrt. Und da war auch noch irgendetwas mit dem Sohn.«

»Findet heraus, um was es dabei ging. Und ob die Ehefrau je Anzeige gegen den Gatten erstattet hat. Vielleicht ist das Opfer auch bei anderen Menschen ausfallend und gewalttätig geworden?«

Gordon sah aus, als bereue er seine Einmischung bereits gründlich.

Aber die Liste auf seinem Handy wurde pflichtschuldig um die weiteren Punkte ergänzt.

Der junge Polizeibeamte machte Anstalten aufzubrechen, um die Rechercheaufträge zu erledigen.

»Nimm den Kollegen Marc mit. Bloß gut, dass ihr trockene Uniformen im Wagen hattet. Ihr beide habt wohl schon geahnt, dass es eine feuchte Angelegenheit werden könnte.«

»Seit wir vor einiger Zeit auf einem Bauernhof eingesetzt waren, wissen wir, dass so was wie Wechselkleidung nötig werden kann.« Die beiden Beamten sahen sich an, nickten synchron. »Ein Mistberg musste umgegraben werden. Bei dem Gestank konnten die Spürhunde auch bei der Suche nach der Leiche nicht helfen.«

»Verstehe«, murmelte Bredow und gab den beiden das Signal zur Abarbeitung der Liste.

»Ach – und erkundigt euch bei den Leuten, die direkt an der Durchgangsstraße wohnen. Vielleicht ist er jemandem aufgefallen, möglicherweise wollte er trampen.«

Die beiden Beamten beeilten sich, zu ihrem Fahrzeug zu kommen, bevor dem Hauptkommissar noch mehr einfallen konnte.

13

»Guten Tag, Frau Bergmann ...« Ein Ausweis wurde hochgehalten, erregte allerdings nur mäßiges Interesse. »Mein Name ist Bredow, ich ermittle im Mord an Ihrem Ehemann.«

Die kleine Frau, die ihn hereinbat, wurde bei jedem Schritt in Richtung Wohnzimmer noch kleiner.

Bredow erkannte, dass man dieses Gespräch besser an einem anderen Ort führen sollte, und meinte freundlich: »Lassen Sie uns doch einfach in die Küche gehen. Oder wäre es Ihnen im Garten angenehmer?«

Wortlos wechselte die Witwe die Richtung, führte den Hauptkommissar in die Küche.

»Müssen nicht gleich alle hören, worüber wir uns zu unterhalten haben«, flüsterte sie.

Auf der Bank neben dem Tisch stand ein Weidenkorb. Angelas Korb. Wohin er auch ging – immer war sie bereits vor ihm dort gewesen.

»Oh, der Korb aus dem Café.«

»Ja, genau. Von Angela. Den hat sie mir gestern Abend vorbeigebracht. Damit ich etwas zu essen habe – und einen echten Menschen zum Reden.«

Typisch Angela, dachte Hagen. Soziales Engagement war ihr schon immer wichtig.

»Einen echten Menschen?«

»Na ja. Sonst hört mir nur der Pfarrer zu. Aber der

weiß nur theoretisch über die Ehe Bescheid. Über all die Zwänge und Stricke kann er nicht urteilen. Helfen kann er auch nicht – und an Versorgung hat er nicht gedacht. Nur Angela hat geahnt, dass ich nichts zu essen im Haus habe und vermutlich einsam und ratlos bin.«

»Ich möchte mich gern mit Ihnen über Ihren Mann unterhalten.« Bredow machte eine kurze Pause.

Als die Witwe zaghaft nickte, fuhr er fort. »Können Sie sich vorstellen, wer einen Grund gehabt haben könnte, Ihren Mann zu töten?«

»Sie meinen außer mir – hoffe ich.«

»Hätten Sie denn einen Grund gehabt, ihn umzubringen?«

Langsam und seltsam ungelenk knöpfte die Frau ihre Bluse auf.

Hagen erschrak.

Dunkle Hämatome neben anderen, die bereits versuchten, sich farblich der Haut anzupassen, Narben, rot leuchtende Striemen. Und ganz offensichtlich Schmerzen beim Bewegen, als sie die Bluse ein Stück den Rücken entlang nach unten gleiten ließ.

»Das blaue Auge ist von unserem letzten gemeinsamen Abend. Bevor er am frühen Morgen zum Angeln ... an die Spree ... Nicht vom Weinen. Seit er mir innerhalb weniger Wochen beide Handgelenke gebrochen hatte, brauche ich mehr Zeit für die Hausarbeit. Geht alles nicht mehr so schnell. Er wollte das nicht einsehen, hielt eine weitere erzieherische Maßnahme für angezeigt. Diesmal hat es den Oberarm erwischt – das Auge und einige andere Stellen, die ich lieber nicht zeigen möchte.«

»Waren Sie beim Arzt?«, erkundigte sich Bredow leise.

»Aber nein. Das erlaubt er nicht. Stell dich bloß nicht so an, sagt er immer, wenn ich weine«, konstatierte die Witwe und sah sich schnell in alle Richtungen um, als fürchte sie, ihr Mann käme zur Tür herein oder steige durch das Fenster. »Er kommt nicht zurück? Ja? Ist das wirklich sicher?« Die Hand, die sich auf Hagens Unterarm legte, war eiskalt. Zitterte.

»Ja, das ist sicher. Er ist tot. Jemand hat ihn mit einem Stein erschlagen.«

Bredow machte eine Pause. Beobachtete das Mienenspiel der Frau, das von Ekel bis großer Zufriedenheit alles in schneller Abfolge zeigte.

»Mit einem Stein erschlagen. Wie einen Hund? Das hat er allemal verdient«, flüsterte die Witwe.

»Haben Sie vielleicht eine Haar- oder Zahnbürste Ihres Mannes für mich? Das bräuchten wir im Falle eines Zweifels, um einen DNA-Abgleich durchführen zu können.«

»Zweifel?« Sie zuckte erschrocken zusammen, löste die Hand von seinem Arm. »Wer hat ihn denn identifiziert?«

»Angela Liebetanz. Die Frau, der das neue Café gehört.«

»Ach, na dann. Angela hat sich sicher nicht geirrt. Gestern Abend, als sie hier war, hat sie mir versprochen, die Bank meines Mannes zu suchen. Ich habe nämlich keine

Ahnung, wo er sein Konto hat. Bargeld ist irgendwo im Haus versteckt – ich habe die ganze Nacht danach gesucht. Aber nichts gefunden.« Mit enttäuschungsschwerer Stimme setzte sie hinzu: »Vertrauen in andere Menschen war nicht seine stärkste Eigenschaft.«

»Gab es jemanden, der einen Grund gehabt haben könnte, Ihren Mann zu töten?«, bohrte Bredow noch einmal nach.

»Ehrlich? Gut, dann muss ich wohl offen sagen: Viele! Er war der unbeliebteste Mann in ganz Heidesaum. Das können Sie mir ruhig glauben. Auch wenn jetzt ganz sicher die meisten wieder brav positiv von ihm sprechen werden. Bloß nichts Schlechtes über Verstorbene reden. Er hatte mit so gut wie jedem hier Streit.«

»Worüber hat er sich gestritten?«

»Das wird Ihnen leider sehr banal vorkommen: über Fisch und vor allem über angestammte Angelplätze. Er hatte, aus nicht nachvollziehbaren Gründen, den Eindruck, diese eine Stelle gehöre ihm! Er verteidigte diesen Platz mit Zähnen und Klauen, wie es so schön bildlich heißt. Wer hat den größten Fisch rausgeholt? Wer lügt hier über die Winzigkeit seines Fangs? Oder: Wenn du wirklich so einen Riesen rausgeholt hast, wo ist dann das Präparat, das den Fang beweist? Das war tatsächlich Dauerthema.«

»Hat er selbst denn auch Präparate herstellen lassen?«

»Aber nein! Die hat er natürlich selbst angefertigt! Unten im Keller hat er seine ›Werkstatt‹. Hatte – oje, das wird dauern, bis ich mich daran gewöhnt habe. Gehen

Sie ruhig nachsehen. Mich ekelt es. Aber ich glaube, Sie hätten vielleicht auch Interesse an dem Computer, der dort steht.«

»Aha. Sie haben den Computer nie genutzt?«

»Nein. So ein Ding brauch' ich nicht. Den Schlüssel zu diesem Raum muss er wohl bei sich gehabt haben. Hat er immer. Hatte.«

»Wir fragen nach. Er hat den Raum abgeschlossen?«

»Und mit mehreren Riegeln zusätzlich gesichert, für den extrem unwahrscheinlichen Fall, dass jemand das stabile Schloss überwindet. Paranoia nennt man das, hat mein Hausarzt gesagt, als ich mal ein Rezept abgeholt habe. Ist ja wirklich blöd. Wir waren doch nur zu zweit. Und ich wäre ohnehin nie ... Einbrecher sind bei uns nicht vorbeigekommen – vielleicht hatten sie Angst vor meinem Mann.«

Sie bewegte unbedacht den Arm, zischte laut auf vor Schmerz.

»Ich kann Sie gern zum Arzt fahren. Sicher kann man den Arm so fixieren, dass er gut heilt und die Schmerzen erträglicher werden.« Bredow war deutlich erkennbar besorgt.

»Nein.«

»Es muss Ihnen nicht peinlich sein. Wenn Sie möchten, fahren wir in die nächste Stadt, dann erfährt es hier niemand.«

»Nein, es wird von selbst heilen. Ich muss nur ein bisschen Rücksicht nehmen, dann ist es bald wieder gut.«

»Angela Liebetanz kommt nachher wieder zu Ihnen?«

»Ja.«

»Das ist gut. Sie sollten nicht die ganze Zeit hier allein sitzen. Vielleicht gehen Sie mit ihr ein bisschen spazieren, durch den Ort.«

»Es ist nett, dass die Polizei sich um mich sorgt. Aber das Alleinsein bin ich gewohnt.« Sie nickte zur Bekräftigung und der Ermittler strich die Segel.

»Gut. Ich kümmere mich also um den Schlüsselbund und komme vorbei, sobald ich ihn bekommen habe. Soll ich vorher anrufen?«

»Nein, ich werde sicher hier sein. Und da mein Mann den Schlüssel immer bei sich hatte, werden Sie ihn unter seinen persönlichen Dingen finden. Angela hat nichts davon erzählt, dass man ihn etwa nackt ausgezogen hätte.«

»Gut. Dann komme ich später noch einmal vorbei.« Bredow stand mit etwas Mühe aus dem weich gepolsterten Sessel auf. Vielleicht ein bequemer Platz zum Lesen – in der Küche allemal überraschend. »Ich finde allein raus. Auf Wiedersehen.« Er nickte der Witwe kurz zu und verließ das Haus mit dem unguten Gefühl, nicht genug getan zu haben.

Vor der Tür zog er das Handy hervor und tippte auf eine der Kurzwahltasten.

»Hallo Spurensicherungsteam, Bredow hier«, meldete er sich in gewollt lockerem Ton. »Habt ihr bei der Leiche des Anglers einen Schlüsselbund gefunden?«

»Nein. Aber das muss nichts bedeuten, schließlich kann so was auch aus der Tasche rutschen und im Wasser abtauchen. Möglich ist natürlich auch, dass der Täter den Schlüssel mitgenommen hat. Soll ich noch mal ein paar Leute zur Fundstelle schicken, damit sie im ufernahen Bereich gründlich nach dem Bund suchen?« Die Antwort war wenig ermutigend.

»Wäre wohl kein Fehler. Es gibt im Haus des Opfers eine verschlossene und mehrfach gesicherte Tür. Die Witwe kann keine konkrete Auskunft über die Funktion des Raumes geben. Es wäre gut, jemand könnte notfalls die Tür möglichst mit Geschick und nicht mit Gewalt öffnen.«

»Okay, ich schicke einen meiner Leute vorbei, der guckt sich die Verriegelung an. Sollten wir das Schlüsselbund nicht finden, wird er die Tür geschickt ohne große Beschädigung öffnen. Ich gebe dir Bescheid.« Nach einer kurzen Atempause setzte er hinzu: »Die Witwe ist vor Ort? Sonst müssten wir auch noch die Haustür ...«

»Die Witwe ist zu Hause und wird öffnen. Das habe ich schon mit ihr besprochen – und ich wäre gern dabei, wenn diese geheimnisvolle Tür aufgeht – also ruf mich bitte rechtzeitig an.«

»Logisch!« Das breite Grinsen des Sprechers war unter dem Text deutlich zu hören.

»Ich sehe, wir verstehen uns«, lachte Bredow leise.

Der zweite Anruf war heikel.

»Hallo, Angela. Ich war gerade bei der Witwe des Opfers. Sie hat mir erzählt, du wollest sie zur Bank begleiten – wenn du herausgefunden hast, bei welchem Institut

das Opfer ein Konto hatte. Eine gute Idee von dir, aber
... ah, ich würde dich bitten, diese Sache mir zu überlassen.« Er verstummte ratlos.

Hörte zu.

»Ich verstehe dich. Aber tatsächlich wissen wir noch
sehr wenig über den Getöteten, seine Verbindungen, seinen finanziellen Hintergrund. Mir wäre einfach wohler,
wenn du dich nicht so stark involvierst. Noch können wir
die Gefahr für weitere Menschen in seinem Umfeld gar
nicht abschätzen. Zum Motiv haben wir nur die üblichen
Hinweise auf Streitigkeit, alles unklar.«

Er schwieg erneut.

»Nein. Natürlich möchte ich nicht versuchen, dich zu
bevormunden. Nur beraten und vielleicht warnen. Bis
später.«

Warum nur, überlegte Hagen, als er das kleine Telefon
in die Jackentasche zurückgleiten ließ, warum nur war
alles in Bezug auf Angela so unglaublich schwierig. Ein
einziger Hürdenlauf auf vermintem Gelände.

14

Angela seufzte, musste sich sehr beherrschen, um nicht das empfindliche Handy auf die Theke zu donnern. Das hätte sein sicheres technisches Ende bedeutet.

In ihr brodelte der Zorn über Hagens Übergriffigkeit. Was glaubte er eigentlich? Sie konnte sehr gut selbst auf sich aufpassen!

Irmgard kontrollierte ihre Lippen. Jetzt bloß kein Grinsen!

»Ist doch wahr!« Angela drehte sich kurz um, atmete tief durch, sah entschuldigend zu Jonas hinüber, der sie besorgt von seinem Kissen aus beobachtete, und lachte schon wieder über ihre eigene Empfindlichkeit.

»Irmgard, weißt du zufällig, bei welcher Bank Hans-Ludwig sein Konto hatte?«

»Nein. Aber viel Auswahl haben wir hier in Heidesaum nicht. Oder glaubst du, er hatte sein Geld bei einer dieser seltsamen Internet-Banken?« Ihre Stimme hatte einen zweifelnden Unterton.

»Darüber habe ich noch gar nicht nachgedacht«, räumte die Plätzchenbäckerin ein. »Ich bin nicht sicher, ob er einer Bank ohne Haustür vertraut hätte.«

»Na ja, wenn keiner in Heidesaum wissen soll, wie viel Geld du auf der hohen Kante hast und wofür du es ausgibst, würdest du wohl so eine Variante wählen. Oder?« Irmgard nahm einen Schluck aus dem zweiten

Glas Sekt und warf Angela einen auffordernden Blick zu.

»Hm.« Mit den weichen, weißen Handschuhen schob Angela vorsichtig duftende Plätzchen vom Blech in den Korb in der Auslage. »Okay. Du hast recht. Wenn alles nur mich etwas angehen soll, würde ich es vielleicht wagen. Wobei die Gefahr, Opfer eines Hackers zu werden, durchaus real ist.«

Die Tür wurde schwungvoll aufgestoßen.

»Oh, da komme ich ja genau im richtigen Moment!«, freute sich Else. »Ist das eine neue Sorte? Da nehme ich gleich zweihundert Gramm!«

»Johannisbeerkekse.« Angela reichte der Kundin einen Probierkeks über die Theke.

»MMMhhhmm! Wunderbar!« Else schmatzte selig.

Drehte sich dann zu Irmgard um. »Hallo Irmgard, auch schon hier? Wird gleich ziemlich voll werden, die anderen sind schon auf dem Weg.« Sie kicherte, wurde plötzlich ernst: »Sag mal, glaubst du, jemand hat Hans-Ludwig ermordet, damit er nichts mehr ausplaudern kann?«

Angelas Blicke huschten von einer zur anderen. Verborgene Geheimnisse in Heidesaum? Tatsächlich?

»Ach, das ist doch Quatsch!«, erklärte die Gefragte energisch. »Von Altersweichheit war nix bei ihm zu bemerken. Bis der über seine Taten zur Reue gelangt wäre, hätte es wohl gut und gerne noch hundert Jahre oder länger gedauert. Bei halsstarrigen Typen geht das nicht so schnell vonstatten, bei manchem passiert es nie.«

»War aber echt ein unglaubliches Ding mit seinem Sohn«, beharrte Else. »So was bleibt hängen.«

»Tja, was soll man sagen: Die Ermittlungen wurden von Anfang an hintertrieben. ›Freunde‹«, Irmgard markierte Anführungszeichen in die Luft, »überall und an den anderen Orten solche, die schon aus Angst nicht gegen ihn ausgesagt haben. Eine echte Schande!«

»Seine Frau hat keiner seiner Aussagen widersprochen.« Elses Ton war schneidend und kalt. »Einem wie Hans-Ludwig pinkelt eben keiner ans Bein. Nicht mal in so einer Situation.«

Angela konnte ein leises Kichern nicht unterdrücken, was ihr einen vernichtenden Blick ihrer Kundin eintrug. Sie sah sich genötigt, ihre unpassende Reaktion zu erklären. »Ans Bein pinkeln ... ist ein Verhalten, das manche Hunde zeigen. Es bedeutet bei ihnen das Verdeutlichen eines Besitzanspruchs.«

Jonas hob den Kopf, den er zwischen den Vorderbeinen abgelegt hatte.

Sah sich interessiert um, produzierte eine Mischung aus Seufzen und Knurren, legte den Kopf wieder ab, schloss allerdings die Augen nicht erneut, die Stirn blieb in dicke Falten gelegt. Er behielt die Situation im Blick. Wenn schon von Hunden die Rede war – wer weiß, was sich daraus entwickelt, schien das Blitzen seiner Augen zu bedeuten. Menschen eben!

»Das mit seinem Sohn? Da wurde gar nicht richtig ermittelt?«, erkundigte sich Angela erstaunt.

»Nein. Zumindest nicht in der Tiefe. Aber wenn selbst

die eigene Mutter ... na, was soll die Polizei da groß unternehmen?« Irmgard zuckte mit den Schultern.

Angela hakte nach: »Wir sprechen über den Jungen, der damals ertrank? Der, von dem HL immer behauptet hatte, er sei gar nicht sein Sohn?«

»Ja, genau. Kompletter Schwachsinn! Alle in Heidesaum wussten, dass er der Vater war. Von diesem Kind – und von vielen anderen im Ort und der Umgebung auch. Jeder hier weiß, dass er sich nie auf eine Frau allein beschränkt hat.« Elses Frisur wippte hektisch vor Aufregung.

Irmgard meinte bitter: »Aber sie ist immer bei ihm geblieben. Nach jeder Frau, die bei ihnen aufkreuzte, um ein Kind zu präsentieren, das von HL gezeugt worden war – und auch, als der Junge plötzlich verschwunden war und später tot aufgefunden wurde. Sogar in Schutz genommen hat sie ihn noch!«

»Es ist durchaus nicht so selten, dass misshandelte und gequälte Frauen das Lösen aus der Beziehung nicht schaffen«, wusste Else. »In manchen Beziehungen entsteht so etwas wie ein perverses Band von eingebildeten und tatsächlichen Abhängigkeiten.«

Angela nickte. »Das stimmt. Hat denn niemand geholfen?«

»Oh doch. Viele haben geholfen. Aber du kannst die Frau ja nicht niederschlagen und aus dem Haus schleppen. Sie wäre ohnehin sofort wieder zu ihm zurückgerannt. Am Anfang dachten wir, sie hoffe, dass der Junge wiederkommt, doch nicht tot war. Und der sollte seine

Mutter zu Hause vorfinden. Sie hätte einen kompetenten Psychotherapeuten gebraucht. Was HL sonst ... wollte sich niemand ausmalen. Aber das kann nicht der Grund gewesen sein.« Irmgard zuckte mit den Schultern.

»Meinst du, der HL wusste von dem Camp im Wald?«, fragte Else leise und tief beunruhigt. »Vielleicht wollte er den jungen Mann vertreiben und das ging gründlich schief.«

»Wieso schief?«, fragte Irmgard. »Weg ist er doch!«

15

»Was wollte das Opfer mitten in der Nacht am Fluss?«
Hagen sah in lauter müde Gesichter. »Angeln? Beißen
die Fische bei Neumond am besten?«

»Vielleicht einige Arten. Welse?« Ramona, Kollegin
von Bredow, begleitete ihre Antwort mit großräumigem
Schulterzucken.

»Okay – das müssen wir also rausfinden. Aber angenommen, er hatte gar nicht vor zu angeln – warum saß er
dann am Ufer?«

»Klar festhalten können wir, dass er, wollte er Fische
erbeuten, auf jeden Fall die richtige Ausrüstung dabei-
hatte. Schließlich lässt sich der Fang nicht in der Hosen-
tasche nach Hause tragen, er hatte alles für den Trans-
port sozusagen ›am Mann‹.«

»Getötet mit machtvollen Schlägen. Das Gesicht ist
vollkommen zerstört, praktisch unidentifizierbar. War
eine Menge Emotion im Spiel.« Hagens Finger blätterten
in einem Stapel Papier. »Die Zeugen waren – bis auf wenige Ausnahmen – nicht gut auf ihn zu sprechen.«

»Tja, der Hans-Ludwig ...« Peter seufzte. »Ein nicht
gerade beliebter Mann im Ort. Seine Witwe musste all
die Jahre unter ihm leiden. In der Regel gab er sich eiskalt
– aber bei ihr hat er sich ausgetobt. Ich schätze, er hat ihr
im Laufe der Jahre jeden Knochen wenigstens einmal gebrochen. Wir waren mehrfach im Haus, weil Nachbarn

uns gerufen hatten. Aber jedes Mal hat Anne abgewiegelt. Gab keine Anzeige.«

»Und er war schon immer so aggressiv zu ihr?« Der Hauptkommissar schüttelte ratlos den Kopf. »Warum hat sie ihn dann überhaupt geheiratet?«

»Der war nicht immer so schlimm. Wenn ich es genau bedenke, eigentlich erst nach der Geburt des Sohnes.« Peter wiegte den Kopf. »Möglich, dass es nach dem großen Krawall losging. In Pauls Kneipe hat damals einer beim Stammtisch gefeixt und meinte, es sei schon erstaunlich, dass der Hans-Ludwig der Vater des Kindes sein solle, wo der doch immer beim Angeln ist. Ergo, es sei unwahrscheinlich, dass er als Erzeuger überhaupt in Betracht käme. Alle am Tisch wüssten schließlich, die Angelei sei mit Sex nicht vereinbar. Wegen der ähnlichen ›Stoßzeiten‹.«

»Das hat er sich zu Herzen genommen? Echt jetzt?« Ramona schüttelte verständnislos den Kopf. »Das übliche Kneipengeplänkel.«

»Ja. Er wurde fuchsteufelswild. Von da an hatte seine Anne nichts mehr zu lachen – und der Kleine schon gar nicht. Betrogen worden zu sein und einen Bankert durchfüttern zu müssen, das hat sich irgendwie in seinem Denken festgefressen. Für ihn drehte sich alles nur noch um die Frage, wie er beweisen konnte, dass er nicht der Vater und seine Frau also treulos war. Eine fixe Idee.«

»Vaterschaftstest?«, schlug Ramona vor. »Hätte fix Klarheit geschaffen.«

»Gab es den denn schon?« Peter runzelte die Stirn.

»Der Junge starb«, stellte Hagen klar. »Ich will wissen, woran!« Er sah schweigend in die Runde.

»Ehrlich gesagt wurde im Ort nicht viel darüber gesprochen. Ich glaube, genau weiß keiner, was die Todesursache war.« Peter runzelte die Stirn. »Offizielle Version war Ertrinken.«

»Wer hat das festgestellt?«, bohrte Bredow weiter.

»Unser Arzt in Heidesaum, Dr. Pleuko. Zu dem haben sie den Kleinen gebracht. Natürlich gab es auch sofort Gerüchte, die etwas anderes behaupteten. Einige flüsterten von Mord des Vaters an seinem Jungen.«

»Es gab keine rechtsmedizinische Untersuchung?«

»Nein. Zumindest nicht bei uns. Ich habe schon in den Akten nachgesehen«, erklärte Rechtsmedizinerin Dr. Julia Brand. »Ich kenne die Geschichte, meine Tante wohnt in Heidesaum. Na, war ja klar, dass ihr danach fragen würdet«, setzte sie hinzu, als sie das Erstaunen in den Gesichtern der Gruppe registrierte. »Ich arbeite vorausschauend.«

»Bleiben wir also bei HL. Der Stein stammt aus dem Uferbereich des Flusses. Der Täter oder die Täterin hat ihn vor Ort zur Tatwaffe gemacht.« Ramona war unzufrieden. »Wir sollten nicht auf den ersten Blick davon ausgehen können, dass eine tödliche Begegnung geplant war. Hätte der Täter die Absicht gehabt, dem Angler aufzulauern und ihn zu töten, suggeriert er damit, würde man erwarten, dass er das notwendige Instrument zur Ermordung direkt mitbringt.«

»Sehr geschickt gedacht. Dieser Täter zieht es vor, einen Stein vom Tatort zu benutzen. Einen von Tausenden, die man dort finden kann! Will uns glauben machen, es sei ein Übergriff ohne Planung gewesen, der nur heftiger ausfiel als vorgesehen? Der Tod des anderen war nicht eingepreist? Ist das nun wahr oder gelogen? Jeder, der am Ufer dort spazieren geht, weiß um die Steine. War die Tatwaffe also geplant, und nun will der Täter die Absicht damit verschleiern?« Bredow seufzte hörbar. »Okay, so kommen wir auch nicht weiter.«

Um eine Pause in die Mutmaßungen über die Umstände des Todes von Hans-Ludwig zu bringen, schnitt Bredow ein neues Thema an. »Der Camper ist bisher nicht wieder im Wald aufgetaucht. Die Streifen haben keinen ›Streuner‹ aufgegriffen, an der Landstraße wurde der junge Mann auch nicht gesehen. Möglicherweise weicht er uns so gut wie möglich aus.«

»Ihr hattet doch EINEN Ausweis mit dem Namen Marten entdeckt. Diesen Mann habe ich gecheckt. Seltsame Biografie, unstetes Leben.« Kommissarin Ramona Bitter blätterte in einem Ordner. »Wo habe ich das denn jetzt? Ach! Hier. Geboren wurde er in Berlin. Seine Familie lebte in Teltow. Nach der Scheidung der Eltern wurde er von der Großmutter aufgenommen, die in Heidesaum lebt. Der Großvater wird in den Unterlagen nicht erwähnt – vielleicht zuvor verstorben. So weit, so schlimm für das Kind. Aber«, Ramona legte eine dramatische Pause ein, um den Kollegen genügend Raum für Erstaunen und Sprachlosigkeit zu geben, setzte dann fort: »Tatsächlich ist Marten nicht unser vermisster Zeltbewohner.«

»Das überrascht mich nicht. In diesem Fall ist nichts, wie es auf den ersten Blick scheint. Warum also hatte er diesen Ausweis bei sich?« Hagen notierte etwas auf seinem Zettel.

»Der wahre Marten verschwand vor vielen Jahren für immer. Es gab nie wieder einen Kontakt zu ihm. Da war er gerade in der dritten Klasse. Seine Freunde wollten ihn zum Schulweg abholen, doch der Junge war nicht da. Die Großmutter sagte damals aus, er sei am Abend zuvor vom Spielen mit Schulkameraden nicht zurückgekehrt. Sie sei aber nicht wirklich besorgt gewesen, es kam durchaus vor, dass er spontan bei Freunden übernachtete. Seine schulischen Leistungen ließen zu wünschen übrig und deshalb nutzte er jede Gelegenheit, sich bei den Hausaufgaben helfen zu lassen. So fiel erst in der Schule auf, dass Marten nicht mehr da war.«

»Es gab doch sicher eine Suchaktion?« Bredow runzelte die Stirn. »Ein Kind verschwindet – acht oder neun Jahre alt – und wird nie wieder gefunden?«

»Die Aussage der Großmutter war wohl ausschlaggebend. Sie erzählte den Beamten, der Junge habe den glühenden Wunsch gehabt, nach Indien zu reisen und dort zu leben. Elefanten und Tiger übten eine große Faszination auf ihn aus. Ob er je in Indien ankam, blieb ungewiss. Angeblich hat die Großmutter nie ein Lebenszeichen von ihm erhalten.«

»Und die Eltern? Die haben auch nicht nach ihm suchen wollen?« Bredow merkte, wie ihm die Hitze des Zorns ins Gesicht stieg. »Nicht einmal die?«

Ramona räusperte sich. »Nein. Sie waren an dem Kind nicht interessiert. Weg war weg – und gut. Das war nun Sache der Oma.« Die Stimme der Kommissarin zitterte hörbar. Offensichtlich berührte sie das Schicksal des kleinen Jungen. »Die haben ihn einfach abgehakt und vergessen. Er wäre jetzt Mitte dreißig.«

»Wenn Marten vor mehreren Jahrzehnten verschwand – wie kommt der Camper dann zu seinem Ausweis?«, fragte Bredow nach.

»Der Ausweis ist fake. Eigentlich gut zu erkennen. Er hat ihn vielleicht sogar selbst gebastelt.« Ramona lächelte milde. »Keine Ahnung, was das sollte.«

»Okay, wenn er einen Ausweis gefälscht hat, warum dann mit diesem Namen, der für die Heidesaumer von Bedeutung ist? Er hätte jeden anderen nehmen können. Demnach bezweckte er, zumindest Unruhe zu stiften. Marten war also auf dem Foto gealtert – für die Menschen, die an die Echtheit glaubten, muss das eine ziemliche Überraschung gewesen sein. Für den einen oder anderen gar ein Schock. Die Großmutter lebt nicht mehr – oder?«

»Doch, tut sie. Sie ist zweiundneunzig und wohnt in einer WG. In Heidesaum, Am Ortrand fünfzehn.« Peter brauchte nicht einmal danach zu suchen.

Bredow war überrascht, sah irritiert von seinen Unterlagen auf.

»Na ja. Ich kümmere mich manchmal um die Einkäufe der WG. Die alten Herrschaften sind zwar geistig durchaus fit – aber Einkaufstüten schleppen ist nicht mehr drin. Meine Frau arbeitet dort als Betreuerin, deshalb habe ich Kontakt zu den Bewohnern.«

»Gut, Peter, du fragst in der WG nach. Vielleicht erzählt dir die Großmutter diesmal eine andere Geschichte – und wir wissen dann endlich, wozu der Mann aus dem Zelt diesen gefälschten Ausweis bei sich trug. Aus deinem Team hätte ich gern die Information, warum man das Ding für echt gehalten hat. Man sollte doch annehmen, dass ein Polizist ...«, er winkte resigniert ab. »Ramona, du bist weiterhin für den Hintergrund zuständig. Wir brauchen die Bankverbindung von Hans-Ludwig. Niemand scheint über seinen finanziellen Hintergrund Bescheid zu wissen. Dann finde heraus, was die Eltern des verschwundenen Jungen heute machen. Ob in Heidesaum noch andere seltsame Dinge passiert sind. Suche nach möglichen DNA-Trägern bei den Eltern des Jungen. Vielleicht hat die Mutter etwas aufbewahrt – als Erinnerung, oder bei der Großmutter liegt noch etwas wohlverwahrt in der Schublade. Suche nach Namen von Freunden, die er gehabt haben könnte. Altersgruppe. Recherchiere bitte auch den Hintergrund des Kindstodes von Annes Sohn. Ich möchte wissen, ob Hans-Ludwig in psychiatrischer oder psychotherapeutischer Behandlung war – gab es einen Erzfeind?« Er sah Peter an und meinte: »Oder lass mal, das übernehmen Gordon und Marc. Sie sollen ruhig auch unbequeme Fragen stellen. Vielleicht ist einer derjenigen, die durch das aggressive und arrogante Verhalten des Anglers aus dem Ort vertrieben wurden, erst kürzlich wieder nach

Heidesaum zurückgezogen. Ich frage bei meiner Frau nach, ob der junge Keksfan vielleicht diesen Ausweis rumgezeigt hat – und welche Reaktionen das ausgelöst hat.«

»Du glaubst, dass sie davon wüsste?«

»Klar, das Café ist Klatschbörse. Wenn sich jemand ärgert, erschreckt oder freut, wird das sofort im Café ausgewertet.«

»Ja«, lachte Peter, »in manchem Café hast du die Neuigkeiten schneller als das Internet. Ich weiß, wovon ich rede.«

Bredow betrachtete die Sammlung von Hinweisen, Informationen und Bildern auf der Pinwand an der Stirnseite des Raumes. »Viel ist das nicht«, kritisierte er. »Außer den Fetzen und dem Rucksack plus Anorak haben wir bisher zum Vermissten keinerlei Informationen. Er zeigte den Ausweis von Marten herum, er mag Kekse, ist wortkarg und offensichtlich wollte er anderen Menschen möglichst aus dem Weg gehen, es sei denn, er suchte den Kontakt – wegen Marten. Warum? Wir checken, ob ein Häftling abgängig ist. Psychiatrie, Strafvollzug, Maßregel – private Vermisstenmeldungen. Ansonsten suchen wir per Gesichtserkennung auf Bahnhöfen und Flughäfen, fragen auch bei den Kollegen des ›Blitzgewitters‹ an den Ausfallstraßen nach. Nur weil keiner davon weiß, muss er ja nicht wirklich autolos gewesen sein. Er hat es irgendwo auf einem Waldparkplatz abgestellt? Oder er hat irgendwo ein Motorrad versteckt?« Hagen musterte jeden einzelnen des Teams. »Sollte er untergetaucht sein, wird er nach Möglichkeit sorgfältig beobachten, welche Maßnahmen wir ergreifen, um ihn zu finden. Presse, Radio, Fernsehen folgen erst später. Erst suchen wir sozusagen ›von Hand‹.«

»Damit er sich in Sicherheit wähnt? Aber wovor? Und wenn er doch der Mörder von HL ist, vergrößert er doch nur seinen Vorsprung, während wir hier ›von Hand‹ nach ihm suchen!«, maulte Peter.

»Wir haben uns doch festgelegt. Entweder ist er geflohen, weil er davon ausgehen muss, dass der Mörder weiß, dass es einen Zeugen der Tat gibt – oder er ist abgehauen, weil er selbst der Täter ist und untertauchen will, oder er wurde gekidnappt, damit er nichts ausplaudern kann. Im letzten Modell wäre er in akuter Lebensgefahr. Vielleicht hätte es in diesem Fall ungünstige, vielleicht gar tödliche Konsequenzen für ihn, wenn wir über die Medien nach ihm fahndeten.«

»Hm«, grunzte Peter. »Wenn wir ihn nicht öffentlich suchen, könnte er glauben, wir halten ihn nicht für den Täter – oder der wahre Täter lässt ihn gehen, denkt, der Camper sei für unsere Ermittlungen nicht relevant. Du denkst, er kommt zurück?«

Hagen zuckte mit den Schultern. »So einfach wird es sicher nicht laufen. Aber ich möchte erst mal ›unter dem Radar‹ nach ihm suchen. Es gibt vielleicht einen Grund für sein seltsames Verhalten. Einen, den er womöglich mit Angela besprochen hat. Ich werde mich also noch einmal mit ihr über den Keksfreund unterhalten und versuchen, mehr in Erfahrung zu bringen.«

»Oh.« Peter lachte leise. »Ich glaube nicht, dass sie dir etwas erzählen wird.«

»Genau«, antwortete Bredow. »Das ist es, was ich befürchte. Sie wird versuchen, zu ermitteln. Sie ist nicht mehr bei uns, hat weder Legitimation noch Waffe. Hoffentlich geht sie kein sinnloses Risiko ein.« Die Besorgnis war für die gesamte Runde spürbar.

»Tja, sinnlos oder nicht liegt wohl im Auge des Betrachters«, kommentierte Ramona trocken.

»Das ist wohl wahr«, bestätigte der Ehemann der Kaffeehausbesitzerin seufzend mit unglücklicher Miene. »Deshalb mache ich mir Sorgen!«

16

Angela warf einen letzten prüfenden Blick in den Picknickkorb. Hatte sie auch an alles gedacht?

Der Kakao duftete verführerisch, der Schuss Rum darin würde für Entspannung sorgen, der Zucker die angespannten Nerven beruhigen.

Anne brauchte jemanden, der ein offenes Ohr für sie hatte.

Jetzt besonders.

Wo sich halb Heidesaum öffentlich mit ihrer Ehe beschäftigte, jedermann einen Kommentar parat hatte, in dem Anne nicht unbedingt gut wegkam.

Als Hagen gegen die Glastür zum Café klopfte, seufzte sie genervt. Jonas schlug an, stellte sich knurrend in Positur, bereit, den Störenfried in die Flucht zu schlagen.

»Was?«, erkundigte Angela sich harsch und ließ den Besucher eintreten.

Unzufrieden trollte sich der Hund zurück in sein Körbchen, behielt den ungebetenen Gast aber fest im Blick.

»Der Camper hatte doch sicher einen Namen.«

»Ja. Bekommt man in der Regel von den Eltern verpasst. Im Zuge des Lebens ändert sich meist nur der Nachname. Obwohl man als Kind neue Rechte bekommen soll, was die Änderung eines von den Eltern verhängten Namens angeht. Ich hätte mir Angela vielleicht auch nicht ausgesucht. Friederike. War immer schon mein Favorit.«

»Hat er dir erzählt, wie er heißt?«, präzisierte Hagen seine Frage, schielte dabei in den Picknickkorb.

»Der Korb ist für die Witwe, die nun allein in einem dunklen Haus sitzt. Und – ja, er hat sich mir als Benno vorgestellt. Aber natürlich wollte er nur keine Fragen ... es war sicher nicht sein wahrer Name.«

»In seinem Rucksack haben wir einen Ausweis auf den Namen Marten gefunden. Gefälscht. Nicht professionell. Ich weiß nicht, ob er damit überhaupt jemanden hätte täuschen können.« Kurz schwenkten seine Gedanken zu Peter und seinem Team. »Gut, einen, bei dem die Täuschung funktioniert hat, kenne ich sogar persönlich.«

»Und?« Sie hob einen Kaffeebecher an und Hagen nickte dankbar.

Der Kaffeeautomat rauschte sich heiß.

»Das bedeutet, dass Marten nicht sein richtiger Name war. So interpretieren wir das im Moment.«

»Marten war ein Freund aus Grundschultagen, erzählte er mir. Der verschwand vor vielen Jahren. Er selbst suchte gelegentlich nach ihm. In den Niederlanden, Frankreich, Deutschland. Diesmal in Heidesaum. Aber im Grunde ging er davon aus, dass Marten nicht mehr lebte.«

»Er hat hier den Ausweis wahllos rumgezeigt? Du sagst, sie waren Freunde ... und stammten beide aus Heidesaum? Ein bisschen viel Zufall.«

»Ich weiß nicht, woher der Mann aus dem Wald

stammt. Auf die Grundschule hier gehen sicher auch Kinder aus den kleinen Dörfern im Umkreis. Er hat nicht wirklich viel geredet. Auf Fragen selten geantwortet, nur selbst welche gestellt, wenn es ihm wichtig war.« Sie stellte den Kaffee vor Hagen ab und widmete sich wieder dem Packen des Picknickkorbes. »Habt ihr eine Spur zu HLs Mörder?«

»Nein. Bisher nicht. Diese Stelle am Ufer war durchaus eine seiner Lieblingsstellen. Er wurde übergriffig, wenn andere sie benutzten. Im Grunde wussten das alle in Heidesaum – und die meisten wollten lieber Ärger vermeiden. Wenn aber praktisch jeder wusste, wo Hans-Ludwig angelte, war es auch ein Leichtes, ihn abzupassen. Über aktuell anhängige Streitigkeiten hüllt man sich im Ort in vornehmes Schweigen. Bisher sehen wir nur, dass er nicht recht in diese Heidesaumgemeinschaft integriert war. Anne, seine Frau, auch nicht. Also blieben die beiden unter sich. Ob nun freiwillig oder eher erzwungen, wissen wir nicht.«

»Ja, das ist so. Ehrlich gesagt ist das auch sehr gut nachvollziehbar. Hans-Ludwig lag mit fast jedem Heidesaumer im Clinch. Manche der Streitigkeiten kamen gar vor Gericht! Anne befürchtete, der ganze Ort wisse um die Brutalität ihres Mannes und die Leute sähen sie scheel an. Einmischen wollte sich keiner, Anne hatte zaghafte Versuche von Anfang an energisch abgebügelt. Also blieben die beiden eben unter sich. Immerhin ging Anne in die kleine katholische Kirche, um zu beichten. So konnte sie den ganzen Ballast dem Pfarrer überhelfen, der ja kein Wort weitertragen darf. Du weißt, das ist bei den Katholischen Beichtgeheimnis. Im Grunde wie eine Kiste, in die du all deinen Frust, Ärger, Wut und jede Enttäuschung hineinwerfen kannst, dann wird der Deckel geschlossen und die Kiste versenkt. Niemand erfährt etwas.«

»Ich werde mit ihm sprechen. Aber klar, er wird mir nicht erzählen, was sie ihm gebeichtet hat. Vielleicht hat sie vom Mord an ihrem Mann geträumt, aber der Pfarrer behält das für sich.« Hagen seufzte, trank den letzten Schluck aus dem Becher. »Die Leute hier – irgendwie benehmen sich alle so, als stünden sie unter Beobachtung und müssten bei Fehlverhalten Repressionen der übelsten Art in Kauf nehmen.«

»Ach, was! Das kommt dir nur so vor. Vielleicht typisch für deinen Job«, behauptete Angela verärgert. »Die Gäste in meinem Café sind ausgesprochen nett. Und Berührungsängste hatte mir gegenüber bisher noch keiner!«

»Das liegt an deinen Back- und Kochkünsten. Liebe geht durch den Magen, wussten schon die Generationen vor uns.«

»Na ja. Mag sein«, räumte die Backkünstlerin ein, überlegte dann und setzte hinzu: »Es gibt hier in Heidesaum einen Angelverein. Jürgen Kamp ist Vorsitzender. HL war bestimmt Mitglied. Und sicher kein einfaches. Jürgen kann dir vielleicht über Zoff und Neid in dieser Klientel Auskunft geben. Und Annes Nachbarin Sibylle hat garantiert viel von den häuslichen Auseinandersetzungen mitbekommen. Gerade im Sommer, wenn überall die Fenster offen stehen.«

»Sibylle wer?«

»Weiß ich grad nicht. Wusste ich vielleicht nie. Wenn du vor Annes Haus stehst, Gesicht zum Haus, ist es das beigefarbene auf der rechten Seite. Sie freut sich bestimmt über deinen Besuch, ist eine sehr nette Frau.« Sie reichte Hagen eine kleine Tüte mit Keksen über den Tresen. »Hier, ein Türöffner. Die mag sie sehr.«

Es herrschte plötzlich Schweigen zwischen den beiden.

Angela schloss energisch die Deckel des Korbes, griff nach der Leine und ihrer Jacke.

Jonas sprang tatendurstig auf, stand sofort neben ihr, sah sie erwartungsvoll an. Sie knuddelte ihn am Hals, ließ sich die Hand lecken, klopfte zärtlich an seine Lende, zeigte deutlich, dass er ihr lieber war als der Besucher und sie nun aufbrechen würden.

Hagen beobachtete die Szene wehmütig.

Dann räusperte er sich. »Angela, die Kollegen habe jede Menge leerer Tütchen aus deinem Café in diesem Lager gefunden. Die Kollegen sind der Meinung, ihr kanntet euch mehr als nur flüchtig. Es wäre gut, wenn du mir noch ein bisschen mehr über diesen Benno erzählen wolltest.« Ton leise, alles Drängen aus der Stimme verbannt.

Der Blick der Köchin war hart. »Lass das! Ich bin nicht irgendeine Zeugin, die du mit diesem Bettelton bezirzen könntest. Wir haben uns gelegentlich ein bisschen unterhalten. Mir kam es vor, als bemühe er sich konzentriert, nicht zu viel von sich zu verraten. Deshalb machte er lieber wenig Worte.«

»Was soll ich jetzt glauben? Er wohnte dort – in geheimer Mission?«, hakte Hagen irritiert nach. »Ist das dein Ernst?«

Angela lachte laut. »Nein, das scheint nun doch ein bisschen sehr hoch gegriffen! Ich hatte eher den Eindruck, er habe schlechte Erfahrungen mit zu viel Nähe gemacht. Nun war er vorsichtig.«

»Na gut.« Hagen schlüpfte in seine Jacke. »Ich besuche diesen Herrn Kamp vom Anglerverein – und sehe dann weiter. Was hast du noch vor?«, fragte er beinahe aus alter Gewohnheit.

»Das ist unübersehbar! Mein wunderbarer Begleiter wünscht sich eine große Runde – und Anne braucht meine Gesellschaft. Ach – habt ihr schon herausgefunden, bei welcher Bank HL sein Konto hatte? Die Witwe hat keine Ahnung und kein Geld im Haus.« Zornig funkelte Angela ihr Gegenüber an.

»Ja, ich weiß, du bist wütend auf mich, weil ... Na ja, es ist Polizeiarbeit, Angela! Ich versuche mein Bestes. Wir sind dran.«

Hagen nickte seiner Frau kurz zu.

Dachte im Gehen an die alten Zeiten, sehnte sich beinahe schmerzhaft nach Angelas Nähe. Dranbleiben, befahl er sich, solange es keinen ernsthaften Konkurrenten außer dem Hund gibt, hast du noch alle Chancen.

Auf der Straße wäre er beinahe mit Irmgard zusammengestoßen.

»Ach – entschuldigen Sie bitte. Ich war ganz in Gedanken«, murmelte er hastig.

»Ist doch nichts passiert! Und so zerbrechlich bin ich nun auch wieder nicht, dass man sich bei einem Beinahezusammenstoß entschuldigen müsste.«

Irmgard musterte Hagen interessiert und schmunzelte in sich hinein, als er eilig weiterlief. Flüsterte vor sich hin: »Na, mein Lieber – hat es denn geklappt mit dem Auflodernlassen des Feuers? Ich denke, da wirst du dich noch gewaltig ins Zeug legen müssen.«

Jürgen Kamp schien nicht auf Besuch eingerichtet zu sein. Die bequeme Jogginghose war so leger, dass sie keinerlei Anstalten machte, den für sie vorgesehenen Platz am Körper des Mannes zu halten. Das Oberteil konnte Kamp nicht einmal ansatzweise füllen und der krötige Hals plus unbeschränkt über die Wangen wucherndem Bart verstärkten den ersten Eindruck von leichter Verwahrlosung. »Sie?«

»Sie?« Das klang genervt und vermittelte Bredow deutlich, dass er störte.

»Ja, ich. Wir ermitteln in einem Mordfall. Das bedeutet, dass wir auch schon mal überraschend zum Hausbesuch erscheinen, wenn sich das als notwendig erweist.«

»Na, wenn das so ist ...«, murmelte der viel zu breite Mund in dem kleinen, faltigen Gesicht.

Kamp wandte sich um und kehrte durch den Flur ins Wohnzimmer zurück, ohne sich zu vergewissern, ob der ungebetene Gast ihm tatsächlich folgte.

Auf dem Boden stapelten sich, über die gesamte Bodenfläche verteilt, Bücher. Es erforderte ein gewisses Geschick, auf dem Weg zur Couch nicht einen der Türme umzustoßen.

»Slalom schult die koordinativen Fähigkeiten bis ins hohe Alter«, schnarrte Kamp und keckerte leise.

»Ah, der Parcours ist demnach ein Therapiekonzept.«

»Genau, Herr Kommissar!«

»Ihre Katze hat das Geschlängel gut drauf«, lachte Bredow, der den gelenkigen Stubentiger bei der Bewältigung der Hindernisstrecke beobachtete.

»Ja. Persephone ist außergewöhnlich geschickt.«

»Das Mordopfer war Mitglied in Ihrem Verein. Inzwischen haben wir von einigen Heidesaumern gehört, Hans-Ludwig sei schwierig im Umgang gewesen. Würden Sie das bestätigen?« Der Ermittler nahm vorsichtig auf der Couch Platz, Kamp setzte sich ihm gegenüber auf einen verschossenen Sessel. Die ursprüngliche Farbe war nur zu erahnen – Bredow tippte auf olivgrün.

Der Hausherr nickte vehement. »Das kann man wohl sagen! Aber an ihm vorbei kam man eben auch nicht. Er war schlicht der Beste. Und zwar nicht als Einäugiger unter Blinden – sondern tatsächlich. Wir treten bei Wettbewerben auch gegen andere Vereine an. HL, na ja: Der König der Angler. Egal ob mit Fliege oder ohne – er beherrschte die Technik.« Die Bewunderung für das Können war Kamp deutlich anzuhören, seine Abneigung gegen den Mann spiegelte sich dennoch in seinen Gesichtszügen.

»Hatte er in jüngster Zeit Streit?«

»Wegen des Angelns – oder aus anderem Grund?«

»Beides.«

»Okay«, dehnte Kamp in die Länge, als überlege er angestrengt. Dann erzählte er: »Der Paul Grant hat sich mit ihm heftig in die Haare gekriegt. HL wollte ihm verbieten, an ›seiner‹ Stelle zu angeln. Das geht natürlich gar nicht. Wer zuerst kommt, der angelt dort, der andere setzt sich friedlich ein paar Schritte entfernt daneben oder sucht sich für diesen Tag eine andere Stelle. Ist ja nicht so, dass die Spree ein kurzes Flüsschen wäre. Bei der letzten Vereinssitzung haben die beiden sich geprügelt! Im Vereinssaal. Alle Hände wurden gebraucht, um die Streithähne zu trennen.«

»Können Sie sich vorstellen, dass der Zoff nach der Versammlung eine Fortsetzung fand?«

»Nachtragend waren beide. Ich kann es also nicht ausschließen. Wenngleich die Regeln klar waren, HL sich also hätte fügen müssen.«

»Aber das war nicht seine Art?«

Kamp nickte seufzend.

»Sie selbst hatten auch öfter Ärger mit ihm?«, bohrte Bredow nach.

»Aber klar! Einfacher wäre wohl zu fragen: Wer nicht? Mit mir hat er sich regelmäßig angelegt. Es war ihm ein Dorn im Auge, dass nicht er, sondern ich Vereinsvorstand wurde. Die anderen Mitglieder waren nicht an einem Streithammel als Vereinsleiter interessiert. Das hat er uns nicht verziehen, polterte bei jeder Gelegenheit von Wahlbetrug und Manipulation, weil es ja an seiner Persönlichkeit auf gar keinen Fall gelegen haben konnte. Also suchte er Streit mit mir. Zum Beispiel bei Aufnahmeanträgen in den Verein, Vereinsregeln, Platzgezeter – und: Was tun wir gegen die ›räuberischen‹ Katzen in Heidesaum, die durchaus erfolgreich am Ufer fischen? Und wann wird endlich gegen die ›Saubären‹ vorgegangen? Damit meinte er die Waschbären. Und die Sportangler waren ihm ein Dorn im Auge. Manchmal kontrollierte er sogar deren Berechtigungsnachweise! Unglaubliche Kompetenzüberschreitung!«

»Wurde vor Kurzem eine tote Katze am Ufer gefunden?«, fragte Bredow leise.

»Woher wissen Sie denn das nun wieder?« Kamp schüttelte den Kopf. »Ja! Die Katze von Familie Kanzel. Üble Geschichte. Natürlich hat es laut gekracht zwischen HL und den Kanzels. Die Familie hatte die Katze aus dem Tierheim übernommen, liebevoll aufgepäppelt. Und dann lag sie mit einer Angelschnur um den Hals im Ufersaum! Das war ein schrecklicher Anblick. Und natürlich war klar, dass ihr das nicht einfach ›passiert‹ war. Die Schlinge wies einen geschickten Knoten auf, war so festgezogen worden, dass es für das Tier keine Chance auf Befreiung gab. Eindeutig Mord. Alle wussten, wer dafür verantwortlich war.«

Überrascht hörte Bredow die emotionale Beteiligung Kamps unter der sachlichen Darstellung heraus. Offensichtlich hatte ihn die Geschichte persönlich mitgenommen. Sein Blick wanderte zu Persephone, die sich auf dem Teppich eingerollt hatte. Verstehend nickte er in ihre Richtung.

»Wie hat denn die Familie reagiert? Nur Beschimpfungen – oder mehr?«, wollte er von Kamp wissen. »Anzeige oder körperliche Auseinandersetzungen?«

»Das habe ich nicht weiter verfolgt. Aber ich gehe nicht davon aus, dass die Kanzels Ruhe gegeben haben. Zugezogene eben. Die glauben, man könne auch in Heidesaum auf sein Recht pochen – mag ja sein. Aber eben nicht gegen HL.«

»Warum nennen ihn eigentlich viele HL?«

»Ach! Das war eine Marotte von ihm. Kennen Sie die Serie ›Dallas‹?«

Bredow nickte vage.

»J.R. Ewing? Der erfolgreiche, rücksichtslose Geldvermehrer? Deshalb: JR – HL. Stand für ihn für grenzenlosen Erfolg.«

»Aber so reich wie J.R. war er nicht«, mutmaßte Hagen und runzelte die Stirn.

»Nun, das weiß in Heidesaum natürlich keiner so genau. Bankgeheimnis. Und selbst seine Frau hat angeblich keine Ahnung. Wer weiß, vielleicht ist sie jetzt Millionärin.«

Bredow würde bei der Kollegin nach der Bankverbindung fragen, eigentlich müsste das inzwischen geklärt sein, überlegte er.

Laut fragte er weiter: »Sie würden also sagen, der Mord zeige nur, dass sich endlich einer getraut habe? Mögliche Entschlossene gäbe es genug? Er hat überhaupt nur noch gelebt, weil man bisher allgemein zu feige war, sich seiner endgültig zu entledigen?«

»Ich hätte es nicht besser ausdrücken können!«, lobte Kamp zufrieden.

17

Bredows Handy verlangte hartnäckig nach Aufmerksamkeit.

Der Ermittler verabschiedete sich mit Handzeichen vom Vorstand des Anglervereins, meldete sich und verließ eilig das Haus.

»Wir haben den Raum geöffnet«, informierte ihn ein Kollege mit seltsam gepresster Stimme. Bredow war sofort alarmiert, der Schock des Kollegen unüberhörbar. »Ich denke, du solltest unbedingt herkommen und dir ansehen, was man hinter dieser Tür entdecken kann. Das reinste Grusel-Kabinett – genug Stoff für jahrelange Albträume.«

»Eine ausgestopfte Leiche?«, mutmaßte er.

»Nein. Jede Menge Chimären, die er mutmaßlich selbst zusammengebastelt hat. Und jede Menge vorbereitete Kadaverteile – wohl für die weitere Verarbeitung vorgesehen. So was hast du noch nie gesehen.«

Hagen wusste, dass er sich das nicht ersparen konnte. »Ich komme. Was sagt denn die Witwe dazu?«

»Nichts. Die weigert sich, überhaupt in den Keller zu kommen. Das sei sein Reich gewesen, sie hatte dort niemals Zutritt. Und sie wolle auch keinen!«

»Okay. Ich bin gleich bei euch. Leuchtet den Raum gut aus. Und bestellt ein Team des Erkennungsdienstes, das die Präparate vorsichtig einpacken und auch sicherstellen kann, dass sie ›haltbar‹ verwahrt werden. Ich brauche eine Liste der Tiere, die er für diese Präparate verwendet hat.« Bredows Fantasie zeichnete bereitwillig Bilder der abschreckendsten Kreaturen in seinem Denken. Er schüttelte sich.

»Habt ihr über den Sohn des Opfers und seinen Tod mehr herausfinden können?«, wechselte er zu einem anderen Aspekt des Falls.

»Nein. Bisher bleibt es bei den dürftigen Basisinformationen. Die Leute hier reden nicht gern mit uns. Wenn ihr mit dem behandelnden Arzt gesprochen habt, wissen wir vielleicht mehr.«

»Er war doch nicht mehr ganz klein, als er starb. Kindergarten? Schule? Lehrer oder Erzieher könnten uns etwas über ihn erzählen. Wie hieß der Junge eigentlich? Habe ich den Namen vergessen oder nennt ihn wirklich jeder hier nur ›der Junge‹?«

»Ich kenne ihn tatsächlich auch nicht. Die Mutter sollte ja wissen, wie ihr Sohn hieß. Sollen wir sie befragen?«

»Nein«, entschied Bredow. »Ihr bleibt bei diesem Raum und kümmert euch um den Spezialisten, der sich all diese Geschöpfe ansehen soll und eine Liste erstellen kann.«

Hagen war nicht überrascht, seine Frau bei der Witwe anzutreffen.

»Ich kann sehen, was du denkst«, empfing Angela ihn an der Haustür.

»Tja, was soll ich sagen? Heidesaum hat etwas mehr

als zehntausend Einwohner. Ich treffe im Rahmen dieser Ermittlung immer auf dieselbe Handvoll. Das macht diese Wenigen natürlich verdächtig«, gab Hagen halb besorgt, halb humorvoll zurück.

»Anne will nicht sehen, was ihr da unten gefunden habt. Schon gar nicht, nachdem die Beamten sich nicht alle als magenfest erwiesen haben. An ihrer Haltung wird sich auch nichts ändern. Aber ich selbst würde schon ...«

»Nein! Soweit ich gehört habe, ist das kein Anblick für Privatpersonen.«

Damit ließ er seine Frau stehen und stürmte förmlich über die Treppe in den Keller.

Auf dem Rücken spürte er die Hitze ihres wütenden Blicks.

Der Gestank war überwältigend.

»Wenn du dich übergeben musst, dann erledige das am besten draußen!«, kommandierte der Leiter des Erkennungsdienst-Teams, als er dem Kollegen ins Gesicht sah.

»Geht schon!«, krächzte Bredow wenig glaubhaft.

»Ich fasse mal zusammen: Er hat in diesem Raum getötete Tiere zerstückelt und die Körperteile zu neuen Kreaturen verbunden. Die Fotos schicke ich dir. Offensichtlich hat er diese Präparate nur für sich selbst hergestellt. Es gibt in den Schubladen und Schränken keinerlei Hinweise darauf, dass er sie etwa gehandelt habe. Aber in der Ecke steht eine Tiefkühltruhe. In der sind ordentlich verpackte Teile von Kadavern. Sogar beschriftet.«

Er öffnete eine der Türen an einer Kommode.

Bredow fuhr zurück.

Ein Fischschwanz auf Krähenfüßen mit einer Brust aus dunklem Pelz und einem Eichhörnchenkopf, ein Igelkörper mit Rückenflosse einer Forelle, der den Kitzkopf kaum zu halten vermochte und deshalb knapp unterhalb des Kinns durch Hasenläufe gestützt wurde; selbst Hunde, Katzen und Ziervögel hatte der Mann hier verarbeitet. Wie viele Menschen vermissten in Heidesaum wohl ihre Lieblinge? Die Übelkeit kehrte mit bedrohlicher Macht zurück, Bredow schüttelte sich angewidert.

»Es gibt auch Präparate, die Kampfszenen solcher Mischwesen zeigen. Die sind hier ...« Der Kollege wollte den Schrank öffnen, doch Bredow winkte hastig ab. Er hatte genug gesehen.

»Das soll sich der forensische Psychiater ansehen! Glaubte Hans-Ludwig, er sei gottgleich? Oder welche anderen Schlüsse kann man aus diesem Verhalten ziehen?«

»Wir waren auch erst mal ratlos und ziemlich schockiert. So etwas erwartest du nicht im Bastelkeller eines normalen Bürgers. Ist ein eher abseitiges Hobby. Die Schränke hier sind voll mit diesen ... tja, Schöpfungen? Fische sind natürlich auch dabei. Die hat er vielleicht selbst gefangen. Woher die anderen Kadaver stammen, zu welchen Spezies sie gehören, wissen wir noch nicht. Vom Jäger erworben, gewildert?«

»Ich spreche mit der Witwe. Vielleicht hat er ihr mal von solch einem Kauf erzählt. Fleisch für die Küche, der

Rest in den Keller?« Der Hauptkommissar drehte sich um. Beschloss, einen Umweg durch den Garten zu nehmen, bevor er die Witwe befragte, um den Geruch aus dem Keller verwehen zu lassen.

»Du stinkst«, stellte Angela unfreundlich fest, als sie Hagen in die Küche führte.

Offensichtlich war das der Lieblingsort der Witwe.

Vielleicht, überlegte der Ermittler, der einzige im ganzen Haus, an dem sie sich wohlfühlte.

»Ja, mag sein. Ich bin extra noch mal zum Lüften im Garten gewesen.«

»Im Keller riecht es schon immer. Deshalb hat er auch diese Zwischentür aus Metall einbauen lassen. Der seltsame Geruch sollte unten bleiben«, erzählte Anne leise.

»Der Geruch hängt unten wie eine Wolke. Da kriegt jeder Besucher unerbeten eine Portion ab.« Bredow nahm Platz. Warf der Witwe einen auffordernden Blick zu.

»Ja, das mag so sein. Wenn Hans-Ludwig unten gearbeitet hat, musste ich die Kleidung, die er getragen hatte, immer zwei-, dreimal durch den Vollwaschgang laufen lassen. Sonst ging das gar nicht raus. Im Sommer, wenn ich die Sachen in die Sonne hängen konnte, war es besser«, murmelte Anne mehr vor sich hin, als habe sie gar nicht die Absicht, diese Informationen an die anderen weiterzugeben.

»Hast du nie gefragt, was er da unten treibt?«, fragte Angela erstaunt.

»Nein.« Das klang beinahe entsetzt. »Manche Dinge sprach man besser überhaupt nicht an.«

Eine lastende Pause entstand.

»Hat er auch unseren Sohn ...?«, wisperte die Witwe und ihr Blick irrlichterte über die Gesichter der Besucher.

»Warum fragen Sie das?«

»Ich durfte ihn damals nicht mehr sehen. Er hat es mir verboten.« Die Worte waren kaum noch zu verstehen, die Stimme tränenschwer.

»Wie hat er das begründet?« Hagen gab sich redlich Mühe, die aufwallende Empörung nicht in den Ton einziehen zu lassen, war sich allerdings nicht sicher, ob es ihm gelungen war.

»Gar nicht. Nur verfügt.« Anne begann tonlos zu weinen. »Der Sarg wurde sofort geschlossen, nachdem mein Kleiner hineingelegt war. Niemand durfte ihn sehen.«

Erst gab es keine Obduktion, keine Untersuchung des Todesfalls, keine Ermittlung und dann wurde der Sarg geschlossen, bevor irgendjemand einen letzten Blick auf das Kind werfen konnte – selbst die Mutter nicht. Der despotische Vater brauchte offensichtlich nicht zu fürchten, dass einer der Heidesaumer gegen dieses Vorgehen Widerspruch einlegte. Seltsam, konstatierte der Ermittler, beschloss, der Sache nachzugehen.

»Können Sie sich noch an den Namen des Bestatters erinnern?«, hakte er deshalb nach.

Anne nickte. »Den werde ich nie vergessen. Paulink & Tochter. Woher die kamen, weiß ich nicht. Nur, dass sie nicht aus Heidesaum stammten. Die haben mein

Kind einfach direkt hinter der Arztpraxis abgeholt, weggebracht und eingesargt. Ich durfte mich nicht einmal verabschieden!« Jetzt rollten die Tränen ungebremst über ihre Wangen, tropften auf die Bluse, sie begann zu schniefen.

Angela reichte der Mutter eine Packung Papiertaschentücher. Anne putzte sich die Nase, die Tränen ließ sie laufen.

»Er hat nicht einmal ein Grab hier. Hans-Ludwig hat gesagt, Tote legten keinerlei Wert auf heulende Besucher.«

Hagen war sprachlos. Warum nur hatte diese Frau sich nie gewehrt? Sie hätte doch in Heidesaum sicher Verbündete finden können.

»Wie war der Name Ihres Jungen?«, erkundigte sich Hagen leise.

Nach anhaltendem Schweigen erklärte Anne, als habe sie die Frage gar nicht gehört: »Als ich ihn damals kennenlernte, war er eigentlich ganz nett. Aber noch vor der Hochzeit veränderte er sich. Erklärt hat er das nie. Meine Eltern meinten, ich sei schließlich keine Schönheit, solle es mal mit dem Wählerischsein nicht übertreiben, sonst würde mich Hans-Ludwig wohl sitzen lassen.«

»Zum Hochzeitstermin war das Kind bereits unterwegs?«, erkundigte sich Bredow leise.

Die Mutter nickte. »Ja. War schließlich nichts dabei. War ja sein Kind!«

»Was der Kindsvater aber bezweifelte?«

»Ich hatte nie einen anderen Mann!«

»Ihr Mann vertraute dieser Aussage allerdings nicht.«

»Deshalb ist die doch nicht weniger wahr!«, sprang Angela der Witwe bei und funkelte ihren Mann wütend an.

»Sage ich doch gar nicht! Ich glaube nur, dass er einen bohrenden Verdacht hatte – begründet oder nicht ist dabei gleichgültig.«

Anne sah von einem zum anderen. »Er hätte sein Eheversprechen aufheben können«, schluchzte sie verhalten. »Dann wäre uns viel Leid erspart geblieben.«

Im Garten checkte Bredow sein Handy.

Das neue Thema war brenzlig. In seiner persönlichen Situation war es ihm günstiger erschienen, einen Ortswechsel vorzunehmen und sich von den beiden Damen in der Küche zu verabschieden.

Als er die Fotodatei öffnete, sehnte er sich allerdings unerwartet heftig in die relative Geborgenheit der Küche zurück.

Die Bilder, die man ihm geschickt hatte, waren gut für monatelange Albträume mit Schweißausbrüchen und lautem Schreien beim Aufwachen.

Eine Gänsehaut lief über seinen Rücken, als er daran dachte, dass die Ehefrau des Anglers es für möglich gehalten hatte, dass er selbst seinen eigenen Sohn in diesem Keller ... Bredow fror plötzlich.

Beeilte sich, zu seinem Wagen zu kommen.

Fragte sich bei jedem Schritt, welches Trauma einen Menschen zu solch einem Monster hatte werden lassen.

Am Auto wartete Marc.

»Habt ihr was Neues?«, erkundigte sich Bredow, der eigentlich für heute keine weiteren Schreckensnachrichten hören wollte.

»Eine zweite Leiche.«

»Wo?« Hagen seufzte tief.

»Flussaufwärts. Zugerichtet wie Hans-Ludwig.«

»Heißt?«

»Schädel eingeschlagen, kein Gesicht mehr«, lautete die wenig empathische Kurzfassung.

»Hatte er etwas bei sich? Tasche? Oder seinen echten Ausweis?«

»Nö. Die Rechtsmedizin hat ihn schon abgeholt. Ich habe die Auffindesituation fotografiert. Hier, guck mal.« Damit rief er die Bilddatei auf und scrollte nach unten. »Fällt schon auf, dass die Stelle ähnlich aussieht wie der Fundort bei HLs Leiche. Der Stein stammt wohl auch bei diesem Überfall direkt aus dem Uferbereich. Hier: Siehst du, blutige Anhaftungen nennt das der Erkennungsdienst. Sie haben ihn mitgenommen, damit sie nachweisen können, dass er die Tatwaffe war. Dr. Franke, der Arzt vom Dienst, meint, auf den ersten Blick würde er eine zeitliche Nähe des Todes zum ersten Opfer für wahrscheinlich halten. Du weißt schon – alle belastbaren Informationen erst vom Rechtsmediziner nach der Obduktion.«

»Zwei Mordopfer am selben frühen Morgen? Der eine war passionierter Angler, gut, die stehen schon mal sehr früh auf. Aber für den jungen Mann muss es wohl einen speziellen Grund gegeben haben, sich zu nachtschlafender Zeit an die Spree zu stellen. Albträume? Eingeholt von einer Vergangenheit, die wir noch nicht kennen? Wir suchen nach einer Verbindung zwischen den beiden Opfern.«

»Bisher haben wir darauf keinen Hinweis.« Marc klang schlecht gelaunt.

»Gut. Ich melde mich bei der Rechtsmedizin. Vielleicht konnte man dort Fingerabdrücke sichern. Dann wissen wir wenigstens sicher, ob er der Mann aus dem Wald ist. Dr. Brand wird uns auf jeden Fall weiterhelfen können. Isotopenanalyse zum Beispiel. Mal hören, was sie an Identifizierungsmöglichkeiten sieht.«

»Angela?«, schnarrte Marc. »Wird ihr nicht gefallen, wenn wir ihr keine Informationen geben. Sie wird wissen wollen, wer den Fremden umgebracht hat.«

»Mein Wagen parkt, wie nicht zu übersehen war, vor dem Haus der Witwe. Angela ist auch hier. Ich spreche gleich mit ihr. Ich hoffe, sie bleibt vernünftig«, antwortete Hagen mit steinschwerem Herzen. Immer noch besser, sie erfährt es von mir, versuchte er sich zu trösten, oder war es eher der Versuch, sich Mut zu machen? Er wusste, dass diese Überlegungen sinnlos und falsch waren. Im Gegenteil. Sie würde ihn, Hagen, ab sofort stets gemeinsam mit dem Tod des Fremden denken. Keine gute Verknüpfung. Keine gute Voraussetzung für einen Neustart.

Mit elektrischem Summen schloss sich die Fahrertür seines Wagens wieder.

Bredow kehrte mit schleppenden Schritten zurück in das »kleine Haus des Grauens«, wie er es in Gedanken nannte.

»Angela? Kann ich dich bitte mal kurz sprechen?«, fragte er rau und wich ihrem investigativen Blick aus.

Elastisch schwang sich die Angesprochene vom Stuhl, nickte der Witwe kurz zu. Jonas lief in freudiger Erwartung vor ihr her und so kehrten sie zu dritt in den Garten zurück.

»Was gibt es denn so Wichtiges?«, fragte Angela wenig interessiert, kraulte liebevoll den Hund und versprach leise: »Noch ein paar Minuten, dann verabschieden wir uns von Anne und brechen zu einer großen Runde auf.«

»Wir haben ein zweites Mordopfer entdeckt.« Hagen schluckte schwer.

»Oh Gott! Der Keksfreund aus dem Wald?«, ächzte Angela und stützte sich einen langen Moment auf seinen Unterarm, starrte schweigend vor sich hin.

»Wo?«, wollte sie dann wissen.

»Flussaufwärts.«

»Beide Opfer – ein Täter – eine Tatzeit?«

»Wir wissen noch nicht, ob es sich um den Vermissten handelt – und die Fragen nach Täter und Tatzeit können wir auch bis jetzt nicht beantworten. Aber es wäre schon ein bemerkenswerter Zufall, wenn sich zwei Mörder zur ungefähr selben Zeit am selben Fluss ein Opfer suchten, es auf die gleiche Weise töteten. Vielleicht gibt es eine Verbindung zwischen den beiden Opfern. Wir sind dran«, versicherte Bredow eilig.

»Da räumt jemand auf?«

»Möglich, aber tatsächlich haben wir zu wenig Informationen. Bisher ist nur klar, dass das erste Opfer sonderbare Hobbys hatte, ein Grantler war, der ständig Ärger provozierte, von niemandem wirklich gemocht wurde und zu häuslicher Gewalt neigte. Das reicht nicht einmal für eine gute Hypothesenbildung. Mit dem zweiten Opfer wird der Fall eher komplizierter als übersichtlicher. Behalte die Informationen noch für dich. Aber das weißt du ja.«

»Danke, dass du mich eingeweiht hast. Ist besser, dass ich es von dir höre als von einem fröhlichen Radiomoderator.«

Sie nickte leicht, kehrte mit ihrem tierischen Freund ins Haus zurück.

Bredow sah ihr mit brennenden Augen nach.

Atmete tief durch.

Machte sich auf zu Sibylle, der Nachbarin Annes.

Nach einer halben Stunde verließ er das beige Haus fassungslos. So viel Hass, Zorn und Unverständnis für die Situation der Nachbarin hatte er nicht erwartet. Aber nun verstand er, warum die Witwe von Hans-Ludwig so isoliert war. Sibylle hatte von Feigheit gesprochen, von persönlichem Unvermögen, das eigene Leben selbst in die Hand zu nehmen – und davon, dass Anne schuld daran war, dass manche Männer in Heidesaum glaubten, Ehefrauen seien dumme Schafe, die man nach Belieben schlecht behandeln durfte. Schon in der Schule gebärdeten sich viele Jungs – noch nicht trocken hinter den

Ohren – wie Machos, drangsalierten die Mädchen, werteten sie öffentlich ab. Sibylle sprach von »unhaltbaren Zuständen, für die solche unselbstständigen Frauchen wie Anne durchaus mitverantwortlich sind.«

Kopfschüttelnd stieg er in den Wagen und machte sich auf den Weg in die Rechtsmedizin.

»Warum habt ihr euch nicht einfach zusammengetan? Die starken Frauen aus Heidesaum wehren sich gemeinsam gegen übergriffige Männer!«, murmelte er vor sich hin. »So viel Hass!«

18

»Ey, die haben den Toten entdeckt!«, zischte die Stimme ins Prepaidhandy.

»Gut. Wurde ja auch Zeit!«

»Mein Geld?«

»Bist du sicher, dass du überhaupt eine Bezahlung verdient hast? Im Grunde wohl eher nicht!«

»Ey, ich habe hundert Prozent mehr abgeliefert, als bestellt war! Zwei für den Preis von einem!«, protestierte der Anrufer und setzte entschlossen nach: »Damit bin ich nicht einverstanden. Es wird teurer! Wenn ihr nicht zahlt, schicke ich ein paar brisante Infos an die Behörde.«

»Wow! Wir zittern. Willst du uns drohen?«, gab sich der Auftraggebervertreter cool. Und angriffslustig.

»Ne. Ich will meine Kohle. Und ich will, dass klar ist, dass ich euch hinhängen kann.«

»Nix kannst du! Du bist nicht mehr als ein Würstchen auf dem Grill. Wenn du zickst, drehe ich die Temperatur höher und lass dich verbrennen.«

Offensichtlich dauerte es eine Weile, bis der Anrufer seine Stimme wiederfand.

»Wir sind letztlich auch eine Community. Passiert mir etwas, wissen die anderen über die Hintergründe Bescheid. Wir gehen keine unnötigen Risiken ein. Wagt es nicht, mich nicht zu bezahlen – oder mich auszuschalten. Das käme euch teurer zu stehen, als in den Knast zu wandern. Morgen ist das Geld bei mir! Zwei geliefert – werden auch zwei bezahlt. So läuft das bei uns. Und wagt es nicht, mir auch nur einen Cent schuldig zu bleiben.« Damit war das Gespräch beendet.

Der Auftraggeber starrte minutenlang blicklos auf den dunklen Handybildschirm.

Seufzte schwer.

Rief eine andere Nummer an.

»Sie haben ihn gefunden. Heute ist Zahltag.«

19

Am nächsten Morgen war das Café voller Gäste.

Jeder Tisch, fast jeder Stuhl war besetzt.

Der zweite Tote war Gesprächsthema Nummer eins, hatte HL von seinem Spitzenplatz locker verdrängt.

»Dieser zweite Leichnam – das könnte dieser Camper sein, oder?«, erkundigte sich eine ältere Dame und verschaffte ihrer Frage durch lautes Aufstampfen mit dem Stock Gehör. »Wäre doch sonst zu viel Zufall!«

»Ich habe im Radio gehört, die Identität sei noch gar nicht geklärt. Alles, was wir hier besprechen, sind Spekulationen und Gerüchte. Ohne jeden Bezug zu einer berechtigten Grundannahme.« Irmgard, die Stimme der Vernunft.

Angela war blass.

Selbst Jonas wirkte bedrückt.

Dr. Nele Nachtmann, die Tierärztin, streichelte ihn zärtlich und bestellte einen großen Cappuccino.

»Dir geht die Sache ziemlich nahe«, stellte sie fest, als Angela die hohe Tasse vor ihr abstellte. »Kanntest du den Mann?«

»Er ist noch nicht identifiziert. Wenn es meine Keksbekanntschaft wäre ... Eigentlich ist das alles seltsam. Deine Frage kann ich nur mit Nein beantworten. Wir sind uns mehrfach begegnet – aber er hat so gut wie nie etwas über sich erzählt. Jonas und ich, wir mochten ihn. Vielleicht, weil er so ein bisschen verloren in der Welt wirkte. Damit kennen wir beide uns gut aus.« Sie zwinkerte ihrem Hund zu. »Manchmal haben wir ihm Brot, Kuchen oder Kekse mitgebracht. Dann saßen wir zu dritt am Ufer der Spree und schwiegen. Hat sich gut angefühlt.«

»Ihr habt euch ohne Worte verstanden. Das sind schöne Momente, die man nur selten erlebt. Ist es denn sicher, dass ...«

»Nein. Es ist Hagens Fall. Sie versuchen jetzt nachzuweisen, dass der Tote mit dem Bewohner des Zelts identisch ist. Aber natürlich hat Herta völlig recht. Wäre er es nicht und gäbe es keinen Zusammenhang zwischen den beiden Mordopfern – ergäben sich zu viele Zufälle.« Angela seufzte. »Ich kann dir gar nicht genug dankbar dafür sein, dass du mich mit Jonas ›verkuppelt‹ hast. Mein Fels in der Brandung.« Sie streichelte über den Rücken des Tieres, klopfte zärtlich seine Lende, kraulte ihn am Kinn. »Er ist immer für mich da. Und tröstet mich, wenn ich das brauche.«

»Und Hagen?«

»Hagen? Ermittelt. Und versucht, mich von dem Fall fernzuhalten.«

Nele war mit der Antwort nicht zufrieden. »Fühlt es sich für dich seltsam an, dass er nun jeden Tag in Heidesaum herumschwirrt? Stört es dich?«

Angela dachte darüber nach. Schüttelte dann langsam den Kopf. Wirkte selbst ein wenig überrascht. »Nein«, räumte sie ein. »Er ist ein guter Ermittler, wird den Mörder sicher fassen.«

»Bist du dir mit deiner Entscheidung zur Trennung noch sicher?« Nele konnte auch hartnäckig sein.

»Ich denke manchmal, vielleicht war meine Entscheidung, den Mädchennamen zu behalten, für ihn schon ein Signal für zu wenig Bereitschaft zur Zweisamkeit. Ich hatte gespürt, dass es ihn verletzte. Trotzdem habe ich mich durchgesetzt. Liebetanz ist Aussage, Bedeutung. Und Bredow wäre nun im Doppelpack aufgetreten.«

»Hm.« Nele hatte gut zugehört. »Als Freundin würde ich dir raten, dir Zeit zu lassen. Ihr müsst nichts überstürzen. Die Scheidung könnt ihr zu jeder Zeit in Angriff nehmen. Es muss nicht sofort alles geklärt werden.«

Angela sah sich im gut gefüllten Café um.

Stand auf.

Noch einmal knuddelte die Konditorin den inzwischen etwas mehr als mittelgroßen Mischling, flüsterte ihm etwas ins Ohr, verschwand dann, um die Hände zu waschen.

»Hygiene first«, lachte Nele leise. »Sie arbeitet in einem sensiblen Bereich, weißt du. Hundehaare auf dem Eis oder im Kuchen ... ne! Das geht gar nicht.« Jonas rollte sich auf seinem Platz zusammen. Die Tierärztin schmunzelte. »Na, ihr zwei passt perfekt zusammen. Wie Topf und Deckel.«

In der Zwischenzeit nahm das Gespräch unter den Gästen Fahrt auf.

Tisch eins behauptete, der Tote sei HLs Sohn. »Der Junge ist wahrscheinlich damals gar nicht ertrunken. HL hat ihn wegbringen lassen, weil er glaubte, seine Anne sei mit Aufzucht und Erziehung heillos überfordert!«, behauptete Marie, deren bläuliche Locken nicht zum rosa Kleid passen wollten.

Diese steile These wurde an Tisch drei vehement abgelehnt. »Was für eine endlose Räuberpistole! Das hat man sich damals schon zugeraunt, weil der Sarg nicht geöffnet werden durfte. Nicht einmal für die Mutter. Aber warum bitte schön sollte ein Bestatter solch eine Trickserei mitmachen? Einen leeren Sarg irgendwo zu beerdigen! Was hätte der Arzt davon, die wahre Todesursache zu verschleiern, etwas Falsches zu behaupten? Nein, das ist zu fantastisch für Heidesaum!« Julias Brille beschlug, sie nahm sie rasch ab, begann mit einer umständlichen Reinigung der Gläser. Ihre Freundin nippte am Sektkelch. Starrte in die Runde, schwieg zunächst. Räusperte sich. Setzte sich aufrecht. »Ich war damals mit Clothilde befreundet, der Sprechstundenhilfe. Sie wurde aus dem Behandlungszimmer geschickt, als der Junge gebracht wurde. Sie konnte nicht sagen, ob das Kind tot war – oder eben nicht. Auch später hat ihr Chef nie ein Wort über diesen denkwürdigen Nachmittag verloren. Die Krankenakte war nicht mehr in der Hängeregistratur. Weg. Das hat sie schon stutzig gemacht. Aber anzeigen wollte sie den renommierten Arzt nun auch wieder nicht. Alles blieb geheim.«

Als Angela auf leisen Sohlen Irmgard einen zweiten Sekt brachte, meinte diese: »So! Nun kommt alles auf den Tisch! Hör gut zu, damit du all die Informationen an deinen Mann weitergeben kannst. Schade, dass er all das nicht selbst hören kann – auf der anderen Seite würden die Leute nicht so hemmungslos spekulieren, wenn ein Fremder zwischen ihnen säße. Auch noch einer von der Ermittlungsbehörde!«

Elses unangenehmer Diskant übertönte alle.

»Ach – wie stellt ihr euch das vor, hä? Zwei Mordopfer am Ufer der Spree, zwischen ihnen nur eine kurze Wegstrecke. Ihr meint nun, der Sohn habe den Vater erschlagen. Späte Rache. So weit – so uralt. Aber konkret? Der Sohn zerstörte seinen Lagerplatz, hat den Vater beim Angeln angetroffen und zur Rede gestellt? Ein Wort ergab das andere und als der Worte genug gewechselt waren, kam der Stein ins Spiel? Der Sohn erschlug den Vater. Danach lief der Mörder flussaufwärts und erschlug sich selbst? Das ist doch Kokolores! So wird kein Schuh aus der Geschichte!«

Irmgard schmunzelte. Auf Else war Verlass, die rückte die Dinge immer punktgenau zurecht.

»Na, es muss ja einen Grund gegeben haben, aus dem der junge Mann im Wald gewohnt hat!«, hielt Marie giftig dagegen. »Ohne fließend Wasser, schon gar nicht mit warmem, ohne Strom, ohne jeden Komfort. Allein. Ist doch offensichtlich, dass der was im Schilde geführt hat.«

»Die Einbrüche in Heidesaum haben nicht zugenommen. Es lungern auch keine Jugendlichen im Drogendelir in irgendwelchen finsteren Ecken rum. Warum also war dieser Fremde hier? Vielleicht einfach nur ein harmloser Aussteiger? Glaubt ihr das wirklich? Ich nicht! Der hatte ganz klar irgendetwas Kriminelles vor. Bankraub?«

»Harmloser Aussteiger – in Heidesaum! Ne, ganz sicher nicht. Hier kannst du nicht mal Dope kaufen, Cannabis ist vielleicht bei manch einem Rentner zu beziehen. Keine Atmosphäre für Hütchenspieler oder gar Trickbetrüger. Glasklar hatte der etwas vor – er wollte Marten finden. Bankraub geplant! Marie, damit schießt du nun wirklich den Vogel ab! Zwischen Angelverein und Club Strickliesel wird er wohl kaum auf Gleichgesinnte und Mittäter gehofft haben.« Else trank mit weit geschürzten Lippen vorsichtig einen Schluck ihres heißen Kaffees mit Schuss.

Irmgard unterdrückte mit größter Anstrengung ein unangemessenes Kichern, das in ihr aufstieg, weil sie beim Anblick der weit nach vorn gespitzten Lippen die kurze, bewegliche Rüsselschnauze eines Tapirs assoziierte.

Hätte Else gewusst, welche Bilder hinter Irmgards Stirn aufpoppten, wäre sie mindestens für den gesamten Tag beleidigt gewesen, wenn nicht für sehr viel länger.

Nele sah amüsiert von einem Tisch zum anderen. Schüttelte den Kopf.

»Hier wird getratscht wie beim Friseur.«

»Nein, eigentlich nicht. Aber zwei Mordopfer in so

kurzer Zeit, das sorgt schon für echte Aufregung in Heidesaum«, nahm Angela ihre Kunden in Schutz.

»Die gucken doch sicher alle Krimis im Fernsehen. Sie sollten also um die Gefahr wissen, die von einer unbeabsichtigt getroffenen Spekulation über Tat und Täter ausgehen kann. Und doch ...«

»Viele leben allein. Mit wem sollen sie sich über ihre Mutmaßungen austauschen? Ich hab' wenigstens Jonas. Er hört zu, kommentiert, tröstet, kuschelt alle Ängste oder Bedenken so klein, dass der Staubsauger sie problemlos beseitigen kann.«

Thilda schnarrte: »Am wahrscheinlichsten ist doch, dass er zufällig Zeuge des Angriffs auf HL wurde. Der Mörder lief ihm nach und räumte den lästigen und gefährlichen Mitwisser aus dem Weg.«

»Wir drehen uns im Kreis.« Irmgards Stimme war fest. »Wir sollten dieses Rumgerate lassen. Ehrlich gesagt ist es mehr als unsensibel. Zwei Menschen sind tot – und ihr macht lustvoll daraus ein albernes Ratespiel.«

Else mahnte eindringlich: »Mich erinnert das an längst vergangene Zeiten. Damals, als noch viele glaubten, es gäbe einen Geheimbund in Heidesaum. Diesen ABC-Club. Jede Menge Spekulationen, jede Menge Verdächtigungen und am Ende? Man hat nie herausgefunden, ob es diesen Club je wirklich gegeben hat. Aber – stellt euch vor, der existierte doch? Womöglich besteht er noch. Wäre es dann nicht möglich ...«

»So ein Quatsch. Der ABC-Club war nur eine Erfindung von ein paar Schülern, die Angst verbreiten wollten. Und dann wurde jeder Vorfall dem Club zugeschrieben. War wohl praktisch. Der Schuldige an jedwedem Ärger war bereits im Voraus bekannt. Und wer hinter dem mysteriösen Club steckte, wurde nie geklärt.« Thilda schob eine Gabel voll Auflauf in den Mund und war erst mal zum Schweigen verdammt.

»Ich bin mir ziemlich sicher, dass der sich nie aufgelöst hat. Wer was dauerhaft verschweigen will, kann solch einen Bund weder auflösen noch verlassen. Viel zu riskant. Ich sage nur: Schweigegelübde, Verschwiegenheitsbündnis!« Else war nicht zu bremsen.

Die Tür zum Café wurde geöffnet und Anne trat an den Tresen.

Das Getuschel an den Tischen verstummte sofort, Köpfe wurden gesenkt.

»Angela! Du weißt ja, was sie bei mir im Keller gefunden haben. HL hat aus Teilen von Tierkadavern neue Arten zusammengebaut! Wie grässlich! Ich konnte die ganze Nacht nicht schlafen, weil ich doch Angst habe, dass er auch Teile unseres Sohnes ... Kannst du deinen Mann nochmal fragen? Ich muss sicher sein!« Sie begann haltlos zu schluchzen.

20

Die Auftraggeber versammelten sich am Ufer der Spree.

Seit man hier eventuell über Leichen stolpern konnte, hatte die Zahl der Spaziergänger stark abgenommen.

»Wie? Er will jetzt für zwei bezahlt werden?«

»Ja. Er meint, er habe auch doppelte Arbeit geleistet.«

»So ein Quatsch. Wenn er einen zu viel erschlägt, geht das nicht auf unsere Kasse. Läuft eher unter Privatvergnügen.« Der Längste unter ihnen machte keinen Hehl aus seiner Empörung. »Das kann man nicht durchgehen lassen.«

»Sehe ich auch so.« Der Blonde zuckte mit den Schultern. »Wenn das einmal klappt, sind Erpressungsversuchen alle Türen geöffnet.«

»Dann warte ich auf eure Vorschläge.« Der Breitschultrigste sah die anderen erwartungsvoll an. »Immerhin droht er damit, uns bei der Polizei ...«

»Ha! Und wie möchte er das? Er kennt uns nicht. Du telefonierst Prepaid. Was also möchte er der Polizei erzählen: So was wie: ›Ich habe zwei Leute umgebracht. Aber das war erstens ein Versehen und zweitens keine Absicht.‹? Dann wandert er in den Knast. Mehr passiert nicht.« Der Lange hatte die Lautstärke vor Zorn gesteigert.

»Pssst. Grölerei bringt nichts. Er will mehr Geld. Die Frage ist, zahlen wir oder gehen wir das Risiko ein, dass er zur Polizei geht?« Der, dessen Statur an einen erfolgreichen Boxer erinnerte, fasste das Problem prägnant zusammen. »Der Club sollte an dieser Stelle aktiv werden. Rederei bringt nichts.«

»Vielleicht nicht. Ich glaube, du hast recht. Sprache ist ein scharfes Schwert – aber hier wohl komplett wirkungslos. Wehrhaftigkeit ist das Gebot der Stunde. Fakt ist, dass keiner von der Sache weiß. Auch der Typ hat keinen Schimmer. Was, wenn er die Morde bekennt? Wird man das mit ...«

»Nein. Niemand kennt die Verbindung. Sie suchen mit Sicherheit nach einem gemeinsamen Nenner zwischen den Opfern. Aus Sicht der Polizei wäre es nur logisch, wenn es einen Zusammenhang gäbe. Wir lassen sie ermitteln und gut. Doch wenn nun einer kommt und von Auftrag quasselt, wird man sicher hellhörig, kramt in Heidesaum. Das wäre eher ungünstig.«

»Also?«

»A, B oder C? Wer kümmert sich? Das ist hier die Frage.«

»Streichhölzer ziehen?«, schlug der Breitschultrige vor.

21

Bredow sah grau und übernächtigt aus, als er sein Team versammelte.

»Tragen wir also zusammen«, forderte er die Runde auf.

»Gut, dann fangen wir an. Nach der Öffnung des Kellerraumes fand sich folgender Zustand«, Ramona schob Fotos in die Mitte des Tisches. »Ich wollte das nicht an die Wand projizieren. Dann wird es unerträglich. Den Gestank kann ich ohnehin nicht mitliefern. Insgesamt hat die Spurensicherung fünfundvierzig solcher ›Mischwesen‹ sichergestellt, unzählige Teile, die noch auf ›Verwertung‹ warteten. Fisch, Rebhuhn, Ratte, Rehbock etc. Ob auch humanes Material dabei ist, wissen wir noch nicht. Bei einer dieser Chimären fand sich als Bein etwas, das einem Finger glich. Die Herkunft wird das Labor klären müssen. Im Bericht der Kollegen steht, vieles sei auf den ersten Blick nicht zuzuordnen.«

Die Augen aller Teilnehmer der Ermittlergruppe klebten an den Bildern.

»Ich habe schon darum gebeten, dass ein Forensischer Psychiater eine Stellungnahme zu diesem Fund abgibt. Ist in Arbeit.« Bredow schüttelte sich. »Die Witwe wusste angeblich nichts von diesen Dingen, die im Keller vor sich gingen. Sie wagte sich nicht hinunter, ihr Mann hatte es wohl verboten. Wobei er ihr offensichtlich nicht vorbehaltlos getraut hat. Die Tür war verschlossen, verriegelt und mit einer Eisenkette an der Kellerwand gesichert. Das Mordopfer wusste demnach um das Frevelhafte seines Tuns.«

Bredow blätterte in den Berichten.

»Die zweite Leiche«, leitete er dann zur aktuellen Entwicklung über, »ist ähnlich getötet worden wie Hans-Ludwig. Gesicht zertrümmert, Identifizierung vielleicht an körperlichen Merkmalen möglich.«

»Ich war in der Rechtsmedizin. Es werden Fingerabdrücke genommen – wobei nicht sicher ist, ob das noch geht. Der Oberkörper lag im Wasser. Waschhautphänomen. Klären können wir, ob dieses Opfer im Wald-Camp gewohnt hat. Das bringt aber nur eine räumliche und zeitliche Zuordnung.«

»Wir suchen nach einem Bindeglied zwischen Hans-Ludwig und dem zweiten Opfer?« Marc machte sich Notizen.

»Ja. Ein Täter, zwei Opfer. Aus einer Verbindung zwischen den beiden ergibt sich womöglich ein Hinweis auf die Gefährdung weiterer Personen. Wir müssen herausfinden, warum diese beiden innerhalb einer Nacht getötet wurden.« Peter klang ernsthaft besorgt. »Ist doch seltsam, dass so etwas gerade in dem idyllischen Heidesaum passiert. Da ist nie was los.«

»Genau das werden wir überprüfen.« Bredow begann mit einer Aufzählung. »Der Sohn von Hans-Ludwig ertrank. Der Arzt vor Ort stellte die Todesursache fest, niemand sonst wurde eingeschaltet. Der Bestatter war nicht aus der Gegend. Der Sarg wurde sofort geschlossen, niemand konnte einen letzten Blick auf den Leichnam werfen – selbst der Mutter wurde das verweigert. Warum? Wir werden bei dem Bestattungsunternehmen nachfragen. Es gibt auch in Heidesaum kein Grab des Jungen. Wo also wurde er beigesetzt? Warum ist das so geheim, dass nicht einmal die Mutter davon weiß?«

»Nun, denkbar wäre, dass er Verletzungen aufwies, die sich nicht mit dem Ertrinken als Todesursache in Verbindung bringen lassen konnten. Das hätte auffallen und zu Gerede führen können.« Ramona Bitter machte sich eine Notiz. »Vielleicht gibt es noch die Krankenakte in der Praxis. Wir sollten überprüfen, ob dieser Arzt noch arbeitet oder seine Praxis verkauft hat. Manchmal lagern alte Akten dann einfach im Keller.«

Marc nickte. »Ist gut möglich. Wenn der Arzt allerdings Ertrinken als Todesursache festgestellt hat, wird er wohl auch in der Akte nichts anderes vermerkt haben. Und Pleuko ist längst im Ruhestand. Wäre doch blöd.«

»Der ist tot.« Peter sah Marc sonderbar an. »Die Praxis ist verkauft. Manchmal könnte man glauben, du wohnst gar nicht in Heidesaum.«

»Mann! Ich bin jung, fit, durchtrainiert. Ich brauche keinen Arzt!«, rechtfertigte Marc seine Unwissenheit.

»Wir haben noch weitere Erkenntnisse aus der Rechtsmedizin.« Bredow übernahm die Weiterleitung der Fakten. »Dr. Brand schreibt in ihrem Bericht, der Täter sei Rechtshänder. Das lässt zumindest der Winkel vermuten, in dem die Schläge ausgeführt wurden. Über die

Größe kann ich nichts sagen – sie geht davon aus, dass der Angreifer den Angler zu einem Zeitpunkt attackierte, als dieser in seinem Klappstuhl saß ... oder war das ein Anglerhocker? Der erste Schlag traf relativ weit oben am Kopf, daraus würde Frau Dr. Brand vorsichtig folgern, dass der Angreifer zwischen 1,70 und 1,80 groß ist. Sie räumt in ihrem Bericht ein, dass diese Angabe sehr ungenau ist. Beim zweiten Opfer ist es ähnlich. Offensichtlich wurde auch der zweite Mann von hinten angegriffen. Vielleicht hat der Mann am Ufer gesessen. Nachgedacht, geträumt, die Atmosphäre genossen? Die Schläge gegen den Kopf waren in beiden Fällen todesursächlich. Die Zerstörung des Gesichtsschädels erfolgte durch massive Schläge, die knöcherne Struktur wurde erheblich in Mitleidenschaft gezogen. Beide Opfer lagen nach dem Angriff im Wasser. Das erste Opfer wurde sofort identifiziert, beim zweiten steht das bekanntlich noch aus.«

»Die Steine, die verwendet wurden, stammen aus dem Uferbereich der Spree. Möglich, dass der Täter schon im Vorfeld einen aufgesammelt und zur Tat mitgebracht hat. Notwendig wäre das nicht. Mordwaffen liegen dort sozusagen griffbereit.« Missmutig sah Peter in die Runde. »Die Tatwaffe hilft also nicht weiter, um den Täterkreis etwas einzugrenzen.«

»Ramona, wurden inzwischen alle Anwohner der Durchgangsstraße befragt?«

»Ja. Der Camper ist niemandem aufgefallen. Er hat also zumindest nicht in der Nähe von Heidesaum nach einer Mitfahrgelegenheit gesucht. Auch die Busfahrer, die diese Strecke bedienen, können sich nicht an einen unbekannten, jüngeren Mann erinnern. Bei den Taxiunternehmen haben wir angefragt – bisher ohne Ergebnis.«

»Da fahren viele Heidesaumer. Besonders Pendler. Wir haben uns überall erkundigt. Die meisten in Heidesaum wussten um den Waldbewohner. Wahrscheinlich hätte sich bei uns längst jemand gemeldet, wenn der Mann dort getrampt oder mit im Bus gesessen hätte«, war Marc überzeugt.

»Vom ersten Opfer wissen wir, dass es viele Feinde hatte. Streit mit ihm zu haben, war allgemein üblich. Häusliche Gewalt ist hier nur ein Punkt. Wenn wir einen Täter für beide Morde suchen, scheidet aber wohl das direkte Umfeld von Hans-Ludwig Bergmann aus.«

»Wir suchen noch immer nach der Bankverbindung. Ramona, wir müssen unbedingt den finanziellen Hintergrund klären. Die Witwe weiß leider nicht, bei welcher Bank ihr Mann Kunde war.«

Ramona Bitter nickte, vervollständigte ihre Liste. »Ich habe einige Ordner aus dem Haus mitgenommen, Frau Bergmann war damit einverstanden. Sie meinte, ihr Mann habe alle finanziellen Dinge erledigt, sie kenne sich gar nicht mehr mit Bankangelegenheiten aus. Ich werde die notwendigen Angaben finden. Bin dran.«

»Wir haben beim zweiten Opfer einen gefälschten Ausweis gefunden. Löst der Name Marten in Heidesaum tatsächlich auch heute irgendwelche Assoziationen aus? Wie viele Menschen erinnern sich noch an das Verschwinden des Jungen? Und so ganz nebenbei würde mich noch immer interessieren, wie es passieren kann, dass ein gestandener Polizist diesen dilettantisch gebastelten Ausweis für echt halten konnte.« Bredows Stimme hatte einen scharfen Ton angenommen, er sah Marc durchdringend an.

»Tja, wahrscheinlich, weil er nass war – und es schon dunkel wurde«, wand sich der Angesprochene.

»Habe ich schon gecheckt«, mischte sich Ramona schnell ein. »Marten war ein Junge, der, wie schon bekannt, bei seiner Großmutter in Heidesaum gewohnt hat. Junge Eltern, wahrscheinlich überrascht von der Schwangerschaft, überfordert mit der ›Aufzucht‹ des Jungen. Ihr aktueller Aufenthaltsort ist nicht bekannt. Die letzte Adresse war in Düsseldorf. Die Kollegen waren vor Ort. Dort leben die Rumlands schon seit mehr als zehn Jahren nicht mehr. Wir wissen bereits, dass die Großmutter in Heidesaum lebt. Sie ist die Einzige, die Auskunft geben könnte. Sie hat ein Zimmer in einer Alters-WG.«

»Ja«, meldete sich Peter zu Wort. »Wie gesagt: Meine Frau arbeitet dort als Betreuerin. Sie kennt die Oma des Kindes ganz gut. Meint, die alte Dame sei topfit. War ein lebhafter Junge, voller Pläne, abenteuerlustig. Eine Leiche wurde nie gefunden, man ging wohl irgendwann davon aus, dass er einen Weg in sein Traumland gefunden hatte.«

»Das wurde so hingenommen? Der kann ja noch keine zehn Jahre alt gewesen sein?«, bohrte Hagen nach.

»Er war ausgesprochen selbstständig«, wusste Ramona. »Aus der Akte geht hervor, dass er ausgesprochen selbstbewusst auftrat. Allerdings war er für sein Alter zu klein und sehr schmächtig. Die Großmutter schien offensichtlich nicht wirklich beunruhigt. Auch in den vielen Jahren nach seinem Verschwinden hat sie nie bezweifelt, dass es ihm irgendwo auf der Welt gut geht. Es ist durchaus möglich, dass sie sich einfach nur an diese Hoffnung klammerte. Vielleicht, um eigene Schuldgefühle zu überdecken. Als ich in der WG wegen des Termins anfragte, meinte man, ich könne das Thema ansprechen, sie sei weder depressiv noch verunsichert, glaube unerschütterlich daran, dass der Enkel am Leben sei.«

»Die Eltern haben das Kind nicht vermisst?«

»Nein. Sie haben, kurz nachdem das Kind zur Oma zog, den Kontakt zu ihr abgebrochen. Von Scheidung war die Rede. Aber niemand wusste Genaueres darüber. Damals war das Abschieben des Kindes zur Oma nichts, was die Leute etwa aufgeregt hätte. Viele Großeltern wurden als Ersatzeltern eingesetzt.« Ramonas Stimme geriet ein wenig ins Taumeln. »Der kleine Marten fehlte niemandem, als er verschwand. Er muss sehr einsam gewesen sein. Vielleicht hat er die Elefanten und Tiger so geliebt, weil er klein und schwach war. Da wünscht man sich einen potenten Freund.«

»Vielleicht haben die Fälle miteinander zu tun. Zwei Kinder – zwei erwachsene Männer.«

»Ich werde mich morgen mit der Großmutter unterhalten. Peter, ist sie wirklich geistig fit oder meinte deine Frau das in Relation zu anderen Bewohnern?«

Peter nickte. »Klar, sie ist nur körperlich einge-schränkt. Ich könnte meiner Frau Bescheid geben, dass du kommst.«

»Bin schon angemeldet. Sie weiß, dass ich vorbei-komme.« Ramona zeigte auf ihren Kalender, der vor ihr auf dem Tisch lag.

»Ihr wolltet euch doch um diesen Angelwettbewerb kümmern, bei dem die beiden Opfer möglicherweise Konkurrenten waren. Thema: Liebesglück in Abhängig-keit vom Siegerpokal. Seid ihr hier weitergekommen?«, fragte Bredow bei Gordon und Marc nach.

»Nein«, räumte Gordon ein. »In den Anmeldelisten hat der Kamp keinen Wettbewerb gefunden, bei dem so ein Hintergrund eine Rolle gespielt haben könnte. Alles alte Bekannte. Unser Waldmensch war nicht dabei.«

»Dann haken wir diesen Punkt also auch endgültig ab.« Bredow nickte.

»Ich möchte wissen, wo Bergmann die Teile für seine grausigen Gebilde bekommen hat. Gibt es einen Jäger in Heidesaum, der Wildbret verkauft?«

»Ja.« Peter nickte bedächtig. »Schon. Allerdings soll-ten wir zuerst wissen, welche Tiere Hans-Ludwig verar-beitet hat. Wird schließlich nicht alles verkauft. Könnte sein, das HL auch selbst das ein oder andere erlegt hat.«

»Gut, die Fische wird er wohl selbst gefangen haben. Aber Rehbock, Waschbär und Co?«

»Wir hatten ein Problem mit Wilderei.« Marc strich sich über den Schnurrbart. Sollte vielleicht nachdenk-lich wirken – wie bei Poirot. »Klar geriet HL ins Visier, aber wir konnten ihm nichts nachweisen. Von seinem geheimen Raum wussten wir damals nichts.«

»Also: Wir brauchen die Bankverbindungen von Bergmann, den Namen des Bestatters, der seinen Sohn damals beerdigt hat, kennen wir. Hoffentlich finden wir die Krankenakte zu dem Kind, wenn der Camper den gefakten Ausweis rumgezeigt hat, hat er vielleicht jemanden aufgescheucht. Und er hat sicher ein Kinderbild Martens altern lassen, damit man ihn auch im Jetzt erkennen kann. Wer stellt so etwas her – oder kann man ein Programm für so etwas erwerben? Der Führerschein ist echt?«

»Ja. Aber mit einem Feuerzeug bearbeitet. Der Name ist nicht mehr identifizierbar, das Foto und die Nummer, alle personenbezogenen Daten praktisch ausgelöscht. Die Technik arbeitet daran. Die hatten echt Hoffnung, dass sie das Ding lesbar machen können! Vielleicht hat er ihn nur behalten, damit er ohne größere Schwierigkeiten einen neuen beantragen kann. Brieftasche bei einem Autounfall in Flammen aufgegangen? Bei seinem Ordnungsamt wäre das wohl möglich gewesen.«

»Abfrage bei den Zahnärzten? Wenn es schwierig wird, können wir eine Isotopenanalyse erstellen. Dr. Brand hat das wohl schon beauftragt – dauert aber. Dann sehen wir, aus welcher Gegend er stammt und aktuell kommt. Aber vielleicht finden wir ja ein besonderes Merkmal und können damit einen Aufruf in der Öffentlichkeit starten.« Bredow fasste die Möglichkeiten schnell zusammen und setzte sofort hinzu: »Die DNA-

Analyse hilft uns nur, dieses Camp mit dem Toten in Verbindung zu bringen. Solange es keine Übereinstimmung mit unserer Datenbank gibt, bleibt er der geheimnisvolle Fremde. Aber wegen der anderen Überlegungen spreche ich Dr. Brand an. Sie wird sicher alles in die Wege leiten, das Erfolg verspricht.«

Nach einem kurzen Schweigen eröffnete er das Gespräch mit einem anderen Aspekt.

»Welche Verbindung könnte es zwischen den beiden Opfern geben?«, nahm Bredow diesen Punkt erneut auf. »Angelwettbewerb haben wir schon ausgeschlossen. Verwandtschaftliche Beziehung? Bruder, Cousin, Schwager? Ausbildungsgemeinschaft? Hans-Ludwig Bergmann war Pförtner bei Gerlach. Welche Befugnisse hatte er dort? Konnte er vielleicht Informationen beschaffen? Für Konkurrenzunternehmen?«

»Ne«, unterbrach Marc an dieser Stelle, »ne. Der hatte nur die Einfahrt zu bewachen. Ich weiß das, weil ich mal einen Kumpel hatte, der dort gearbeitet hat. Ich hab den gefragt, ob es nicht schwierig ist mit einem wie HL an der Pforte. Aber der hat nur abgewinkt. Sei mehr eine repräsentative Aufgabe. Und reden würde eh niemand mit ihm.«

»Okay, dann haken wir den Punkt ab. Weiter: Wenn Bergmann tatsächlich gewildert hat – wollte ihn der Jagdpächter zur Rede stellen und die Sache ist aus dem Ruder gelaufen? Auch dieser Frage gehen wir nach. Peter, um den Jäger kümmert ihr euch. Um Gerlach auch. Wir übernehmen die Verwandtschaft und gehen den anderen Ansätzen nach. Es ist schon weit nach Mitternacht, bei uns ist jetzt Pause, gegen sieben Uhr legen wir los. Wir treffen uns morgen wieder hier und werten aus, was wir ermitteln konnten. Sollte sich akut etwas Neues ergeben, bin ich jederzeit über mein Handy zu erreichen.«

Als sie sich in den Gang hinausdrängten, brummte Peters Handy. Überrascht sah er Bredow an. »So schnell? Der Name des Campers?«

»Ja!«, meldete er sich dann.

»Was?«, fragte er nach und in seinem Gesicht spiegelte sich schieres Staunen. »Echt? Und wer ist vor Ort?«

»Ja, klar. Wir kommen dazu.«

Er steckte das kleine Telefon wieder ein. Schüttelte den Kopf. »Äh, bei Gerlach wurde eingebrochen. Sie können nicht genau sagen, welches der Büros wirklich Ziel des Überfalls war – im Moment ist die Feuerwehr mit dem Löschen des Brandes beschäftigt. Gibt offensichtlich zwei Brandherde. Einen im Bürotrakt, einen im Spindkeller.« Ratlosigkeit in Stimme und Blick. »Ein Gurkenverarbeiter. Haben die gravierende Betriebsgeheimnisse?«

22

Wenig später starrte Bredow mit einer Mischung aus Faszination und Entsetzen in die lodernden Flammen.

Dichter Qualm hing über dem gesamten Areal, Feuerwehrleute liefen hektisch an ihm vorbei und Gerlach, der Chef des Unternehmens, stand wenige Schritte von ihm entfernt, lehnte am Zaun und beobachtete ebenfalls.

Bredow trat neben ihn.

Spürte den Schock des Mannes, sah das Beben seines Körpers, das Zittern der Hände, die er in die Taschen seines modischen Kurzmantels schob, als er sich beobachtet fühlte.

»Warum?«, fragte Gerlach ratlos.

»Das müsste ich eigentlich Sie fragen.« Auf Bredows Gesicht breitete sich die Hitze des Feuers aus. Seine Haut spannte unangenehm, der Schweiß brach ihm aus.

Das hatte er so noch nie erlebt.

»Ich weiß es nicht. Wir verarbeiten Einlegegurken. Was für ein Motiv sollte jemand haben, uns abzufackeln?« In der Stimme des jungen Mannes, der neben dem Riesen Bredow klein und schmächtig wirkte, hing deutlich hörbares Unverständnis für das, was er beobachtete.

»Geheimrezepte?«

»Hören Sie, das sind nur weitergetratschte Märchen, das ist doch völliger Quatsch!«

»Konkurrenz?«

»Die großen Firmen, die Sauerkonserven produzieren, werden einen Kleinen nicht in Flammen aufgehen lassen. Wenn das rauskommt! Ne. Der Imageschaden wäre immens. Ehrlich gesagt, ich glaube eher an eine aus dem Ruder gelaufene Mutprobe. Alkohol plus Drogen plus Schwachsinn!« Der Schreck und die wachsende Verzweiflung schlugen bei Gerlach in Wut um.

»Heidesaum hat eine aggressive Jugend, die zu so etwas bereit wäre?« Bredow deutete vage auf die Flammen und fragte dann: »War noch jemand im Gebäude? Wachschutz?«

»Das hat mich die Feuerwehr auch schon gefragt. Der Objektschützer hat bei der Wehr angerufen und sich, wie man ihm riet, aus der Gefahrenzone begeben. Deshalb wissen wir nicht, ob der Brandstifter vielleicht noch irgendwo im Gebäude ist. Sicher ist nur, dass der Wachschutz niemanden gesehen hat. Weder beim Eindringen noch bei einer etwaigen Flucht.«

»Wo ist der Brand zuerst ausgebrochen? Keller oder Bürotrakt?«

»Im Keller. Was da gerade im anderen Gebäudeteil in Flammen aufgeht, ist mein eigenes Büro. Offensichtlich hat jemand den Brand gelegt, der keine Ahnung davon hatte, dass moderne Betriebe alle Daten in der Cloud speichern. Rechnungen, Kontaktdaten, Bankdaten und so weiter gehen demnach nicht verloren.«

Der Ermittler nickte verstehend.

»Sie wohnen auf dem Gelände?«, hakte er wieder ein.

»Nein. Aber im Haus gleich daneben.« Gerlach wandte sich zur Linken um, deutete auf ein Gebäude, das hinter einer Thujahecke nur schemenhaft zu erkennen war. »Mein Hund hat angeschlagen. Mein privater Hauswart sah nach, ob es einen Grund für die Unruhe des Tieres gab – und entdeckte die Flammen. Zu dem Zeitpunkt war die Wehr bereits informiert. Ist schon seltsam. Gestern Abend hatten wir eine ähnliche Situation. Nur ohne Einbruch und Feuer in der Firma.«

Bredow war sofort alarmiert: »Gestern? Sie meinen, es könnte sich um denselben Eindringling handeln?«

»Na, was soll ich wohl sonst denken? Wir sind ein Familienbetrieb. Weder Einbrüche noch Brandlegungen hat es in unserer Familiengeschichte je gegeben. Und nun an zwei aufeinanderfolgenden Tagen! Klar war das derselbe Vollidiot! Mein Rottweiler ist ein munterer Wächter – das wusste der Kerl vielleicht nicht. Und weil der erste Versuch scheiterte, wählte er diesmal die Fabrik. Dachte wohl, das sei ein einfacheres Ziel.«

»Sie sind versichert?«

»Ich denke, Sie müssen das so fragen? Mit einem gewissen Unterton? Klar bin ich versichert! Aber es wäre mir lieber gewesen, diese Versicherung nicht in Anspruch nehmen zu müssen.«

Bredow, der sich »eines gewissen Untertons« nicht bewusst war, beschloss, die weiteren Details beim Leiter des Löschteams zu erfragen.

»Ich ermittle auch zu den Todesumständen Ihres Pförtners. Meinen Sie, es könnte ...«

»Ach! Sie reden schon genauso krudes Zeug wie mein Marketingleiter. Es gibt nicht immer einen ›Zusammenhang der Ereignisse‹. Mein Pförtner hat hier gearbeitet, um sein Geld zu verdienen. Seine Arbeit hat er immer zuverlässig erledigt. Punkt.«

»Na dann«, murmelte der Mordermittler zum Abschied und kehrte zum geschäftigen, eingespielten Team der Feuerwehr zurück.

Hörte knappe Kommandos.

Lautes Fluchen.

Stieß – eher zufällig – auf den Leiter des Einsatzes.

»Aha. Kriminalpolizei schon vor Ort? Wow. Ich bin beeindruckt. Brandermittler?«

»Mordermittlung. Was können Sie mir zu diesem Zeitpunkt schon über den Brand erzählen? Ursache, erste Flammen – Sie wissen schon.«

»Mord? Eine Leiche haben wir nicht gefunden. Aber ihr glaubt, da sei eine?«

Bredow ließ die Frage unbeantwortet. »Brandbeschleuniger? Riecht deutlich nach Benzin hier.«

»Ja. Wir gehen im Moment von einem Molotow-Cocktail aus. Erster Ausbruch im Keller. Dort befinden sich die Spinde der Mitarbeiter. Wohl auch ein Teil des Lagers. Essig und so. Als wir anrückten, brannte es schon heftig. Seltsam an der Sache ist, dass es auch im linken Flügel des Bürokomplexes, weitab vom Brandherd im Keller, zu brennen begann. Funkenflug ist vielleicht als Ursache möglich, aber bei der Entfernung eher unwahrscheinlich. Außerdem werden die Fenster sicher geschlossen gewesen sein. Oder es handelt sich um einen zweiten Versuch, das gesamte Gebäude abzufackeln. Kann ich aber erst beantworten, wenn wir drin waren.«

»Wärmestrahlung?«

»Ne! Das würde mich auch sehr wundern – bei der Distanz. Aber wie gesagt, wir müssen erst mal rein.«

Der Ermittler gab sich geschlagen.

Als er müde zu seinem Wagen zurückkehrte, sah er eine ihm bekannte weibliche Silhouette im Dunkel verschwinden.

Seine Besorgnis nahm zu.

Ganz mit seinen düsteren Gedanken befasst, schreckte er auf, als jemand an die Autoscheibe klopfte.

Er ließ das Fenster runter.

»Ich glaube, Sie sollten mal mitkommen. Wir haben da was Komisches entdeckt.«

Mürrisch stieg Bredow wieder aus.

Der Brandmeister wartete schon auf ihn. In der Hand ein Handy. »Ich glaube, das sollten Sie sich ansehen. Ist ja Ihr Fall. Das ist die Aufzeichnung eines meiner Männer – rein können Sie natürlich noch nicht, aber gucken schon.« Er startete das Video.

Zunächst sah Bredow nur Rauch. Schemen. In den dicken Schutzanzügen mit Atemgeräten auf dem Rücken und Atemmasken vor den Gesichtern sahen die Männer wie Wesen aus einem anderen Universum aus. Die Stimmen waren gedämpft.

»So!«, war zu hören. »Hier ist das Feuer erst mal aus.«

Ein Lichtkegel strich über die Spinde. Die meisten Türen waren aufgesprungen, andere deutlich verzogen, aus den Angeln gerissen, die Kleidung in den schmalen Schränken verbrannt. Einzelne Fetzen waren zu erkennen.

»Hier ist auch nix mehr. Glut ist aus!«, rief ein Kollege des Filmenden aus dem Hintergrund.

»Sollen wir rüber ins andere Gebäude? Die Kollegen unterstützen?«, wollte ein anderer wissen.

Offensichtlich hatte er den Filmer angesprochen.

Der drehte sich leicht zur Seite.

Dabei strich der Lichtkegel über weitere offene und verbogene Spinde. Man hörte ein trockenes Ächzen. »Was zum Teufel ...« Der Lichtkegel wanderte langsam zurück.

»Scheiße!« Im fokussierten, grellen Licht, umgeben von Finsternis, durch die immer wieder Qualm heranwaberte, war deutlich zu erkennen, was den Mann so schockiert hatte.

Eingeklemmt zwischen Metallwänden stand oder hing, das war nicht genau zu erkennen, ein angekohlter Leichnam.

Der Handyfilmer zoomte an den Spind heran.

Die Kleidung verkohlt, Haarkräusel waren ausgefallen und über die Schultern verteilt. Das Gesicht – bei dem Licht nicht identifizierbar. Teile verbrannt, schwarz, die Augenbrauen waren Opfer der Flammen geworden und der Bart hatte dem Feuer auch nicht standhalten können. Die Augenhöhlen, von denen man glauben könnte, man würde daraus finster angestarrt, waren dunkel und leer.

Selbst Bredow hielt für einen Moment erschrocken den Atem an.

»Ein Opfer des Feuers? Oder war er vielleicht schon tot, als der Brand ausbrach?«, fragte er dann heiser.

»Schwierig zu beurteilen. Vielleicht stand der schon im Spind, als der Brandbeschleuniger angesteckt wurde. Ich denke, das wird Ihr Rechtsmediziner herausfinden müssen.« Der Brandmeister zuckte mit den Schultern. »Wir werden ihn erst bergen können, wenn der Keller abgekühlt ist. Es könnte günstig sein, wenn der Rechtsmediziner zu uns kommt, bevor wir ihn da rausholen. Der Leichnam ist vielleicht nicht mehr stabil – Sie wissen schon, was ich meine.«

Bredow wusste. Er nickte. Griff in die Jackentasche und informierte die Rechtsmedizin über den Fund.

»Okay. Dr. Brand kommt gleich bei Tagesanbruch zu Ihnen und wird dann festlegen, wie der Körper am besten geborgen werden kann, damit nicht der letzte Rest an Spuren vernichtet wird. So viel wird nach dem Feuer wohl nicht zu finden sein. Aber unsere Rechtsmedizinerin ist grundsätzlich zuversichtlich. Bis morgen.«

Eine Stunde später versuchte Bredow noch immer erfolglos, die Bilder vom Tatort auszublenden. Doch kaum schloss er die Augen, waren sie wieder präsent.

Und der Rauchgeruch hing wohl in seiner Nase fest. Von seinem »Abendessen« nahm er nicht den geringsten appetitfördernden Duft wahr. Er aß es dennoch. Sehnte sich nach Angela, mit der er nun gemeinsam hier sitzen könnte, die sich mit ihm über das Grauen unterhalten würde, die verstand, wie sehr er mit dem Opfer empfand, das möglicherweise bei lebendigem Leib ... Der Löffel mit der aufgewärmten Tomatensuppe aus der Dose zitterte in seiner Hand, sprenkelte rote Tropfen auf die weiße Tischplatte. Wie Blut ...

Müde ging er ins Bad. »Warst du noch am Leben, als es zu brennen anfing? Der Rauch und die Hitze in den kleinen Schrank zogen? Hast gegen die Spindtür geschlagen, geschrien, getreten? Oder warst du bereits tot, als das Inferno um sich griff?«

Wie lange konnte es dauern, bis der im Spind eingeschlossene Körper vom Leben zum Tod wechselte? Endlose Minuten ... Unerträgliche Schmerzen ...

Das Bett war kalt.

Er zog die Decke bis zum Kinn.

Wälzte sich vom Rücken auf die linke Seite. Tastete mit der Hand nach der trostspendenden Nähe eines geliebten Menschen. Fand nur das straffe, eisige Laken.

Einsamkeit breitete sich wie Fieber in seinem Körper aus.

Das Dunkel wurde unerträglich.

»Idiot!«, schalt er sich. »Schlaf jetzt! Du hast schon schrecklichere Tatorte gesehen.« Wenngleich er einräumen musste, dass es nicht so viele schrecklichere gegeben hatte.

23

»Na, was für ein Spektakel!« Irmgard gab sich empört, wenngleich ihr das gesamte Geraune im Ort gefiel und ihr durchaus freudige Spannung bescherte, was sie aber für sich behalten würde. »Rätsel über Rätsel! Wer fackelt schon einen Gurkenverwerter ab? Hast du gesehen, wie dramatisch hoch die Flammen aus den Kellerfenstern schlugen? So habe ich das in meinem ganzen Leben noch nicht beobachten dürfen!«

Angela stellte einen großen Cappuccino vor ihrer ersten Kundin des Tages ab. »Ja. Sah wirklich sehr dramatisch aus. Da wurde ganz sicher ein Brandbeschleuniger benutzt. Wenn jemand den Betrieb treffen wollte, warum legte er dann zuerst ein Feuer im Keller? Und erst danach einen im Büro? Weißt du, was sich dort unten befindet?«

Irmgard nickte. »Da sind die Spinde für die Mitarbeiter. Du schädigst also mit einer Zerstörung in diesem Bereich nicht den Betrieb – wohl aber die einzelnen Mitarbeiter, die ihre privaten Dinge dort im Spind aufbewahren. Vielleicht hatte der eine oder andere dort ein teures Handy oder einen richtig guten Laptop liegen.« Sie machte eine Pause, legte die Stirn in Falten. »Aber mitten in der Nacht? Da wird doch in den meisten Schränken bloß die Arbeitsmontur für den kommenden Tag gehangen haben.«

»Wahrscheinlich hast du recht. Ich habe Jesper Gerlach am Tor stehen sehen. Der sah ziemlich fassungslos aus.«

»Das glaube ich sofort. So was ist hier noch nie passiert. Ich weiß, dass er einen Objektschutz gebucht hat, jede Nacht passt also jemand auf das Gelände auf. Und gestern hat der Mann auch die Feuerwehr verständigt. Leider hat er den Brandstifter nicht gesehen, sonst hätte er ihn sich ganz bestimmt gegriffen. Muss ein echter Schock für Gerlach gewesen sein.« Irmgard nippte am Cappuccino. »Mmhhhhmmm. Mit Anis?«

»Ja. So weit entfernt ist die Vorweihnachtszeit gar nicht mehr. Da werde ich was Neues für Gaumen und Seele anbieten.«

»Der wird ein echter Renner! So lecker«, lobte die alte Dame, fragte dann: »Kreierst du auch wieder einen speziellen Weihnachtskeks?«

»Ich probiere schon so dies und das aus. Ist noch nicht ganz perfekt. Aber ich werde ganz bestimmt rechtzeitig fertig«, versprach die Kekszauberin. »Meine spezielle Speisekarte für die Vorweihnachtszeit steht schon. Du wirst viele leckere Gerichte darauf finden, das kann ich versprechen!«

Nach und nach füllte sich das Café.

Als die Gäste mit allem versorgt waren, kehrte Angela hinter die Theke zurück.

Begann damit, leckere Kekse in kleine Beutel einzuwiegen.

Doch plötzlich stockte ihre Bewegung, die Gebäckzange blieb über der Auslage in der Schwebe.

HL hatte sicher auch einen Spind in diesem Keller! Er trug als Portier eine Uniform. Die nahm er ganz bestimmt nicht mit nach Hause, überlegte Angela weiter. Könnte doch sein, dass dieser Brand einzig deshalb in diesem Keller ausbrach, weil HL dort eventuell private Dinge aufbewahrte – vielleicht auch solche, die für einen Dritten von Bedeutung waren.

Sie legte die Zange zur Seite, griff mit einer in vielen Dienstjahren eingeübten Bewegung nach dem Mobiltelefon. Ein Automatismus.

Lass das!, rief sie sich selbst zur Ordnung. Hagen hat jetzt genug um die Ohren, da braucht er nicht auch einen Anruf von dir! Und selbst wenn er sich über ihren Anruf freute, ihre Überlegungen interessant fand – über neue Ermittlungsergebnisse würde er sich nicht mit ihr austauschen.

Entschlossen wurde das kleine Telefon in die Gesäßtasche zurückgeschoben.

Sie griff wieder zur Zange und wog weiter fertig portionierte Tütchen ab.

Konzentriert.

Als sie wieder aufschaute, stand plötzlich Ramona Bitter, die Kollegin von Hagen, vor ihr am Tresen.

Erschrocken tastete Angela nach dem Mobiltelefon. Nein! Sie hatte Ramonas Nummer gar nicht. Versehentlicher Anruf ausgeschlossen!

»Hallo Ramona! Das ist aber eine Überraschung.«

»Guten Morgen! Die Kollegen haben mich an dich verwiesen«, lachte Ramona warm. »Ich brauche nämlich – man könnte sagen als Bestechung«, sie lächelte ein wenig schuldbewusst, »na ja, eben einen Türöffner. Ich denke, das Wort trifft den Zweck ziemlich genau. Ich besuche eine alte Dame in einer Senioren-WG.«

Die Gespräche im Café reduzierten sich auf gelegentliches Flüstern. Gespannte Erwartung lag in der Luft. Alle Köpfe hatten sich der Fremden zugewandt.

»Eine ältere Dame? Hm. Kennst du sie näher? Allergien? Lieblingsgeschmack?«

»Nein, nein. Ich weiß nur, dass sie über neunzig Jahre alt ist. Vielleicht also nicht zu süß und nicht zu fest.«

»Gut. Dann empfehle ich die Dinkelkekse mit hauchdünnen, eingebackenen Mandelscheibchen.« Die Bäckerin reichte Ramona ein Probeplätzchen über die Theke.

Die Ermittlerin hielt den Keks ins Licht. »Das ist ja toll! Man kann ja fast durchsehen.« Sie biss ab. »Und lecker sind sie auch noch! Davon nehme ich mal gleich drei Tütchen. Und ich fürchte, ich werde nur eines verschenken.« Sie lachte und packte ihre Beute vorsichtig in einen Leinenbeutel.

Dann beugte sie sich weit über die Glasabtrennung und flüsterte konspirativ: »Unter Kollegen: Hast du auch schon gehört, dass man im Keller der ›Gurkenfabrik‹, wie sie die Leute hier nennen, einen Toten gefunden hat? Nach dem Löschen. War wohl ziemlich spektakulär. Gab viele Zeugen, als die Rechtsmedizin ihn geborgen hat. Wird sicher gleich einer der Heidesaumer mit der Nachricht hier reinstürmen.« Damit nickte sie Angela freundlich zu und machte sich auf zu ihrem nächsten Termin. In dem Beutel knisterten verführerisch die Kekstütchen für den Besuchstermin in der Senioren-WG.

»Wow! Noch eine!«, murmelte die Cafébesitzerin leise vor sich hin, als sie Ramona nachsah.

Kaum war die Fremde zur Tür hinaus, brandete das Gespräch zwischen den Tischen wieder auf.

»Wohin sie geht, ist uns wohl allen klar. Aber mit wem wird sie sprechen wollen?« Else sah seltsam angriffslustig in die Runde.

Die anderen schwiegen.

»Na – ist doch logisch! Die alte Dame über neunzig? Das muss die Großmutter von Marten sein. Die anderen sind alle deutlich jünger. Mit Sicherheit ist die Polizei auf diesen alten Vermisstenfall gestoßen. Der Fremde hat doch auch nach Marten gefragt. Vielleicht glauben die Kommissare, die beiden Fälle könnten zusammenhängen. Wer und wie? Spannende Entwicklungen. Vielleicht ist da sogar was dran!«

Irmgard schüttelte den Kopf. »Nein. Ottilie ist eine kluge Frau. Hätte sie etwa ein Verbrechen vermutet, wäre sie damit schon damals zur Polizei gegangen. Und wäre ein Lebenszeichen von Marten zu ihr gelangt, so hätte sie das nicht lang für sich behalten können. In Heidesaum bleibt so was nicht geheim. Garantiert nicht! Meiner Erfahrung nach guckt immer irgendwo einer aus dem Fenster, geht einkaufen oder zur Post.«

»Ja, mag sein. Aber das weiß man bei der Polizei nicht. Und deshalb gucken sie jetzt bei dem alten Fall noch mal genauer hin!« Maria sah von einem Gast zum anderen, wurde unsicher. »Oder nicht!«, schob sie schnell nach.

»Aber natürlich ist das so! Und dann decken sie alles auf!« Elses Stimme strotzte vor Triumph. »Gerade war doch die Rede von einer weiteren Leiche? Oder habe ich mich verhört?«, fragte sie dann mit listigem Blick. »Wer weiß, wie viele das noch werden!«

24

Der Besitzer des Bestattungsunternehmens Paulink & Tochter war pikiert.

»Was genau wollen Sie uns hier unterstellen?«, fauchte er und fixierte seinen Gesprächspartner mit giftigem Blick. Seine feingliedrigen, langen Finger trommelten auf die gläserne Platte des Schreibtischs. Der asketische Mann, der wie ein Marathonläufer wirkte, beugte sich weit vor, als wolle er dem Ermittler drohen. Was natürlich Bredow, der von kräftiger Statur war, nicht im Geringsten beeindruckte.

»Ich hatte nur nachgefragt, warum damals der Sarg sofort geschlossen wurde, nachdem Sie das Kind hineingelegt hatten. Ich persönlich empfinde dieses Vorgehen als ungewöhnlich. Allerdings kenne ich mich mit den Gepflogenheiten bei Bestattern und deren Kunden nicht wirklich aus.« Bredow bemühte sich im zweiten Anlauf um einen neutralen Ton.

»Ich kann mich an diesen Auftrag sehr gut erinnern. Wir bestatten nicht viele Kinder. Zum Glück, möchte ich anfügen. Der Vater rief uns an. Er wolle sein Kind beerdigen lassen, lebe in Heidesaum und würde gern auf die Dienste des örtlichen Dienstleisters verzichten. Er wolle die Leiche kremieren und die Asche verstreuen lassen. Ich könne den Auftrag für das ganze Paket bekommen, wenn ich sofort käme. Die psychisch labile Mutter müsse geschont werden, dürfe das tote Kind nicht zu Gesicht bekommen. Ich bestätigte das und fuhr zur angegebenen Adresse.«

»Das war eine Arztpraxis. Hat es Sie nicht verwundert, in eine Praxis bestellt zu werden?«

»Nein. Das kommt vor. Wo sollte der Arzt den Leichnam des Kindes denn ›lagern‹? Seltsam war nicht der Ort für die Abholung, sondern eher das Gebaren des Vaters. Uns begegnen sehr oft verzweifelte Eltern, die nicht wissen, wie sie mit dem Verlust weiterleben sollen. Dieser Vater jedoch wies uns unbeteiligt ein, verlangte, dass der Sarg hier und jetzt geschlossen und für niemanden geöffnet werde. Gut, das war natürlich ungewöhnlich und schwierig. Feuerbestattung heißt, es kommt ein Sachverständiger und untersucht den Leichnam. Ist eine Vorsichtsmaßnahme, damit kein Mord durch die Feuerbestattung vertuscht werden kann, sich alle Hinweise quasi in Rauch auflösen.«

»Sie haben, ohne die zweite Meinung einzuholen, kremiert.« Hagen drängte mit Mühe die Wut aus seiner Stimme zurück, sie landete an einem Ort seines Körpers, der später mit heftigen Schmerzen und Übelkeit reagieren würde.

»Ich habe das Kind direkt bei einem Arzt abgeholt. Ich sah keinen Grund für Misstrauen!« Die langen Finger strichen durch das dichte schlohweiße Haar von der Stirn bis in den Nacken.

Bredow registrierte, dass der Bestatter, der wie ein Filmstar aussah, sich wohl jeder Bewegung, jedes Augenaufschlags bewusst war, ja vielleicht seine Wirkung vor dem Spiegel einstudiert hatte. Genervt löste er seinen Blick von den markanten Zügen, atmete möglichst unauffällig durch.

»Sind Sie sicher, dass Sie nur einen Leichnam kremiert haben?«, zischte er dann zornig.

»Wir verschlossen den Sarg. Wie also hätte sich da ein zweiter Leichnam reinschmuggeln sollen? Zumal solche Aktivitäten bei Verstorbenen eher unüblich sind.« Der Mann grinste süffisant.

Bredow schwieg. Wartete ab.

»Also nun hören Sie schon mit Ihrer Unterstellerei auf. Wir sind verschwiegen. Das schätzen unsere Kunden sehr.«

»Ich frage noch einmal: War in diesem Sarg nur ein Leichnam?«, wurde Bredow unbehaglich direkt. »Hatten Sie keinen Zweifel an der Diagnose: Tod durch Ertrinken? Sie haben so viel Erfahrung mit dem – pathetisch formuliert – Antlitz des Todes. Sah das Kind aus, wie Sie es bei dieser Todesursache erwarteten, wies es Verletzungen auf, die nicht dazu passen wollten?«

Der Bestatter schwieg.

»Wenn Sie nicht kooperieren, werden wir exhumieren.«

»Na, dann. Der Junge wurde verbrannt.«

»Wir sind ein sehr gründlicher ›Verein‹. Wir finden eine Antwort auf meine Frage«, gab sich Bredow unerschütterlich, wider besseres Wissen. »Wo genau wurde der Junge beigesetzt? Friedhof und Grabstelle?«

»Muss ich nachsehen«, knurrte das Gegenüber.

»Es ist so, dass wir allen Hinweisen nachgehen. Auch denen auf rätselhaftes Gebaren von Bestattungsunternehmen. Sie können mir nun die Akte zum Tod des Jungen und zu allen Maßnahmen überlassen – oder ein Team von uns sucht eigenhändig danach. Ich warte allerdings direkt an Ihrer Seite, bis meine Leute vor Ort sind.«

Der Seniorchef stemmte sich widerwillig aus dem Chefsessel hoch und schleppte sich förmlich zu einem der Aktenschränke.

»Wie war der Name noch mal?«, knurrte er.

»Bergmann. Auftraggeber Hans-Ludwig Bergmann, Heidesaum.«

Ächzend zog der hagere Mann eine der Schubladen auf.

Suchte mit seinen langen Fingern in der Hängeregistratur.

Die Bewegung verursachte Bredow eine Gänsehaut, er schüttelte sich möglichst unauffällig.

Der Bestatter seufzte.

Zog eine schmale Akte heraus, kehrte an den Schreibtisch zurück.

»Hier – aber bevor ich Ihnen die überlasse, bekomme ich von Ihnen eine Quittung und die Versicherung, dass Sie sie an mich rücksenden!« Der kalte Blick aus den grauen Augen sollte den Beamten wohl einschüchtern – verfehlte allerdings bei Bredow seine Wirkung.

Wenig später war der Ermittler bereits auf dem Weg zu seinem Büro.

»Ramona, ich habe die Akte«, gab er die neuen Informationen sofort an die Kollegin weiter, »ich habe die Akte. Allerdings sind hier lauter kryptische Abkürzungen drin. Vielleicht kann Dr. Brand damit was anfangen. Und wir wissen jetzt, dass der Junge einen Namen hatte. Er hieß Berthold-Maria. Der Bestatter meint, vielleicht nach den Großeltern.«

»Ist wohl in dieser Familie üblich, Doppelnamen zu vergeben. Danke für die Infos. Bei Gesprächen mit älteren Damen ist es oft sehr hilfreich, einen Namen als Anker anbieten zu können. In einer halben Stunde treffe ich die Großmutter von Marten.«

»Viel Glück!«, wünschte der Kollege und entschied sich für einen Besuch in der Rechtsmedizin.

25

Frau Ottilie Rumland entpuppte sich als durchaus rüstige und geistig rege Gesprächspartnerin.

Ramona Bitter stellte sich kurz vor und löste mit den Keksen aus dem lokalen Café Freude bei der Seniorin aus.

»Vielen Dank für das leckere Mitbringsel – aber natürlich wäre das gar nicht nötig gewesen. Es ist eine echte Überraschung, bei einem Besuch der Polizei hätte ich diese freundliche Geste nicht erwartet.« Dabei reichte sie der Beamtin eine knochige Hand, die Ramona vorsichtig schüttelte.

Frau Rumland führte die Besucherin zu einem bequemen Sofa und bot ihr mit einer Geste an, Platz zu nehmen. Kaum hatten die beiden sich gesetzt, eilte eine Betreuerin herbei und stellte ein Tablett mit zwei Tassen Kaffee, Milch und Zucker auf dem Tisch vor ihnen ab. Verschwand sofort wieder, zog hinter sich leise die Tür zu.

»Tja, privat ist hier noch immer privat. Das wird von den Mitarbeiterinnen und Mitarbeitern stets beachtet.« Stolz lag in der Stimme der alten Dame. »Wir werden weder gegängelt noch ständig beobachtet. Sehr angenehm hier.«

»Frau Rumland, ich bin hier, um mit Ihnen über Ihren Enkel zu sprechen«, eröffnete Ramona Bitter das Gespräch.

»Nun, das habe ich schon erwartet, als man mir sagte,

die Polizei wolle mich sprechen. Sie haben ihn gefunden?« Neugierig sah sie die junge Frau an. »Wo war er denn nur die ganzen Jahre?« Aufregung färbte die faltigen, blassen Wagen leicht rosé.

»Es tut mir aufrichtig leid, aber wir wissen nicht, wo Marten ist.« Ramona spürte ein schmerzhaftes Ziehen im Magen. Sie hätte der netten alten Dame lieber eine freudige Nachricht überbracht.

Das aufgeflackerte Leuchten in den Augen der Großmutter erlosch. »Oh, das ist schade. Ich hatte gehofft ...« Frau Rumland seufzte tief. »Wissen Sie, in meinem Alter vereinsamt man. Freunde sterben, die Kinder sind viel zu weit weg, um sich an die Alte in Heidesaum überhaupt zu erinnern. Ich dachte, nun wäre es möglich, wenigstens meinen Enkel noch einmal zu sehen, ihn in die Arme schließen zu dürfen. Vielleicht hat er eine große Familie in Indien gegründet, hat jede Menge Kinder und eine liebenswerte Frau. Na ja. Was man sich als verlassene Oma eben so fantasiert, wenn man keinen Kontakt hat und die Wahrheit nicht kennt.«

Ramona sah Tränen in den Augen ihrer Gesprächspartnerin. Schuldbewusst sah sie aus dem Fenster, wartete, bis Frau Rumland signalisierte, sie könne das Gespräch jetzt fortsetzen.

»Es tut mir leid – ich habe falsche Hoffnungen geweckt. Tatsächlich war in den letzten Wochen ein junger Mann hier in Heidesaum, der sich im Ort nach Ihrem Enkel erkundigte. Vielleicht war er zu Schulzeiten ein Freund von Marten.«

»Aha.«

»Er trug ein Foto bei sich. Ein bearbeitetes Bild, das zeigte, wie Marten heute aussehen könnte. Manchen Heidesaumern hat er es gezeigt. Allerdings ohne Erfolg, offensichtlich erkannte niemand Marten wieder oder hatte hilfreiche Informationen über ihn.«

Ottilie Rumland schwieg.

Trank einen Schluck Kaffee, stellte die Tasse wieder ab. Verschränkte die Finger in ihrem Schoß, bemühte sich, wieder zur Ruhe zu kommen.

Ramona Bitter wartete geduldig.

Von ihrem Kollegen Hagen hatte sie gelernt, Zeugen nicht zu drängen.

Und tatsächlich. Nach einer gefühlten Ewigkeit begann Frau Rumland mit zitternder Stimme zu erzählen.

»Mein Enkel hatte es schwer in der Schule. Ist nicht so einfach, einem Menschen zu erklären, warum einen die eigenen Eltern nicht mehr großziehen wollten und zur Oma abgeschoben haben. Von Anfang an wurde er ausgegrenzt. Nur eine Handvoll Kinder gab sich überhaupt mit ihm ab. Aber auch bei denen war es keine ›Freundschaft‹ – eher ein von den Eltern ins Leben gerufenes ›soziales Projekt‹. Marten wusste das natürlich. Er war sensibel, merkte sofort, dass hinter der ›Freundschaft‹ weder Interesse für ihn noch ein echtes Miteinander zu finden war.« Sie seufzte erneut. Tief.

Nahm noch einen Schluck aus der Tasse, stellte sie erneut umständlich ab. Ramona bemerkte, dass Frau Rumlands Hände zitterten.

»An seinem letzten Tag kam er nicht zum Abendessen. Gut, das kam öfter vor. Ich wusste nicht, wie ich reagieren sollte. Später warf man mir Desinteresse an meinem Marten vor, ja, einige behaupteten, ich sei ganz zufrieden mit dieser Entwicklung, weil ich ohnehin lieber wieder allein gelebt hätte, das Kind nur störte. Alles Quatsch. Ich wollte nur Martens Situation nicht erschweren, indem ich mich als hysterische Altglucke darstellte. Also wartete ich. Vergeblich. Er kam nie zurück.«

»Und Indien?«

Das Leuchten in den Augen der Großmutter flackerte wieder auf. »Ja, Indien! Er hatte in der Bibliothek einen Bildband gefunden und war vom Fleck weg begeistert. Tiger, Krokodile, unbekannte Vögel, Elefanten, seltsame und geheimnisvolle Kulte. Da wollte er unbedingt hin – am liebsten sofort. Ich hoffe so sehr, dass er sich diesen Traum erfüllen konnte!«

»Sie glauben nicht, dass er Ihnen aus Indien geschrieben hätte, damit Sie sich keine Sorgen machen?«

»Ach, wenn einer in dem Alter abhaut, in eine völlig neue Welt eintaucht – wird er die alte Frau in Heidesaum einfach vergessen – oder mit ihr nichts mehr zu schaffen haben wollen.« Die Großmutter wischte ein paar Tränen von der faltigen Wange.

»Ich glaube, dieser Mann, der sich überall nach Marten erkundigt hat, war auch bei Ihnen.«

»Ja«, bestätigte die alte Dame schlicht.

»Hat er seinen Namen genannt?« Ramona versuchte, sich ihre Spannung nicht anmerken zu lassen, bemühte sich deshalb um einen beiläufigen Tonfall, behielt die Großmutter im Blick.

»Nein, ich glaube nicht«, antwortete Frau Rumland gedehnt und zögerte verunsichert. Gab sich dann einen Ruck: »Ich war so aufgeregt. Kann sein, dass ich gar nicht darauf achtete, ob er sich vorstellte. Ich nahm an, er habe Informationen über Marten. Aber dann stellte sich heraus, dass er sich von mir welche erhoffte. Wir vereinbarten, in Kontakt zu bleiben. Aber das wird nun auch nicht funktionieren. Man hat mir erzählt, er sei tot aus der Spree geborgen worden. Zwei Tote dort, in so kurzer Zeit. Die Leute reden von brutalem Mord.«

»Ja, das war es wohl. In beiden Fällen.«

Ramona reichte Frau Rumland die Hand zum Abschied und versprach herzenswarm: »Wir beide bleiben wirklich in Kontakt!« Sie reichte der alten Dame ihre Visitenkarte. »Ich melde mich auf jeden Fall wieder bei Ihnen. Und Sie rufen bitte bei mir an, wenn Ihnen noch etwas einfällt. Zum Beispiel der Name Ihres Besuchers.«

»Okay, Hagen. Unser Camper war bei Martens Großmutter. Den Namen hat sie entweder vergessen oder er hat keinen genannt. Sie war enttäuscht, weil er keine Informationen über ihren Enkel hatte, sondern im Gegenteil erwartete, sie könne welche an ihn weitergeben. Erst mal Sackgasse.«

26

Dr. Brand studierte die Akte des Bestattungsunternehmens. Runzelte die Stirn.

Erst ein wenig, dann mit zunehmender Missbilligung.

»Nach Aktenlage war dies eine Feuerbestattung. Wir können demnach so gut wie keine toxikologischen Analysen oder gar eine Obduktion durchführen. Eine zweite Begutachtung schien dem Herrn nicht notwendig. War vielleicht von langer Hand geplant – aber das können wir mit dieser Akte nicht nachweisen.«

»Und diese vielen Abkürzungen?«, hakte Bredow nach. »Die haben doch ganz sicher eine Bedeutung?«

»Ja. Aber im Grunde bezeugen sie nur, dass alles genau so vonstattenging, wie vertraglich vereinbart. Wenn du dem Vater etwas nachweisen möchtest, brauchst du den Originalvertrag mit Datum des Abschlusses. Läge das vor dem Tod des Kindes, wäre dieser ›Zufall‹ mehr als verdächtig. Aber leider fehlt dieses Dokument in der Akte.«

»Ich dachte immer, die Bestatter listen auf, welche ›Handlungen‹ sie am Toten vorgenommen haben. Auch die detailgenaue Liste fehlt.«

»Für mich stellt es sich so dar«, begann Dr. Brand. »Der Junge, Berthold-Maria, wurde direkt aus der Praxis abgeholt. Die Todesbescheinigung lag vor, Unfalltod durch Ertrinken an frei zugänglichem Gewässer. Man legte das Kind in einen Transportsarg, nahm es mit. Der Vater entschied über den Auftrag und alle Details. Vielleicht wusste die Mutter zu diesem Zeitpunkt noch gar nicht, dass ihr Kind tot war. Hier könntest du einhaken.«

»Wir können aber nicht nachweisen, dass ›Tod durch Ertrinken‹ nur die wahre Todesursache verschleiern sollte.«

»Nein.« Dr. Brand zuckte mit den Schultern. »Nicht, wenn die Leiche kremiert wurde. Der Vater entschied über den gesamten Auftrag, legte das Unternehmen fest, ließ die Asche verstreuen. Vielleicht, damit sich hinter dem Sarg keine Trauernden versammeln konnten. Er wollte der Mutter einen harten Schlag versetzen, verhindern, dass sie einen Ort zum Trauern und für Gespräche mit ihrem Kind finden würde. Ist etwas über psychische oder physische Gewalt in der Ehe bekannt?«

Bredow nickte. »Knochenbrüche, Hämatome etc. Ich fürchte, Frau Bergmann hat an der Seite ihres Mannes viel gelitten. Der Vater glaubte, der Junge sei ein Kuckuckskind.«

Er begegnete dem fragenden Blick der Rechtsmedizinerin und schob die Erklärung nach. »Du erinnerst dich doch, bei der Besprechung wurde dieses Kneipengetuschel erwähnt. Wahrscheinlich nur ein blöder Witz. Frau Bergmann war zur Zeit der Eheschließung bereits schwanger. Beim Bier wurde nun spekuliert, ob HL wirklich der Vater war oder ihm ein Kind »untergeschoben worden war.«

»Ach ja, klar. Darüber haben wir gesprochen. Das

kann er nicht ernst genommen haben - oder? Ist doch das übliche Gerede. Liegt daran, dass man sich als Vater ...«

»Ich weiß ... nie sicher sein kann. Für HL, der deutlich machen wollte, man könne ihn nicht hinters Licht führen, Grund genug Mutter und Kind fortan zu hassen. Durch das Verstreuen der Asche, ließ er es aus dem Leben der Familie verschwinden. Er löschte es förmlich aus.«

»Okay. Es bleibt zunächst bei Badeunfall und psychischer Grausamkeit. Wenn das nicht stimmt ...«

»Du brauchst die Krankenakte?«

»Eventuell können wir Manipulationen darin finden. Aber dir muss bewusst sein, dass bei einer Vertuschung dieser Art gleich mehrere Leute involviert gewesen sein müssen. Menschen, die einen Ruf und einen Job zu verlieren hätten, käme etwas ans Licht. Der Arzt, seine Angestellte, der Bestatter – vielleicht gar jemand vom Rettungsdienst. Alle könnten in große Schwierigkeiten geraten. Es ist keine Ordnungswidrigkeit, wenn man aktiv bei der Verschleierung einer Straftat behilflich ist. Und aus welchem Motiv sollten sie ... Es ist unwahrscheinlich.«

»Wir versuchen gerade, die vollständige Akte zu finden. Wir sind dran. Der Beschluss zur Durchsuchung der Praxisräume und des Archivs liegt schon vor.«

»Wäre es nicht dämlich vom behandelnden Arzt, diese Akte aufzubewahren? Zumal dann, wenn er bewusst einen falschen Totenschein ausgestellt haben sollte?«

»Nun – wenn nur diese Akte fehlt, würde ich das zu-

mindest als deutliches Indiz für einen Verschleierungs-
versuch werten. Wir bauen darauf, dass er dachte, niemand interessiere sich für den Jungen – war ja bisher
auch so gewesen.«

»Na denn – los!« Dr. Brand wandte sich ihrem Computer zu.

»In der Nacht gab es einen Großeinsatz der Feuerwehr
bei der »Gurkenfabrik« von Gerlach. Du bekommst sicher innerhalb der nächsten Stunde einen vollkommen
verkohlten Leichnam auf den Tisch. Ich habe ein Foto
von ihm gesehen ... gut für nachhaltige Albträume.«

Die Rechtsmedizinerin nickte. »Ein schrecklicher Anblick. Ich war schon vor Ort. Habe die Bergung mit den
Kollegen abgesprochen und die wurde inzwischen auch
durchgeführt. Wärest du nicht gekommen ...«, sie breitete die Arme aus. »Hängen der Brand und das Opfer mit
deinem Fall zusammen?«

»Weiß ich noch nicht. Aber drei Tote in Heidesaum
... ich denke doch, dass es eine Verbindung gibt – nein,
geben muss.«

27

»Ey, das Feuer ist ziemlich groß geworden. Ist auf allen Kanälen zu sehen. Das Radio berichtet ebenfalls. Ich dachte, wir wollten einen kleinen Kellerbrand verursachen?« A klang genervt.

»Ja, ich weiß schon. Aber so ist das Rätsel größer für die Polizei. Ich habe mich mal an den Zaun gestellt, zwischen all die anderen. Ich weiß, dass man sich jetzt mit der Frage beschäftigt, wie es möglich war, dass die Flammen auch das Büro im anderen Gebäudetrakt erreichen konnten. Ist ja irgendwie ›übergeschwappt‹.« Der Sprecher kicherte zufrieden und zwinkerte C verschwörerisch zu.

»Und?«, wollte der andere wissen. »Wie konnte es?«

»Woher soll ich das denn wissen? Ich war ja im Keller!«

»Ach, interessant. Wer war dann im Bürotrakt? Wart ihr zu zweit? Ich dachte, die Absprache war klar formuliert, du erledigst den Job allein – von Hilfestellung war nicht die Rede.«

»Klar. War so abgemacht. Und genau so ist es auch passiert«, behauptete B.

»Hm. Willst du damit sagen, wir haben einen Trittbrettfahrer?«

28

Jesper Gerlach war schockiert.

Das gesamte Büro ausgebrannt, das Sekretariat verwüstet, der Inhalt der Aktenschränke zum größten Teil vernichtet.

Ob man die Festplatten der Computer würde retten können – zumindest fraglich.

»Wozu?«, fragte Gerlach. »Einfach nur, weil es geil ist, ein Büro in Flammen aufgehen zu lassen? Mörder in Heidesaum und jetzt auch noch Feuerteufel?«

»Der Brand wurde im Keller gelegt, ein Brandbeschleuniger verwendet. Inzwischen wissen wir, dass der Eindringling über die straßenabgewandte Seite einbrechen konnte. Die Tür dort wurde aufgehebelt – was dem Täter nicht schwergefallen ist«, erklärte Bredow in unverhohlen kritischem Ton.

»Dort ist nichts von Wert! Und die Spinde der Mitarbeiter anzustecken, ist besonders intelligent. Wow! Der zentrale Ort eines Gurkeneinlegebetriebs ist die Umkleidekabine der Mitarbeiter!«

»Stimmt schon. Auf den ersten Blick erscheint es sonderbar. Unsere Brandermittler werden feststellen, wo genau das Feuer gelegt wurde und wie es sich ausbreitete. Unklar ist der Ausbruch in Ihrem Büro. Ich denke, der Täter hat hier einen zweiten Brandherd gelegt. Vielleicht, um der Wehr die Arbeit zu erschweren.« Hagen

Bredow war gereizt. »Für uns wäre wichtig zu wissen, ob der Spind von Bergmann nach seinem Tod bereits geräumt worden war.«

»Da hing immer nur die Uniform der Pförtner drin. Wir sahen keine Eile, die herauszunehmen. Heute ist unsere Todesanzeige für ihn in der lokalen Presse – nun warten wir einige Tage und setzen noch ein Stellenangebot in die Zeitung. Auch damit haben wir keine Eile – der Vertreter freut sich derweil über den Zusatzverdienst.«

»Der Vertreter kommt aus Heidesaum?«

»Nein. Aus einem der Nachbarorte. Er übernimmt auch zu anderen Gelegenheiten die Vertretung. Zum Beispiel bei Erkrankung oder Urlaub des regulären Pförtners.«

»Der Schaden im Keller ist also nicht besonders hoch?«

»Warum fragen Sie das? Ich kann riechen, dass Sie schon unten waren. Da konnten Sie sich doch umsehen, wissen ganz genau, dass dort nichts von Wert gelagert war! Brandbeschleuniger, Zeitschaltuhr mit Zünder! Unglaublich. Der Kerl war vielleicht längst über alle Berge, als das Spektakel begann.«

Bredow nickte. »Gut möglich.«

Schweigen zog ein. Beide Männer starrten auf die Spuren der Verwüstung und Zerstörung.

»Wer auch immer es war – er hat einen Toten zurückgelassen.«

Gerlach schwankte.

Stützte sich an seinem Schreibtisch ab. Atmete bewusst tief ein und aus. Versuchte offensichtlich, sich und die Situation unter Kontrolle zu bringen.

»Was?«, krächzte er. »Wer ist …?« Warum weiß ich nichts davon? Der Chef erfährt es als Letzter!.«

»Wir haben in einem der ausgebrannten Spinde einen Leichnam gefunden. Um wen es sich bei dem Opfer handelt, wissen wir noch nicht. Können Sie herausfinden, welche Nummer der Spind Ihres Pförtners hatte?«

»Ja. Aber – hören Sie, ich weiß, dass Bergmann nicht beliebt im Ort war, eine gewisse Brutalität im Umgang mit anderen Menschen kann man ihm nicht absprechen. Aber er bringt doch keinen um und stellt ihn dann in seinen eigenen Spind! Von dem geplanten Brandanschlag auf den Betrieb konnte er ja nichts wissen!«

»Wir möchten nur wissen, ob wir den Toten tatsächlich im Spind von Bergmann entdeckt haben. Das heißt nicht automatisch, dass er ihn dort hineingezwängt hat.«

»Moment.« Jesper Gerlach ging mit ataktischen Schritten über den Gang. Eine Tür öffnete sich quietschend, danach wurden Schubladen herausgezogen und zurückgestoßen. Die unsicheren Schritte kehrten zu Bredow zurück.

Gerlach hatte einen Hefter in der Hand, reichte ihn wortlos weiter. »Ist natürlich wirklich seiner. Der Brandermittler hatte das auch schon vermutet.«

»Sie haben doch einen Wachhund. Der hat angeschlagen, nicht wahr? Das haben Sie mir am Zaun so erzählt.«

»Ja. Er klang ziemlich wütend. Das Licht schaltete sich ein, mein Angestellter ging nachsehen. Ich habe Ihnen ja schon gesagt, dass das seit einer Weile regelmäßig passiert. Könnte also sein, dass jemand mein Privathaus anstecken wollte, aber von Hund und Hausmeister vertrieben wurde. Ein wütender Rottweiler ist sehr beeindruckend. Nachdem der Plan also nicht umsetzbar erschien, wechselte er aufs Fabrikgelände und legte dort den Brand.«

»Ihr Gelände wird doch mit Sicherheit überwacht.«

»Klar. Allerdings wurde – nach Angaben Ihrer Brandermittler – die Anlage von jemandem außer Betrieb gesetzt. Erstaunlich. Wie das funktionierten kann, weiß nicht einmal ich!«

29

Bredow versammelte in aller Frühe sein Team.

Sah in müde, blasse und genervte Mienen.

»Wir haben einen dritten Toten«, eröffnete er die Runde. »Ich habe bisher nur ein Foto gesehen. Der Körper stand in einem der Spinde, Gesicht zum Gang. Das Feuer hat ihn erreicht. Werden wir überhaupt noch DNA sichern können?«

Dr. Brand nickte. »Wir haben den Leichnam geborgen. Das geschah unter konspirativen Bedingungen.« Sie schmunzelte. »Niemand sollte allzu viel davon bemerken. Das einsetzende Gerede ist oft eher behindernd für die Ermittlung. Ich gehe davon aus, dass ich aus den inneren Organen Material gewinnen kann. Nach dem Bild und aufgrund meiner ersten Sicht auf den Körper würde ich auf einen männlichen Leichnam tippen. Also: Die Leiche ist geborgen, die Obduktion ist angesetzt.«

»Männlich. Schon wieder. Wir suchen einen Mörder, der nur Männer umbringt?« Marc erschauderte.

Dr. Brand warf ihm einen prüfenden Blick zu, lächelte abschätzig. »Halten Sie dieses Vorgehen für sexistisch?«

Schnell schaltete sich Bredow ein, um eine Diskussion zu diesem Thema zu verhindern. Dazu war später immer noch Zeit. »Marc, was ist mit unserer Liste? Gab es diesen Angelwettbewerb?«

»Nein. Jedenfalls keinen, an dem ein unbekannter

Angler teilgenommen hätte. Auch bei den üblichen Aspiranten für einen Sieg war keiner dabei, der von seinem Sieg eine private Entscheidung beeinflusst sah. Ich habe nun wirklich überall nachgefragt.«

»Bleibt also dabei: Wir sehen keine Beziehung zwischen den ersten beiden Opfern. Möglich, dass sich über den dritten Toten ein gemeinsamer Hintergrund ergibt. Allerdings ist das nur eine sehr vage Hoffnung.«

»Stellt sich also weiterhin die Frage, ob wir einen Täter suchen – oder davon ausgehen müssen, dass es zwei oder gar drei voneinander unabhängige Taten sind. Und der Tote aus dem Spind ist möglicherweise gar kein Mordopfer.« Bredow klang gereizt. »Wir wissen noch nichts über seine Todesursache.«

»Ich habe die Bankverbindung von Bergmann.« Ramona Bitter wollte wenigstens einen kleinen Erfolg ins Spiel bringen. »Das allgemeine Konto, auf das ›Gerlach Gurken‹ das Gehalt überweist, ist bei der lokalen Volksbank. Es ist gut gefüllt. Allerdings hat die Witwe keine Kontovollmacht – heißt, erst wenn der Erbschein vorliegt, kommt sie an das Geld. Man hat mir erklärt, das sei ein weitverbreitetes Problem. Die Filialleiterin meinte, das läge wohl an der Abneigung der Lebenden, sich mit den Angelegenheiten zu befassen, die nach ihrem Tod wichtig für den oder die Hinterbliebenen werden könnten. Frau Bergmann solle vorbeikommen, man würde mit der Witwe dann alles besprechen. Und man wusste dort auch von einem Konto des Opfers bei einer privaten Bank in Berlin. J&K Bank. Auch bei diesem Institut solle Frau Bergmann sich am besten persönlich melden.«

»Gut, diese Information gebe ich weiter. Was hat das Gespräch mit der alten Dame ergeben?«

Ramona fasste kurz zusammen. »Nichts Neues. Nur, dass der Camper bei ihr war. Er wollte Informationen über Marten von ihr – dabei hatte sie gehofft, er habe Neuigkeiten für sie!«

»Der forensische Psychiater ist mit den Präparaten befasst?«

»Ja.« Ramona nickte erneut. »Er meinte, er brauche schon ein bisschen Zeit. Solch eine Bewertung ginge nicht von gestern auf heute.«

»Wir wissen jetzt, wo Bergmanns Geld lagert. Die genauen Summen bekommen wir. Läuft. Die Umstände des Todes seines Sohnes sind nach wie vor unklar. Sicher ist nur die Tatsache, dass er häusliche Gewalt gegen die Ehefrau übte, die sich wohl nie gewehrt hat. Und wir wissen von diesen gruseligen Präparaten im Keller seines Hauses. Dazu gibt es noch keine belastbare Stellungnahme. Das zweite Opfer ist noch nicht identifiziert. Suizid ist ausgeschlossen, nach Lage der Dinge ist es ein zweiter Mord. Das Todesopfer, das nach dem verheerenden Brand im Spind entdeckt wurde, wird obduziert. Identität noch unbekannt, wie der Körper in den Spind kam ebenfalls. Zufall oder Absicht – bei dem einen oder anderen Opfer noch ungeklärt. Klar dagegen ist, dass Bergmann viele Menschen gegen sich aufgebracht hat.« Während Bredow zusammenfasste, legte er eine Liste am Flipchart an.

»1., 2., 3. Opfer«, stand als Kopfzeile über den drei Spalten, dann folgten »Sohn« und »Marten«.

Bergmann bekam als Erster einen Hintergrund.

»So, nun zu dem Fremden. DNA-Analyse ergab kein Match. Er ist also ›polizeilich unbekannt‹. Seinen eigenen Äußerungen nach bestand eine Verbindung zu Heidesaum. Welche konkret, wissen wir noch nicht. Seine Suche nach Marten ist im Ort aufgefallen, das ›gealterte Foto‹ hat möglicherweise Unruhe erzeugt – liegt hier das Motiv für den Mord an ihm? Im Moment gehen wir von einem Täter bei beiden Morden aus. Gleiches Tatwerkzeug, gleiche Tatumstände, der fast gleiche Tatort, ungefähr derselbe Todeszeitpunkt. Sind Indizien für unsere Einschätzung.«

Er atmete tief durch.

»Und nun gibt es ein drittes Opfer. Noch namenlos. Im Feuer verbrannt. Todesursache unbekannt.

Einzige Beziehung zu Bergmann ist, dass er in seinem Spind gefunden wurde. Der Brand brach im Keller aus, allerdings wurde auch in einem Büro im angrenzenden Komplex Feuer gelegt.«

Peter runzelte die Stirn. »Die Tatsache, dass er im Spind von Hans-Ludwig gefunden wurde, kann von Bedeutung sein, muss aber nicht automatisch darauf verweisen, dass er mit dem Toten was zu tun hatte.«

»Das ist sicher richtig. Wir brauchen von den Brandermittlern eine abschließende Aussage dazu, wie der Mann überhaupt in den Keller gelangen konnte. Im ersten Bericht ist von einer aufgebrochenen Tür die Rede –

vielleicht stellt sich doch raus, dass der Einbrecher einen Schlüssel hatte? Hat dieser Mann vielleicht den Brand selbst gelegt?« Ramona notierte sich diesen Punkt. Gut möglich, dass sie das klären sollte.

»Du meinst, er hat die Geschwindigkeit der Ausbreitung unterschätzt? Konnte die Tür nicht mehr erreichen und suchte ganz zufällig Schutz in Bergmanns Spind?« Bredow notierte diesen Punkt in der Spalte Opfer 3.

»Wäre immerhin möglich. Vielleicht der Einzige, der nicht verschlossen war. Hing nur die Uniform drin, hat Gerlach das nicht so gesagt? Dann sah der Vertreter gar keine Notwendigkeit abzuschließen.«

»Klar, wenn er ein Idiot war, stellt er sich da rein!« Marc. Typisch. »Na, weiß doch jeder, dass Metall heiß wird«, rechtfertigte er seine Behauptung im Nachgang.

»Badewanne gab es nicht!«, Gordon warf dem Kollegen einen wütenden Blick zu. »Nur den Duschraum. Aber vielleicht konnte er den auch nicht mehr erreichen.«

»Wir müssen also klären, ob das Wasser in den Duschen nachts abgestellt wird«, entschied Bredow, notierte auch diesen Punkt. »Was hat die Auswertung der Handydaten von Bergmann ergeben?«

Ramona blätterte in einem dicken, grünen Hefter. »Moment. Den Bericht habe ich gerade erst bekommen, gelesen ist er noch nicht.« Ihr Finger strich unterhalb der Zeilen entlang. »Er hat verschlüsselt kommuniziert. Sehr selten Kontakte. Angerufen wurde er nur von einer Nummer, das ist die der J&K-Bank. Doppelte und dreifache Sicherung, Bergmann war wohl ausgesprochen misstrauisch. Die Kollegen sind dran.«

»Marc, solltest du nicht klären, woher das Wild für die Präparate stammte?«, hakte Hagen nach.

Der Angesprochene nickte. »Ja. Der Jäger heißt Maximilian Klein. Die Heidesaumer nennen ihn Großklein.« Er kicherte unangemessen. »Ihr wisst schon. Wegen Maxi und Klein«, schob er unnötigerweise nach, als niemand außer ihm lachte. »Na, egal.« Er sah in die Runde, winkte dann genervt ab. »Also, er sagt, er habe so gut wie nie an HL verkauft. Er mochte ihn nicht. Und wenn er wen nicht leiden kann, macht er auch kein Geschäft mit ihm. Basta.«

»Das überrascht mich jetzt.« Ramona begann aus einem Bericht vorzulesen. »Die Auswertung der E-Mails durch die Kollegen ergab, er hat doch. Rehkopf mit Hals und Spießen, Wildschweinkopf eines Keilers mit extralangen Hauern und so weiter hat dein Herr Klein an seinen Kunden Bergmann verkauft. Auch eher unübliche Dinge. Hirschpenis und Hoden zum Beispiel.«

»Dann hat der Kerl mich belogen!« Marcs Gesicht verzog sich vor Zorn zu einer Drohgrimasse. »Na, warte!« Er machte Anstalten sofort aufzustehen, um die Angelegenheit auf der Stelle zu klären, wurde aber von Peters fester Hand daran gehindert.

Gordon tat, als suche er etwas in seinem Rucksack unter dem Tisch, damit niemand sein schadenfrohes Grinsen sehen konnte. Als er sicher war, seine Miene wieder unter Kontrolle zu haben, tauchte er auf, mit einem Päckchen Taschentücher in der Hand.

»Immerhin wissen wir jetzt, woher einige der Stücke stammten. Frage: Hat der Jäger gewusst, wozu Bergmann sie verwendete? Gut. Hoffen wir, dass der Gutachter uns bald erklärt, was das zu bedeuten hat.« Hagen rieb sich die Augen. »Und da ist noch ein Punkt. Aus Andeutungen könnte man schließen, dass das erste Opfer mehr Nachkommen hat als diesen einen Sohn mit seiner Frau. Allgemein wird angenommen, dass seine sexuellen Aktivitäten nicht auf die Ehefrau beschränkt waren und aus der einen oder anderen Beziehung weitere Nachkommen hervorgegangen sind. Das müssen wir klären.«

»Aber das weiß in Heidesaum jeder.« Marc. Schon wieder. »Es ist eines der besonders hartnäckigen Gerüchte im Ort.« Marcs Zorn war hörbar noch nicht verraucht. »Die Liebeleien hatte er allerdings angeblich nicht in Heidesaum. Von Berlin und Magdeburg ist die Rede, manchmal auch von Cottbus.«

»Wer könnte dazu Auskunft geben?« Ramonas Stift schwebte schon über ihrer Liste.

»Else«, antwortete der Kollege sofort. »Else Blau. Die weiß über alle alles.«

»Gut. Dann wirst du mit ihr über diese Affären sprechen«, legte Peter fest.

»Ich warte noch auf die Isotopenanalyse. Damit können wir eingrenzen, wo der Camper gelebt hat. Das reicht weit in die Vergangenheit zurück. Mal sehen ...« Dr. Brand schob ihren Stuhl zurück. »Tut mir leid, ich muss los. Ihr wollt doch schnelle Ergebnisse zu unserem dritten Opfer.«

Leise schloss sie die Tür hinter sich.

»Diese Woche wird in die Geschichte von Heidesaum eingehen.« Gordon grinste. »Außerhalb der Kriege gab es noch nie so viele Tote ›am Stück‹.«

»Da wir nicht noch mehr Mordopfer finden wollen, sollten wir versuchen, eine brauchbare Hypothese zu bilden, mit der wir arbeiten können. Nur so wird es möglich, weitere potenzielle Opfer zu verhindern. Also?«

»Bei Hans-Ludwig gibt es immerhin Tatverdächtige.« Marc. Mal wieder.

»Die wären?«

»Seine Frau zum Beispiel. Wenn man mich so behandeln würde, ich denke, da wäre ein Mord schon drin. Befreiungsschlag sozusagen. Dann der Angelverein. Mann, der Bergmann hat doch versucht, jeden Handgriff zu beeinflussen. Sein Platz, sein geheimer Köder, sein, sein, sein. Der Kamp war echt nicht zu beneiden. Diese Familie, deren Katze ... eine meiner Freundinnen wäre bei einem Mord an ihrer Katze zum finalen Gegenschlag bereit gewesen. Kannste glauben!«

»Seine Frau wirkt nicht bereit für eine Tötung. Hat sie ihn nicht immer in Schutz genommen?«, fragte Ramona überrascht.

»Typischer Fall von ›bis das Fass überläuft‹?«

»Und dann zerstört sie sein Gesicht mit einem Stein?« Bredow notierte unter Verdächtige bei Bergmann seine Frau, setzte ihren Namen allerdings in eine Klammer mit dem Hinweis »sehr unsicher«.

»Na gut, diese Familie hätte vielleicht einen Grund für

eine Racheaktion gesehen. Schreib mal auch bei denen ›unsicher‹ dahinter.« Peter zuckte mit den Schultern.

»Kamp?« Gordon wollte wenigstens eine Kleinigkeit beisteuern.

»Das sind alles Menschen, mit denen wir schon gesprochen haben. Das ist zu wenig. Wer hätte denn ein tragendes Motiv? Eines, hinter dem ich nicht ›unsicher‹ vermerken muss.«

Ratloses Schweigen.

Anhaltend.

»Hm«, brummte Bredow. »Und bei dem jungen Mann aus dem Wald?«

Ramona überlegte laut. »Bliebe das Foto von Marten. Aber bisher hat keiner der Zeugen es überhaupt erwähnt. Sollte es jemanden geben, der um seinen Aufenthaltsort weiß, möchte er ihn jedenfalls nicht preisgeben.«

»Es gibt keine offensichtliche Verbindung zum ersten Opfer. Die einzige Gemeinsamkeit könnte das Angeln gewesen sein – wobei niemand weiß, ob der junge Mann überhaupt geangelt hat.« Hagen warf Marc einen langen Blick zu. »Die Angelwettbewerbsliebesgeschichte ist auch vom Tisch.«

Marc, der registrierte, dass er angestarrt wurde, lief rot an.

»Na, war doch immerhin ein möglicher Ansatz«, war sein Verteidigungsversuch. »Drei männliche Opfer!«

»Irgend so ein Männerding? – Willst du das damit andeuten?«, hakte Ramona aggressiver als notwendig nach. »Oder sollen wir davon ausgehen, dass der Täter eine Täterin sein muss, weil nur Männer zum Opfer geworden sind?«

»Ne! So war das nicht gemeint! Aber es gibt doch Themenbereiche, die eher von Männern als von Frauen besetzt werden. Wetten zum Beispiel. Pferderennen, Formel 1. Oder spekulative Investments an der Börse. Eine falsche Beratung, eine schlechte Entscheidung und schwupps, ist die Rente futsch. So was in der Art.« Gordon stützte die Ellbogen auf den Tisch, sah auffordernd in die Runde. »Könnte auch auf den Waldmann zutreffen. Der hat sein Geld auf einen ›todsicheren Tipp‹ hin verzockt. Wollte nun Rache. Doch der andere setzte sich erfolgreich zur Wehr, ging zum Angriff über. War vielleicht einer von denen, die besonders profitieren, wenn andere Fehler machen.«

»Okay, lass dir gesagt sein, dass Frauen an der Börse anders agieren als Männer und deshalb im Schnitt erfolgreicher sind.«

»Peter und Gordon – ihr fragt bei den Banken nach, ob es Zocker in Heidesaum gibt, die kürzlich satte Gewinne eingefahren haben. Klärt, ob eines der Opfer an solchen spekulativen Geschäften beteiligt war. Ramona, sobald wir die Identitäten aller haben, checkst du die Computer. Von Bergmann wissen wir, dass er einen Rechner hatte. Ein Team ist noch vor Ort und sucht danach.«

Hagen nickte. »Klar. Die Witwe hat behauptet, er arbeite immer in diesem Kellerraum am Computer – nur konnten wir dort bisher nichts finden.«

»Die Zeitungen haben den Artikel zu dem Unbekannten schon bekommen? Angela hat sich bereit erklärt, bei der Erstellung eines Phantombildes behilflich zu sein. Sobald das steht, suchen wir auch über die anderen Medien nach ihm. Nachrichtensendungen, Social Media.«

»Führerschein und EC-Karte gehörten ihm jedenfalls nicht, wurden allerdings nicht als gestohlen gemeldet und nicht benutzt. Auf dem angegebenen Konto haben keinerlei Bewegungen stattgefunden. Der angekokelte Führerschein sollte eigentlich schon vor drei Wochen nach Gransee zur Bußgeldbehörde geschickt werden. Drei Monate Führerscheinentzug. Die Kollegen der Technik konnten zaubern. Man kann sogar das Gesicht auf dem Foto erahnen. Und die Bankkarte war ja nicht angebrannt.«

»Ach, und die in Gransee haben nicht nachgehakt?«

»Doch. Sie haben den Führerscheinbesitzer angeschrieben, aber die Post kam zurück. Wahrscheinlich verzogen und nicht umgemeldet.«

»Okay. Ist ja denkbar, dass das zweite Opfer jemandem die Brieftasche geklaut hat. Oder sie irgendwo fand.« Peter gähnte laut, sah sich entschuldigend um. »Hat Angela denn gesagt, dass ihm das Führerscheinfoto ähnlich ist?«

»Das habe ich sie noch nicht gefragt. Ich hole das bei unserer nächsten Begegnung nach.«

Hagen notierte sich auch diesen Punkt.

Warf einen nachdenklichen Blick auf seine krakelige, eigentlich unlesbare Handschrift, die außer seiner Frau niemand wirklich lesen konnte. Seufzte tief.

Ramona ergänzte: »Wohnhaft in Berlin-Köpenick. Ich frage bei den Kollegen dort nach. Möglicherweise ist er verreist, wurde ausgeraubt – oder ist verstorben.«

Bredows Handy meldete sich fordernd und laut.

»Bredow!«

»Brand! Wir haben ein Match. Der Tote aus dem Feuer ist ein alter Bekannter, Franz Koller. An den Fall kann ich mich noch ganz gut erinnern. Wurde vor drei Wochen aus der Haft entlassen, das war sogar der Presse eine Meldung wert. Saß wegen schwerer Körperverletzung mit Todesfolge ein.«

»Das ist eine sehr wichtige Neuigkeit! Er kommt aus Berlin?«

»Hintergrund müsstet ihr recherchieren. Ich habe eine toxikologische Analyse vorgesehen, aber das dauert. Mal sehen, ob dabei etwas Verwertbares rauskommt. Wir sind dran. Und er war schon tot, als man den Körper in den Spind presste.« Damit war das Gespräch beendet.

Ramona tippte einen Text in ihr Tablet, wartete einen Moment und meinte dann: »Letzter Wohnsitz vor Verurteilung war Berlin. Aber in der Akte steht, er musste die Haft in Hamburg absitzen. In Berlin wurde es sehr schnell unruhig, nachdem er seine Zelle bezogen hatte. Waren wohl noch so einige Rechnungen offen. Man entschied sich für eine Verlegung, damit die Gemüter wieder abkühlen konnten.«

Bredow überlegte, wie die neuen Informationen zu den Ermittlungsergebnissen passen konnten. »Jemand legte einen Brand, entdeckte dann, dass es einen zufälligen Zeugen gab und tötete den Mann. Danach stellte er ihn in einen der Spinde und entzündete den Brandbeschleuniger? Wenn er ihn schon getötet hatte, musste er ihn nicht in einem Spind verbergen – das ist doch unnötig. Nachdem das Feuer entzündet war, konnte niemand mehr kommen und zufällig den Leichnam entdecken. Schließlich stand der Keller in Flammen. Ich denke, der Plan, den Körper komplett zu verbrennen, wurde durch das ›Unterstellen‹ im Spind eher erschwert.«

»Hier gibt es jede Menge Informationen zu Franz Koller«, schaltete Ramona sich wieder ein. »Muss ein ziemlich zwielichtiger Kerl gewesen sein. Während der Haft hat er mehrfach Mithäftlinge übel zugerichtet. Auch diese Übergriffe waren der Presse regelmäßig eine Meldung wert. Einen jungen Vergewaltiger übergoss er mit Benzin und steckte ihn an. Bis die Vollzugsbeamten dem Opfer zu Hilfe kommen konnten, war es so schwer verbrannt, dass es in eine Spezialklinik ausgeflogen werden musste. Einem anderen hat er das Gesicht zertrümmert, mit einer der Holzlatten, die für die hafteigene Werkstatt angeliefert worden waren. Er schlenderte dort vorbei, während andere Häftlinge diesen Nachschub ins Holzlager trugen. Seltsam genug: Es gelang ihm, unbemerkt eine zu entwenden. Damit schlug er vehement und gnadenlos – steht so im Protokoll der Rechtsmedizin – auf den überraschten Mann ein. Durch das viele Blut wurden die Atemwege verlegt, der Angegriffene erstickte. Diese Liste könnte ich noch weiterführen. Klar ist, seine Haftstrafe verlängerte sich. Aber nun wurde er tatsächlich entlassen.«

»Und was machte er zuletzt?« Peter wurde unruhig. Vielleicht gefiel ihm der Gedanke gar nicht, dass dieser Mann sich in seinem Heidesaum in einem fremden Keller aufgehalten hatte.

»Er hatte sicher einen ›Kümmerer‹. Häftlinge, die so lange Zeit von der Welt abgeschnitten waren, bekommen jemanden an die Seite, der bei der Wiedereingliederung in die Gesellschaft behilflich ist. Wir finden seinen Namen raus und nehmen Kontakt zu ihm auf.« Bredow gab Peter ein Zeichen. Darum sollte er sich kümmern.

»Meinst du, dass der vielleicht so ziemlich jeden Job angenommen hat, der Geld bringt? Im Darknet gibt es Portale, da kann man für jedes Ding, das man drehen will, einen willigen Partner finden. Möglich, dass er bei dem Einbruch in Gerlachs Keller nur als Zweiter beim Brand helfen sollte und das Ding aus dem Ruder lief. Diesmal hat aber der andere gewonnen.«

»Er wurde selbst Opfer? Und der andere hat ihn in den Spind gestellt und ist abgehauen, bevor das Feuer ausbrach? Dann wäre der Bürobrand eher ein Ablenkungsmanöver?« Bredow war nicht überzeugt. »Immerhin ein Ansatz«, räumte er zögernd ein.

»Könnte doch ein Racheakt eines ehemaligen Mithäftlings gewesen sein, so eine Art finaler Gruß. Feinde hat er sich ja wohl ausreichend gemacht.« Marc schnippte mit Zeigefinger und Daumen. »Schwupp war der Koller engagiert und im Hinterhalt umgebracht.«

»Und das soll nun ausgerechnet bei uns in Heidesaum passen? Er wird von jemandem einbestellt, und dann kommt er grundlos? Wie hätte sich dieser Weg lohnen können? Nicht vorstellbar. Wie soll das Angebot für den Deal in der Gurkenfabrik ausgesehen haben?« Peter wurde nun richtig nervös. »Mensch, wir leben in Heidesaum. Da bestellt kein Rachedurstiger einen Exhäftling in den Keller der Fabrik ein, um ihn zu töten und zu grillen.«

Bredow blieb skeptisch. »Wir versuchen herauszufinden, was er hier wollte. Ich könnte mir auch einen harmlosen Grund und ein ungeplantes Zusammentreffen mit der Vergangenheit vorstellen. Möglich, dass er jemanden besuchen wollte und einem gefährlichen Gegner in die Arme lief.«

Ramona ergänzte: »Er könnte auch einem Angehörigen seiner Opfer begegnet sein, der den Fehler der Justiz, diesen Mann auf freien Fuß zu setzen, korrigieren wollte. Wir sollten überprüfen, ob Verwandte seiner Opfer hier wohnen.« Vorsichtshalber machte sie sich gleich eine Notiz unter ihren anderen Stichpunkten, die sie abarbeiten würde. Gut möglich, dass auch diese Recherche ihr zufallen würde.

Peter runzelte die Stirn. »Eigentlich hätten wir als Polizeiposten eine Nachricht bekommen, wenn jemand entlassen würde, der in Heidesaum noch eine Rechnung offen hat – oder bei einem Besuch bei uns in Schwierigkeiten geraten könnte, weil jemand hier noch ›Handlungsbedarf‹ sieht. Der Name Koller sagt mir erst mal nichts. Aber zurück im Büro gucke ich gleich nach.«

»In meinen Ohren klingt das alles sonderbar. Diese

Morde finden irgendwie im falschen Ambiente statt.« Ramona schüttelte den Kopf. »Nichts passt so richtig zusammen. Vielleicht sollte das dritte Opfer bei Gerlach etwas ausbaldowern, das später für eine Erpressung verwendet werden konnte. Wir sollten ihn und seine Firma unter die Lupe nehmen. Möglicherweise hat dieses Feuer nur mit ihm und der Firma zu tun – nichts mit den beiden anderen Morden.«

»Gut, also verteilen wir die Aufgaben!«

30

Die Betreiberin der »Gurke« und Anne saßen sich in Annes Küche gegenüber.

»Den Totenschein hast du schon? Dann musst du mit dem Amtsgericht einen Termin vereinbaren. Erst danach kann der Erbschein ausgestellt werden – hat man mir erklärt. Wenn du den vorlegen kannst, kommst du an seine Konten und auch an das Schließfach ran. Mit allem, was du vorfindest, kannst du dann tun und lassen, was du willst.«

Anne war überrascht. »Ehrlich? Was ich will?«

»Es sei denn, es findet sich ein Testament, das noch jemand anderen als Erben erwähnt. Wenn es tatsächlich uneheliche Kinder gibt, könnten die auch Ansprüche haben, das klärt sich. Gibt es eines?«

Anne schüttelte den Kopf. »Nein. Das ist eher unwahrscheinlich. Selbst wenn er noch mit anderen Frauen ein Verhältnis oder gar Nachkommen hatte, so wäre es doch ein Eingeständnis seiner Schuld, wenn er die Konkubinengören auch noch in seinem Testament bedacht hätte.«

»Er wollte weder mit den Frauen noch deren Kindern etwas zu tun haben?«

»Ach, nein. Ich glaube, so kann man das auch nicht sehen, weißt du, manchmal ...« Die Witwe verstummte, atmete dann tief durch und meinte: »Ich denke, er hat mit den Frauen oder gar Müttern seiner Kinder Vereinbarungen getroffen. Vielleicht finden sich in diesem Schließfach die Verträge, in denen dann so etwas steht wie: Du kriegst Geld, also halt die Klappe und das Gör weg von mir. Manchmal, wenn wir zusammen beim Einkaufen oder beim Spaziergang ein Kind sahen, veränderte sich sein Blick. Dann überlegte er wohl, ob das eines der Seinen sein könne.«

»Ehrlich gesagt verstehe ich das nicht: Er hatte außereheliche Beziehungen, vielleicht gar Kinder aus diesen Affären. Du hattest nicht einmal Affären. Dennoch stellte er seine Vaterschaft wohl bei den anderen Frauen nicht infrage. Bei Frauen, die sich vielleicht nicht zum ersten Mal mit einem verheirateten Mann eingelassen hatten – mit ihm hatten sie es ja schließlich auch getan. Und bei dir war er sicher, er sei nicht der Vater von Berthold – bei den anderen akzeptierte er. Wieso?«, fragte Angela nach.

»Das ist ein echtes Rätsel. Seit Jahrzehnten schon.« Anne nestelte am Ärmelbündchen ihrer Strickjacke, zuckte zusammen, als sie die verletzte Stelle am Arm berührte. »Tatsache ist: Ich weiß nichts! Weder über sein Einkommen, seine Beziehungen und deren Konsequenzen, seine sonderbaren Präparate. Nichts über den außerhäusigen Hans-Ludwig. Geht dich nichts an ... hat er immer gesagt. Du lebst in einem bezahlten Haus, du musst nicht frieren oder hungern. Für alles ist immer gut gesorgt. Also, was? Er tat einfach so, als hätte ich ihn des Geldes wegen geheiratet. Dabei wusste ich schon damals nichts über seine finanziellen Verhältnisse.«

»Warum habt ihr dann überhaupt geheiratet? Er hat dich gefragt?«

»Jaaa«, dehnte Anne. »Irgendwie schon. Aber irgendwie auch nicht. Mein Vater ... na ja, früher war manches anders.«

»Du wurdest verkuppelt?« Angela war entsetzt. »So was könnte ich mir gar nicht vorstellen. Verheiratet mit einem Mann, den ein anderer für mich ausgesucht hat. Ohne Widerspruchsrecht.«

»Nein. So auch nicht. Eher von allem ein bisschen.«

»In dem Raum unten ...«

»Sprich nicht darüber!«, fuhr Anne die Besucherin unvermittelt harsch an. »Ich will nichts darüber hören!«

Jonas nutzte intuitiv diesen Moment, um fordernd auf sich aufmerksam zu machen.

Angela sprang auf. »Du siehst, jetzt ist Bewegung für uns beide angesagt. Bei meinem Jonas stehe ich im Wort.« Sie liebkoste den Hund, nahm die Leine von der Kommode beim Ausgang. »Ich komme morgen wieder!«

Auf ihrem Weg durch das abendliche Heidesaum begegneten die beiden Spaziergänger Pfarrer Schulze.

»Guten Abend, Frau Liebetanz«, grüßte er freundlich.

Angela und Jonas blieben stehen, weil auch der Pfarrer angehalten hatte. Jonas nutzte die Gelegenheit, den Mann zu beschnuppern. Schließlich wollte er genau wissen, mit wem er es hier zu tun hatte.

»Sie kommen von Frau Bergmann?«, mutmaßte der Geistliche.

»Ja, stimmt.«

»Es ist gut, dass Sie sich ein wenig kümmern. Nach dem gewaltsamen Tod ihres Gatten ist sie im Ort leider noch mehr isoliert. Viele der gleichaltrigen Damen in Heidesaum begegnen ihr direkt mit Feindseligkeit. Nun. Mir kommt es vor, als befürchteten einige, sie habe selbst seinen Tod herbeigeführt.«

»Wirklich?« Vielleicht, überlegte die Besitzerin der »Gurke«, nehmen sie sich im Café etwas zurück, weil giftige Äußerungen nicht zum »Ambiente« passten – untereinander aber redeten sie Klartext?

»Andere werfen ihr vor, sie habe sich nicht entschlossen genug gegen ihren Mann gewehrt. Natürlich tuscheln sie alle hinter vorgehaltener Hand.«

»Ja, ich habe auch schon gehört, dass manche Damen enttäuscht darüber waren, dass sie ihre Hilfsangebote stets ausgeschlagen hat.« Warum erzählt er mir das?, fragte sie sich und wartete neugierig ab, ob sie die Antwort auf diese Frage wohl erfahren würde.

»Viele Menschen haben seinetwegen gelitten. Sie hat nicht nur Hilfsangebote ausgeschlagen, sondern sich jederzeit und bei jedwedem Vorwurf schützend vor ihn gestellt. Das hat man ihr in Heidesaum sehr übel genommen.«

»Sie glauben, Anne sei in Gefahr?«

Jonas, der den Stimmungswechsel sofort bemerkte, drängte sich verteidigungsbereit zwischen die beiden und fixierte das Gegenüber fest, knurrte warnend. Liebevoll streichelte Angela über seinen Rücken und murmelte leise: »Alles in Ordnung, Jonas!«

»Sie haben einen entschlossenen Beschützer«, schmunzelte der Pfarrer. Er fing Angelas Augen mit seinem Blick ein, hielt sie fest und erklärte eindringlich: »So ist Anne den Menschen hier in Bezug auf ihren Mann auch vorgekommen.«

»Sie muss ihn doch eigentlich gehasst haben – oder?«

Pfarrer Schulze breitete die Arme weit aus.

Eine Geste der Hilflosigkeit.

»Beichtgeheimnis«, vermutete Angela.

»Nun, sie hat sich mir auch außerhalb der Beichte anvertraut. Und dabei wurde durchaus deutlich, dass sie unter seiner Aggressivität sehr zu leiden hatte. Gut vorstellbar, dass sie sich gern aufgelehnt hätte, aber keine Chance zur Loslösung sah.«

»Warum?«

»Er hielt sie unwissend. Sie bringen ihr einen Korb mit Nahrungsmitteln vorbei. Sie macht sich Sorgen, weil sie nicht weiß, wie sie dafür bezahlen soll.«

Einfaches Nicken reicht, entschied die Gesprächspartnerin. Soziales Engagement war ihrer Meinung nach Privatsache.

»Was also hätte sie tun sollen? Er hat einen Computer, sie weiß nicht einmal, wo das Ding steht. Kommunikation über Mails – unvorstellbar, Recherche im Netz, etwa zum Thema Scheidung, Rechte der Ehefrau oder ähnlichen Fragen – unmöglich. Hätte sie eine der Frauen im Ort angesprochen, hätte gleich ganz Heidesaum davon gewusst und ihr Mann hätte es auch mitbekommen. Es wäre wohl wieder zu entsetzlichen Handgreiflichkeiten gekommen.«

»Ich weiß, dass ihr Leben hart ist und war. Moderne Frauen bekommen Lösungsstrategien vermittelt. Von der Gesellschaft, von ihren Eltern, durch die Medien, auch Social Media. All das blieb Anne verwehrt. Isolation hat sie hilflos gemacht.« Jonas sah von einem zum anderen, stupste Angela freundlich, aber bestimmt an. Schließlich hatte sie ihm den Spaziergang versprochen.

»Gleich!«, flüsterte die Frau am anderen Ende der Leine verschwörerisch.

»Sehen Sie das so?«

»Ja. Ich weiß nur nicht, warum sie nicht gleich nach der Eheschließung entkommen wollte. Vielleicht war sie zu jung, als sie heiratete, außerdem war sie bereits schwanger, hatte Angst, einen nicht wiedergutzumachenden Fehler zu begehen, wenn sie ihre Sachen packte und ging. Eine besondere Art zu leben hatte sich bei den beiden manifestiert – und als sie ihren Fehler erkannte, fehlte die Exit-Strategie für sie selbst und ihren Sohn.«

»Sind Sie sicher?«

»Sie nicht?« Angela breitete ihre Arme aus, drehte die Handflächen gen Himmel.

»Guten Abend. Viel Vergnügen beim Spaziergang«, verabschiedete sich der Pfarrer und verschwand in einer Seitengasse.

Nachdenklich ging Angela weiter.

31

Hagen gönnte dem Team und sich eine Pause.

Die Wohnung kam ihm, nach dem Auszug seiner Frau, kalt und wenig einladend vor. Finstere Ahnungen wohnten dort mit ihm zusammen, Ängste lauerten sogar im Kühlschrank, und unter der Bettdecke überfiel ihn trostlose Einsamkeit.

Kein Ort für Entspannung oder Kontemplation.

Der einzige Gedanke, der ihn bei jedem Schritt erfüllte, war von der Hoffnung dominiert, dass seine Angela zu ihm zurückkehren würde. Ein Leben mit neuen Regeln, aber ein gemeinsames Leben. Er wäre sofort bereit zu akzeptieren.

Im Gefrierfach fand sich ein einsamer Fertigauflauf, den er dort vor Wochen eingelagert und dann vergessen hatte.

Wenig später ertönte das laute Klingeln der Mikrowelle.

Eines der seltenen Geräusche, das er nicht selbst verursachte, ihm dadurch die Illusion von Gemeinschaft mit einem anderen gab.

Während er direkt, an der Küchenzeile stehend, unbeteiligt Gabel für Gabel voll Auflauf verzehrte, checkte er sein Handy.

Keine Nachrichten.

Keine Mails.

Der Wetterbericht für den kommenden Tag – eher mau.

Er rief die To-do-Liste auf, hakte zügig ab, was schon ermittelt wurde.

Früher konnte er die Ergebnisse mit Angela teilen, diskutieren, bewerten.

Sie hatte häufig einen anderen Blick als er selbst auf die Dinge. Erweiterte damit seinen Horizont und den des gesamten Teams.

Das fehlte nun.

Er konnte nicht einmal jemandem erzählen, dass der Auflauf seltsam chemisch und keineswegs lecker schmeckte!

Seine Tage, aktuell und in der Zukunft, erschienen ihm belastend, trostlos, hoffnungslos.

Angela hatte nicht nur diesen wunderbaren Hund Jonas, sie hatte auch Freunde gefunden.

Neidisch dachte er darüber nach, dass er nicht einmal die Namen seiner direkten Nachbarn kannte.

Ertappt. Neid war kein Gefühl, das er aufkommen lassen wollte. Es war schlicht dumm.

Außerdem war es für einen Polizisten schwierig, ein Haustier zu besitzen – falsche Formulierung, fiel ihm ein – Angela, wurde ihm bewusst, würde es ganz anders ausdrücken: einem tierischen Partner ein Heim anzubieten – so musste es richtig heißen!

Hagen überredete den Kaffeeautomaten, eine Tasse starken Gebräus zu produzieren, und versuchte damit, den unangenehmen Nachgeschmack des Fertigauflaufs runterzuspülen. Automatisch kehrten seine Gedanken zur »Gurke« zurück.

Das Café war unübersehbar ein großer Erfolg.

Eine feste Einrichtung inzwischen – auch stabil verankert in der Sozialstruktur des Ortes.

Für Angela mit ihrer unkomplizierten Art war es kein Problem gewesen, Bestandteil der Lebensgemeinschaft Heidesaum zu werden. Ihre Freundin Nele hatte sie tatkräftig unterstützt. Es gab so viele Katzen und Hunde im Ort, da fragten die Betreuer sicher beim Impftermin gleich nebenbei bei der Tierärztin nach ihrer Meinung über die Neue im Ort. Die Beurteilung fiel natürlich rundum positiv aus!

Hagen verbrannte sich die Zunge am heißen Getränk. Fluchte.

»Ich bin eben nicht so kommunikativ«, maulte er vor sich hin. »Ein Selbstgespräch mit mir ist auch sehr entspannend.«

»Quatsch!«, beschwerte sich seine innere Stimme über diese fatalistische Haltung. »Gib dir einfach mehr Mühe! Ist noch alles offen! Die Scheidungspapiere sind noch nicht eingereicht!«

Mit dem dumpfen Gefühl, seine private Welt sei wohl nicht mehr zu retten, ging Hagen duschen.

Wurde, wie die meisten Menschen, direkt nach dem gründlichen Einseifen von seinem Handy aus dem Wasserstrahl gescheucht.

»Oh, Angela ...«, hoffte er.

32

Angela und Jonas einigten sich auf eine extra lange Tour.

Erstens hatte der Hund zu wenig Auslauf gehabt und zweitens kreisten Angelas Gedanken um ein neues Problem.

Im Café wurde viel spekuliert – und möglicherweise traf einer ihrer Gäste einen neuralgischen Punkt. Zum Beispiel Else. Sie war eine gnadenlose Beobachterin, nahm kein Blatt vor den Mund und brachte manchmal mit ihrem Blick auf ein Geschehnis andere Gäste gegen sich auf.

Angela fuhr mit Jonas an den Waldrand.

»Na, du weißt schon, wo wir hingehen?«

Jonas tobte an langer Leine vorneweg.

Am Lagerplatz des Campers blieben die beiden stehen. Selbst der Hund schien traurig darüber zu sein, dass der junge Mann nicht mehr hier war. Angela überlegte, was »Benno« dazu gebracht haben könnte, früh am Morgen aufzubrechen. Ihr gegenüber hatte er behauptet, kein Frühaufsteher zu sein. Es musste also einen wichtigen Grund dafür geben.

Ein Geräusch?

Nein, verwarf sie diesen Gedanken. Der Mord an Hans-Ludwig war auf keinen Fall bis in den Wald zu hören gewesen.

Er war auf der Suche nach Marten Rumland. Wenn ihm nun jemand Informationen angeboten hätte, wäre er zu einer ungewöhnlichen Zeit an einen Ort an der Spree aufgebrochen?

»Was meinst du, Jonas? Warum war es für ihn so wichtig, Marten zu finden?«

Jonas zog an der Leine – und Angela folgte ihm tiefer in den Wald. Ihre Taschenlampe sorgte für ausreichend Licht, um einen Sturz zu verhindern.

Sie erreichten eine große Lichtung.

»Na, welchen Weg nehmen wir?«, fragte sie das Tier und überließ sich seiner Führung. Sie folgten einem ausgetretenen Pfad. »Den Weg haben wir auch letztes Mal genommen.«

Schweigend liefen sie weiter. »Jonas, ich glaube nicht, dass du nach weiteren Funden suchen solltest.«

Der Hund zeigte sich gänzlich unbeeindruckt.

Nach etwa zwanzig Minuten strammen Marsches erreichten sie die »Grabungsstätte«. Die Spuren, die Jonas beim letzten Mal hinterlassen hatte, waren noch deutlich sichtbar.

Kaum angekommen, begann das Tier, mit den Vorderpfoten ein zweites Loch in unmittelbarer Nähe zum ersten auszuheben. Voller Begeisterung buddelte Jonas sich voran.

Seine Begleiterin setzte sich auf einen Baumstrunk und sah zu.

Amüsiert beobachtete sie diese konzentrierte Aktivität. »Ich gebe zu, heute war ein zu ruhiger Tag für dich, gestern auch schon. Du brauchst deutlich mehr Schwung in deinem Alltag.«

Angela überlegte, ob sie bei Hagen anrufen sollte, ließ es aber bleiben.

»Weißt du, Jonas, ich glaube, er fehlt mir. Die Polizeiarbeit eher nicht, die unregelmäßigen Dienstzeiten, das Grauen an den Tatorten – nein, das nicht. Ich verstehe es eigentlich nicht: Hagen fehlt mir.«

Der Hund schleuderte ein paar Erdbrocken in ihre Richtung. Sie lachte leise. »Ja, vielleicht hast du recht. Ich sollte diese Geschichte hinter mich werfen. Aber irgendwie will es mir im Moment nicht gelingen. Vielleicht wird es wieder besser, wenn dieser vertrackte Fall abgeschlossen ist, was meinst du?«

Sie schloss die Augen. »Nele wollte sich mit mir über Hagen unterhalten – aber ich wollte nicht. Was soll ich ihr denn sagen? Nachdem ich ewig an ihm rumgenörgelt habe, mich über Lieblosigkeit und Gleichgültigkeit beschwerte, kann ich ihr ja jetzt nicht gut vorheulen, dass er mir fehlt, ich mich manchmal nach seiner Nähe sehne. Geht gar nicht. Klar weiß ich, dass er möchte, dass ich zu ihm zurückkehre – aber sähe das nicht aus wie klein Beigeben? Und mein Café? Vielleicht will er, dass ich es aufgebe – aber das kommt gar nicht infrage! Ich bin, was das Lösen aus einer langjährigen Verbindung angeht, gar nicht so weit von Anne entfernt, wie ich gern gedacht hätte. So richtig will es nicht gelingen. Eigentlich meinte ich, es wäre leichter, selbstbestimmt zu agieren, das Umschalten auf Partnerlos für mich eine eher leichte Übung. Ich weiß, was ich will und wie der Weg ans Ziel aussieht. Prima. Und nun, kaum habe ich Hagen häufig um mich ...« Sie seufzte schwer. »Was meinst du, schaffen wir beide den Wechsel von Ehe auf lose Partnerschaft mit der anderen Spezies?« Vorsichtig öffnete sie ein Auge – und fuhr erschrocken hoch!

»Hey, was ist das denn?«

Jonas, der diese Frage auch nicht beantworten konnte, legte das Fundstück in Frauchens Hände, so, als glaube er fest daran, ihr würde schon einfallen, was damit zu tun sei.

Immerhin betrachtete sie das Ding interessiert.

»Hast du das in dem Loch da gefunden? Braver Jonas. Ich denke, deinen Schatz nehmen wir erst mal mit. Wir werden ihn morgen mal Nele zeigen – oder Dr. Brand. Und wir sollten uns dringend mit Else unterhalten.« Sie streichelte den Hund, lobte ihn und schob den Fund in ihren Rucksack. Hoffte, der tierische Partner habe ihr Erschrecken nicht bemerkt.

Doch Jonas war noch nicht fertig für heute.

Es dauerte gar nicht lang, da konnte er ihr einen zweiten Fund präsentieren, der dem ersten ähnelte.

»Okay, Jonas. Ich glaube, für heute ist es genug. Wir legen sie in die Schachtel zu den Knochen, die du schon ausgebuddelt hast. Ich fürchte, wir müssen jemanden einweihen. Vielleicht Peter? Wir gehen jetzt ein Stück weiter, sehen, wohin der Weg noch führt. Dann ab nach Hause!«

Jonas signalisierte, dass er mit dieser Planung einverstanden war.

Angela steckte das zweite Fundstück ebenfalls in den Rucksack, forderte den Hund auf, weiterzugehen.

»Natürlich könnten wir auch Hagen davon erzählen.«
Sie machte eine Pause. Glaubte, sie habe Geräusche aus
dem Waldstück neben ihr gehört.

»Na, war da was? Wohl nur ein kleines Wildschwein
oder ein Fuchs. Na ja. Also Hagen scheidet erst mal aus,
der würde sich doch nur gleich wieder Sorgen machen.
Ne, Peter ist die bessere Anlaufstelle.«

Der Wald trat ein Stück zurück. Eine weitere Lichtung, die im Sommer sicher zum Verweilen einlud.

»Sieh mal, Jonas. Da ist ein kleines Haus. Mit einem
verwilderten Garten. Wie schön. Komm, wir sehen uns
das mal näher an. Vielleicht steht es leer.« Neugierig sahen sich die beiden um. Warfen von außen interessierte
Blicke in die Räume im Erdgeschoss.

»Hier wohnt schon lange keiner mehr. Einige der
Scheiben sind kaputt. Nicht einmal Möbel stehen noch
im Haus.«

Als sie alles gesehen hatten, machten sich die beiden
auf den Rückweg.

»Hallo Nele«, meldete sie sich auf der Mailbox der
Tierärztin, »ich komme gleich noch kurz bei dir vorbei.
Jonas hat hier im Wald was gefunden.«

»Erst noch schnell zu Anne, dann zu Nele und danach
kuscheln wir uns ein!«, skizzierte sie für Jonas den weiteren Ablauf des Tages und die beiden machten sich auf
den Weg.

Den Verfolger, der jeden ihrer Schritte aufmerksam
überwacht hatte, bemerkten die beiden Waldbesucher
nicht.

33

Else saß bei Anne im Garten.

Wartete.

Hätte jemand nach dem Warum gefragt – sie würde keine befriedigende Antwort gewusst haben.

Klar war, dass Anne hinter dem Vorhang der Küche stand und in den Garten starrte. Sie wusste also um die Anwesenheit der Besucherin, hatte auf deren Klingeln an der Tür allerdings nicht reagiert.

Else war ratlos.

Würde gern einige Rätsel gelöst haben, damit sich die Lage entspannte, die Situation sich klärte.

Das ging nur gemeinsam.

Was Anne natürlich nicht wissen konnte.

Wer die eigenen vier Wände nicht verlässt, bekommt von persönlichen Ansichten im Umfeld und gesellschaftlichen Entwicklungen nicht viel mit, wusste Else.

Sie beschloss, zu warten.

Einen Rucksack mit Proviant und eine warme Decke hatte sie dabei.

Damit Anne das erkennen konnte, packte sie ihre Vorräte gut sichtbar auf den Gartentisch.

Klare Fronten.

Das schätzte Else sehr.

34

»Anne, die Polizei hat in zwei Tagen drei Leichen in Heidesaum gefunden. Das ist eine überraschende Konzentration, findest du nicht auch? Ich glaube, dass du deutlich mehr über die Zusammenhänge weißt, als du zugeben möchtest,« eröffnete die Cafébesitzerin unverblümt das Gespräch.

»Draußen passieren seltsame Dinge. Menschen sind sehr schwierig.«

»Heißt was?« Angela konnte auch aggressiv. Wenn es denn unbedingt notwendig war. So wie jetzt. »Immer nur Andeutungen zu machen, ist nicht hilfreich.«

Anne wandte sich ab.

Sah in den Garten hinaus, in dem langsam die Dämmerung einzog.

»Hast du Else gesehen?«, flüsterte die Witwe. »Sie sitzt in meinem Garten, auf meiner Bank und hat ihren Proviant auf meinem Gartentisch ausgebreitet. So, als gehöre er ihr. Packte den ganzen Rucksack aus. Und seither sitzt sie da. Ich bin sicher, wenn du rausguckst, siehst du sie dort noch immer sitzen und warten. Belagerung! Die spinnen, die Heidesaumer!«

»Vielleicht möchte sie sich nur mit dir unterhalten?« Angela dachte an die Worte des Pfarrers. Unausgesprochene Vorwürfe, falsch verstandenes Verhalten. Sie beschloss, zu vermitteln. »Ich könnte zu ihr hingehen und sie fragen, was sie will. Dann hast du die Möglichkeit zu überlegen, ob du mit ihr sprechen möchtest oder eben nicht.«

»Nein! Du kümmerst dich schon genug. Mehr als genug! Else ist schwierig, war sie schon immer.«

»Sie formuliert prägnant den Kern eines Problems. Das ist weder schwierig noch verwerflich – nur unter Umständen eben unbequem«, widersprach die Besitzerin der »Gurke«.

»Ach was! Sie konzentriert sich leider manchmal auf Dinge, die eher unbedeutend sind. Wertet sie dadurch auf. Andere Aspekte übersieht sie völlig.«

»Die da wären?«

»Niemanden interessiert, was du denkst, fühlst, weißt. Hier sehen sie nur, was du tust – bewerten das und dich. Gnadenlos.«

»Warum weichen sie dir aus? Else Blau scheint die Einzige zu sein, die Kontakt zu dir aufnehmen möchte.«

»Das glaube ich nicht. Sie werden sich auf meiner Rattanbank abwechseln. Es geht nicht um ein Gesprächsangebot. Sie wollen sicher sein, zu wissen, wo ich bin und was ich tue.« Sie warf der Besucherin einen unergründlichen Blick zu. »Und damit überwachen sie in gewisser Weise auch dich!«

»Und erfahren was?«

»Tja.« Anne zuckte mit den Schultern.

Jonas knurrte unzufrieden.

»Ist gut, mein Partner. Wir ziehen los. Mal sehen, ob wir im Rausgehen Else treffen.« Angela lachte unbeschwert und verließ das Haus.

Das Licht im Garten schaltete sich durch den Bewegungsmelder automatisch ein.

»Hallo Else. Möchtest du mich nicht ein Stück begleiten?«

35

Angela hatte vor ihrem Umzug nach Heidesaum viel Zeit in der lokalen Bibliothek zugebracht, in Berichten über die Historie des Ortes gestöbert. Schließlich wollte sie über wichtige Hintergründe informiert sein und nicht bei Gesprächen in ihrem neuen Café durch Unwissenheit glänzen.

Manche Geschichten der Zeitzeugen erwiesen sich als nicht versiegende Quelle für Gerüchte, Abwegigkeit, Unterstellungen und Anfeindungen. Leserbriefe in der lokalen Zeitung belegten manche Darstellungen, andere lieferten neue Informationen und eine bessere Einordnung der Ereignisse. Manche Todesanzeigen zeugten von innigen Beziehungen, andere von gesellschaftlicher Pflichterfüllung.

Und über manche Dinge wurde vielleicht gar nicht berichtet.

Nach der Rückkehr von ihrem Kurzbesuch bei Nele hielt Angela das durchaus für denkbar.

Möglicherweise, überlegte sie, als sie mit Jonas nach dem Spaziergang auf der bequemen Couch saß, hatten die aktuellen Vorkommnisse eine Argumentationsbasis in der Vergangenheit.

Vor ihr auf dem Tischchen lag die neu erschienene Stadtchronik, die sie erst vor ein paar Tagen erworben hatte. Sie blätterte darin, war sicher, einen Bezug zu den Morden im Jetzt zu finden.

Elses Ansatz verdiente Aufmerksamkeit.

Sie las von einem Ehekomplott, das einen wohlhabenden jungen Mann in eine Ehe zwang, die nach drei Monaten schon einen Nachkommen vorweisen konnte.

»Hm, Jonas. Ist wohl noch mal gut ausgegangen. Der Ehegatte war vielleicht wirklich der Kindsvater. Jedenfalls lebte er mit seiner wachsenden Familie in einem Haus in Heidesaum, hier heißt es: zufrieden und glücklich. So wie wir beide.«

Sie las interessiert weiter. »Oh! Die junge Mutter war ziemlich schlagfertig und offensichtlich nicht einzuschüchtern. Hier steht, sie habe auf neugierige Nachfragen von Nachbarn geantwortet, sie sei überrascht, dass es sich im Ort noch nicht herumgesprochen habe, aber das sei eben der Wandel der Zeit: Moderne Frauen trügen ihre Kinder nur drei Monate lang aus, Die Trächtigkeitszeit sei nun verkürzt.« Angela lachte laut. »Was für eine gute Antwort! Schlagfertig und selbstbewusst. Alle Achtung. Oben steht zufrieden und glücklich ... du und ich ein Dreamteam. Und dabei sind wir nicht verheiratet!«

Jonas legte seinen schweren Kopf auf Angelas Schoß, freute sich über die sofort einsetzenden Streicheleinheiten. Grunzte zufrieden. »Das werte ich als Zustimmung!«, flüsterte seine Mitbewohnerin und blätterte mit nur einer Hand etwas ungeschickt weiter. »Da war doch noch irgendetwas mit dem Wald ...«

Interessiert schlug sie weitere Seiten um. »Hier! Habe ich mich doch richtig erinnert!«

»In Heidesaum wurde heute ein Medium zu den sonderbaren Vorkommnissen im Wald befragt. Eine Begehung des Gebiets wurde durchgeführt. Das Medium ›Shaharanda‹ breitete eine kleine geflochtene Matte auf dem Waldboden aus, nahm im Lotossitz Platz, um die Kräfte aus der Umgebung in ihrer Körpermitte zu bündeln und zu erspüren, was die Geister ihr mitteilen wollten. Danach blieb sie allein an diesem Ort zurück, denn ihrer Meinung nach störe die Anwesenheit so vieler Menschen den Kontakt zwischen ihr, ›Shaharanda‹, und den gesprächsbereiten, freundlichen Wesen des Geisterreichs. Doch kaum hatten sich die Initiatoren dieser Séance am Rand des Waldes versammelt, als Shaharanda laut schreiend an ihnen vorbeirannte und nur mit größter Mühe gestoppt werden konnte. Schluchzend berichtete sie von einem Fluch, der einen jeden verschlinge, der sich aus niederen Beweggründen dort aufhalte. Was genau sie damit meinte, konnte zunächst nicht geklärt werden, das Medium war so aufgewühlt, dass es zu weiteren Erklärungen nicht in der Lage war. Als erste Maßnahme wurde der Wald für Spaziergänger und Pilzsammler gesperrt. Ihre Lokalzeitung bleibt dran.«

»Hm, Jonas. Welche sonderbaren Vorkommnisse mögen das wohl gewesen sein? Vielleicht sind damit die seltsamen Geräusche gemeint, die gehört wurden? Oder die Gerüchte, im Wald habe früher ein Haus gestanden, in dem ein bärtiger Mann wohnte, der den Kindern drohte, er werde ihre Haut abziehen und die Körper über dem Feuer rösten? Danach in ihre Haut schlüpfen und sich auf diese Weise seine Jugend zurückholen? Else erzählt solche Geschichten auch gern. Aber das glaubt doch niemand wirklich. Gruselgeschichten, damit die Kinder nicht zu weit in den Wald laufen und am Ende gesucht werden müssen. So einen Fall gab es auch mal, wie in allen Gegenden, in denen Wald und Kinder aufeinandertreffen. Weißt du, uns Menschen fehlt dein guter Riecher – wir können uns nicht nach Hause schnüffeln.«

Jonas bellte leise.

»Hunger? Schon überredet. Ich auch. Also, machen wir uns Abendessen.«

Wenig später holte sie noch die Post aus dem Briefkasten.

»Eine Rechnung, eine Werbung und ein Brief. Na, schau'n wir mal.«

Sie öffnete den Brief nach längerem Zögern, denn nur wenige Menschen kannten ihre neue Adresse und so kam ihr der Umschlag ohne Absender verdächtig vor, zog ein Blatt heraus, entfaltete es.

»Sehen uns am 25. Um vier Uhr morgens an der Spree. Bekannte Kurve, üblicher Platz. Verkleidung als Angler! Wenn du nicht kommst, findet dich der Tod!«

»Sieh mal, Jonas, diese Drohung ist nicht an mich gerichtet gewesen. Der 25. um vier Uhr – das ist der Morgen der ersten Morde. Was soll das sein? Eine Verabredung an der Spree? Um vier Uhr? Plus Androhung von Konsequenzen bei Nichterscheinen. Der ursprüngliche Absender meinte einen anderen. Und hier ist so etwas wie ein Lageplan mit einem großen X. Wir denken jetzt gründlich darüber nach, was das zu bedeuten haben kann. Ehrlich gesagt, ich fürchte, dass ich schon weiß, wem dieser Brief geschickt wurde und was der Plan mit den Kreuzchen uns sagen soll.«

Viel später, nach einem längeren Telefonat mit ihrer Freundin Nele, kuschelte sich die Keksbäckerin liebevoll an Jonas, flüsterte ihm ins Ohr: »Macht es dir was aus, wenn du morgen bei Nele bleibst? Ich verspreche, dass ich dich abhole, sobald ich diese Sache hier geklärt habe. Und Irmgard übernimmt sicher gern das Café. Ist bestimmt nur für ein paar Stunden. Ich ruf sie gleich an, bevor sie ins Bett geht. Zum Schlafen setzt sie immer Kopfhörer auf, wegen der lauten Nachbarn.«

Das Telefonat mit ihrem Mann war eher ein Informationsaustausch. Wobei sie die neueste Entwicklung lieber für sich behielt.

36

Angela hätte den Brief eigentlich beinahe achtlos zur Seite gelegt. Nur gut, dass sie sich, ausgestattet mit einem unerschöpflichen Reservoir an Neugier, dazu entschlossen hatte, ihn zu öffnen.

Sie grübelte.

Das Gespräch mit Else, das sonderbare Verhalten von Anne – ja, sogar das mehr als seltsame Gespräch mit Pfarrer Schulze erschienen plötzlich in einem anderen Licht.

Hagen würden die wenigen Zeilen sicher interessieren.

Natürlich konnte sie nicht ausschließen, dass es sich bei dieser anonymen Nachricht um den Versuch handelte, die Ermittlungen auf eine falsche Schiene umzuleiten. Der Absender ging wohl davon aus, dass sie alles weiterreichte. Eine echte Verbindung zum aktuellen Fall war ungewiss. Und doch!

»Na, Jonas, was machen wir denn nun?«

Der Hund legte seine warme Schnauze in ihren Schoß, sah sie liebevoll an.

»Stell dir vor, das Ding hier ist fake. Dann ermittelt Hagen in eine falsche Richtung. Die Spur verläuft sich und der Täter gewinnt Zeit, seine eigenen Spuren zu verwischen. Am Ende bin ich schuld, weil der Brief von mir überbracht wurde. Das ist nicht gut«, beendete sie die Argumentationskette.

Jonas hob die Augenlider.

Ein rätselhafter Blick traf die Mitbewohnerin.

»Du spürst, dass du auf mich verzichten musst? Nele kommt gleich. Du verstehst doch, dass ich das hier überprüfen muss? Danach hole ich dich sofort ab. Großes Ehrenwort.«

Sie streichelte Jonas zärtlich.

Ihre Stimmung sank. »Du fehlst mir schon jetzt! Dabei wird es nur eine kurze Trennung sein. Nur ein paar Stunden. Ich muss sicher sein, bevor Hagen sich meinetwegen in einem konstruierten Labyrinth verläuft.«

Aus der Gesäßtasche fischte sie ihr Handy, hielt es zögernd und zweifelnd in der Hand, ließ ihren Zeigefinger über Hagen Bredow schweben, tippte dann entschlossen auf Nele Nachtmann und wenig später auf Irmgards Kontaktdaten.

Dann lehnte sie sich seufzend zurück. »Alles geregelt, mein Lieber. Nele kommt vor dem Frühstück. Ich muss etwas Wichtiges erledigen. Ist bestimmt nur eine kurze Trennung, höchstens für ein paar Stunden.«

Als Nele am Morgen vor Tagesanbruch Jonas abholte, sah Angela

gela den beiden mit schwerem Herzen nach, wischte einige dicke Tränen ab und stieß zum letzten Mal alle Zweifel an ihrem Vorhaben in einen imaginären Abgrund.

Als das Auto mit den beiden außer Sicht war, überlegte sie nüchtern, welche Ausrüstung sie brauchen würde, trug alles zusammen. Packte eine Proviantasche, in der auch Reservebatterien für die Stirnlampe Platz fanden. Vor beinahe einem Jahr hätte sie jetzt nach der Dienstwaffe gegriffen – doch die gab es in ihrem heutigen Leben nicht mehr. Wenn ich in Schwierigkeiten gerate, schlussfolgerte sie nüchtern, muss eben der stabile Klappspaten als Verteidigungswaffe herhalten.

Der schwarze Parka würde sie weitgehend vor neugierigen Blicken schützen. Die schmale Mondsichel kurz vor Neumond erhellte den Wald wahrscheinlich ohnehin nicht mehr.

Die schicken Gurkenohrringe, ihr Markenzeichen, legte sie in einer Schale im Bad ab.

Sie würden bei dieser Art von Nachtarbeit nur behindern.

Als alles im Auto verstaut war, glitt sie in ihrem Wagen fast geräuschlos vom Hof.

Kam sich bei ihrem verstohlenen Treiben wie eine Idiotin vor – schließlich wusste sie, dass solche Aktionen wie diese gern in einem Fiasko endeten. »Nur bei Laien«, flüsterte sie sich Mut zu. »Ich weiß um die Gefahr und kann mich im Zweifel ganz gut zur Wehr setzen.«

Vorsichtshalber warf sie einen Brief an Hagen mit einer Kopie des Fundstückes in den Postkasten des Cafés. Dort würde ihn Irmgard finden und zuverlässig an Hagen übergeben.

»Ja, wenn du mir etwas antust, ist dein Problem damit nicht aus der Welt. Das hat der junge Mann auch gewusst und mich involviert. Schlau!«

Jonas wartete an diesem Tag lange vergeblich auf sein Frauchen, das Versprechen, ihn schnell wieder abzuholen, hatte sie nicht eingelöst.

37

Am nächsten Morgen war Angela nicht im Café.

Hagen registrierte mit Überraschung und einem mulmigen Gefühl, dass seine Frau ihr Café ihrer besten Kundin Irmgard zur Betreuung überlassen hatte, was diese allerdings souverän meisterte. Die »Gurke« war gut gefüllt, an allen Tischen wurde rege diskutiert, gelacht und gefrühstückt. Die Vertretung durch Irmgard: Eine bewährte Lösung, schien ihm. Alles wirkte sehr eingespielt, professionell.

»Guten Morgen, Herr Bredow!«, begrüßte ihn auch die Tierärztin freundlich, die er zu dieser Zeit eher in ihrer Praxis erwartet hätte. Hinter ihr schlich Jonas sichtbar unglücklich zu seinem Platz neben der Theke. Damit zerstörte sich auch die Hoffnung, der Vierbeiner würde eine fürsorgliche Überwachungsaufgabe wahrnehmen.

»Angela ist unterwegs«, informierte ihn Nele, die den entsetzten Blick wohl bemerkt hatte. »Sie kann Jonas nicht dorthin mitnehmen.«

»Aha. Wohin?«

»Keine Ahnung. Wenn sie es nicht selbst erwähnt, frage ich nicht nach.« Der leise Vorwurf an den Ehegatten, unüberhörbar.

»Hätte ja sein können, dass sie jemanden über ihre Pläne informiert hat«, gab er bemüht höflich zurück.

»Wir helfen gern, aber insistieren nicht.«

»Angela hat mich gestern Abend noch angerufen. Wir haben uns eine ganze Weile unterhalten, aber davon, dass sie heute nicht hier wäre – kein Wort. Im Gegenteil. Wir hatten uns für heute Früh hier verabredet. Normalerweise ist sie in solchen Dingen sehr zuverlässig.«

»Nun, mich hat sie jedenfalls informiert«, lachte Irmgard glucksend. »Vielleicht weil ich ja deutlich früher als gewöhnlich kommen sollte. Schlüssel habe ich im Postkasten gehabt, wie telefonisch abgesprochen.«

»Ich sehe, dass Sie sich jetzt nicht äußern möchten.« Bredow hatte den Rücken gestrafft und war dadurch wahrnehmbar um mehrere Zentimeter »gewachsen«. Seine Stimme hatte einen neuen Ton und strotzte vor Entschlusskraft, sein Blick wies eine kalte Unbeugsamkeit aus.

Die beiden Freundinnen waren überrascht.

»Ich möchte gleichzeitig darauf hinweisen, dass Angela in Gefahr sein könnte. Vielleicht schützen Sie sie nicht durch Ihr Verhalten, sondern stoßen sie in eine tödliche Situation.«

Irmgard und Nele schauten sich an.

Prusteten los.

»Genau wie sie es immer gesagt hat: regt sich leicht auf und ist overprotective.« Nele bekam vor Lachen kaum noch Luft, Irmgard kicherte laut. Nur Jonas fiepte leise, als wisse er, wie recht der große Mann haben könnte.

Hagen machte kehrt, trat aus dem Café hinaus und rief Ramona an.

»Stell dir vor, ich war im Café mit Angela verabredet – aber sie ist nicht hier. Nur ihre beiden Freundinnen, die das Café ›schmeißen‹, und Jonas, ihr Hund. Wo sie ist, wollten mir die Damen nicht sagen. Das ist so untypisch für sie. Ich bin sehr besorgt.«

»Du glaubst, sie hat etwas herausgefunden und ermittelt auf eigene Faust?«, fragte die Kollegin erschrocken zurück.

»Ja«, antwortete Hagen heiser. »Dieser Mann aus dem Wald war ihr wichtig. Sie mochte ihn wohl. Er war geheimnisvoll, schweigsam – interessant. Ich fürchte, unsere Ermittlungen zu seiner Ermordung kommen ihr zu langsam voran.«

»Problem verstanden. Sie weiß nicht, mit wem sie es zu tun hat – für sie ist die Gefahr unkalkulierbar hoch!«

Hagen konnte direkt wahrnehmen, wie sich die Angst langsam durch die Stimme von Ramona schob.

»Der letzte Tote – sie hat keine Ahnung, dass wir ihn identifiziert haben. So ahnt sie nichts von seinem Hintergrund.«

»Wir sollten uns mit Hochdruck weiter um den Fall und dessen Aufklärung kümmern. Daneben fragen wir regelmäßig in der ›Gurke‹ nach. Sehen, wie sich alles entwickelt. Ist ja denkbar, dass sie wirklich nur einen Zahnarzttermin hat.«

»Wenn wir zügig zu verwertbaren Ermittlungsergebnissen kommen, kann das die Gefahr für Angela eventuell vergrößern. Wir müssen also vorsichtig bei der Kommunikation nach außen sein. Verschleiern wäre gut.«

»Wird nicht so einfach sein. Hast du heute schon einen Blick in die Zeitung geworfen?«, erkundigte sich Ramona.

»Nein. Steht was Spannendes drin?«

»Titelseite. ›Die schrecklichen Morde von Heidesaum – was geht in dem Ort wirklich vor sich?‹ Dann folgen lauter krude Überlegungen zu den bisher erfolglosen Ermittlungen der Polizei. Das hat sie sicher auch gelesen.«

»Und beschlossen, uns unter die Arme zu greifen. Das hatte ich von Anfang an befürchtet. Jetzt kann ich nur hoffen, dass sie sich nicht in Gefahr begibt.«

»Ach, Hagen. Angela ist doch erfahren im Umgang mit Risiken aller Art. Sie kennt den Job wie kaum eine andere.« Ramona gab sich große Mühe, Überzeugung zu transportieren.

»Okay. Ich sehe mir jetzt den Keller mit den Spinden an. Die Feuerwehr hat den Bereich für Ermittlungen freigegeben. Die Leiche ist noch bei Dr. Brand – könnte sein, dass sich neue Details ergeben. Bei ihr fahre ich vorbei. Der Pfarrer steht auch noch auf meiner Liste. Tja – und ohne Identitätsnachweis können wir nur schlecht nach dem Mann aus dem Wald fahnden, können seine Schritte nicht rückverfolgen.« Er stöhnte laut. »Eigentlich wissen wir nur, wer er nicht ist.«

38

Ramona hatte inzwischen die Arztpraxis im Visier.

Natürlich praktizierte der Arzt von damals längst nicht mehr, sie versuchte sich zu erinnern, ob Peter nicht sogar davon gesprochen hatte, der Arzt sei verstorben – übernommen hatte ein Ärzteteam.

Allgemeinmedizin und Neurologie.

Eigentlich eine ganz gute Kombination für einen kleinen Ort wie Heidesaum, dachte sie und legte am Tresen ihren Ausweis vor.

Sie sollte im Wartebereich Platz nehmen, beschied ihr die Fachkraft.

Ramona grüßte freundlich – doch kaum hatte sie sich gesetzt, verstummten alle Gespräche. Heidesaumer Probleme gingen offensichtlich nur Heidesaumer etwas an.

Nach kurzer Wartezeit wurde sie von Dr. Hummel, dem Allgemeinmediziner, über eine Sprechanlage ins Untersuchungszimmer gerufen.

Das kollektive Aufseufzen der anderen Patienten, das sie gehört hatte, als sie den Raum verließ, war vielleicht nur reine Einbildung. Sie unterdrückte ein Schmunzeln.

»Dr. Hummel«, stellte sich der dynamische, mehr als vollschlanke Arzt vor, schüttelte Ramona die Hand und bot ihr einen Stuhl vor seinem Schreibtisch an. »Polizei im Wartezimmer. Oha, das wird eine neue Lawine von

Gerüchten auslösen. Ich werde sicher bald hören, was man mir ab sofort unterstellt.« Er lachte leise. »Sie sind wegen der aktuellen Ermittlungen im Ort hier? Wie kann ich helfen?«

»Ja, diese Vermutung ist richtig. Wir sind im Zuge der Nachforschungen zu den aktuellen Morden auf einen lang zurückliegenden Todesfall gestoßen, der von Ihrem Vorgänger bearbeitet wurde«, holte Ramona weit aus. »Berthold-Maria Bergmann war der Name des Patienten. Es handelte sich um ein Kind aus dem Ort.«

»Aber mal ehrlich, Frau Bitter, dann hat dieser Fall mit uns gar nichts zu tun. Dr. Pleuko ist inzwischen verstorben.« Dr. Hummel, der wohl schon seit seiner Kindheit daran gearbeitet hatte, seinem Namen ein passendes Aussehen zu verleihen, stützte die Ellbogen auf und verschränkte bratwurstdicke Finger in der Luft. Ramona fragte sich, wie er sich entwickelt hätte, wäre sein Name nicht Hummel, sondern Rhino.

»Wir hoffen sehr, dass Sie die alten Akten eingelagert haben.«

»Nicht alle, fürchte ich. Verstorbene haben wir nach Möglichkeit aussortiert. Es könnte allerdings sein, dass genau dieser Fall ...« Er rief eine neue Datei auf, scrollte konzentriert mit der Maus nach unten.

Eine Liste, mutmaßte Ramona.

»Berthold-Maria Bergmann. Den Akt haben wir aufbewahrt. Meine Tochter arbeitet als Forensikerin im Labor des LKA. Sie meinte, als wir vor Jahren die Akten sichteten, aussortierten oder gegebenenfalls an die Patienten ausgaben, dieser Fall könnte vielleicht noch einmal Bedeutung haben.«

»Inwiefern?«

»Entschädigungsansprüche oder Nachermittlungen. Sie hatte also den richtigen Riecher.« Stolz richtete er sich auf.

»Warum vermutete sie das?«

»Die Todesursache. Ihrer Meinung nach hatte mein Vorgänger – sagen wir mal – oberflächlich gearbeitet.«

»Und welche Vokabeln hat Ihre Tochter benutzt?« Ramona lächelte den Facharzt für Allgemeinmedizin freundlich an.

»Nun ja. Grob fahrlässig, rechtswidrig, absichtlich falsch. Junge Leute sind oft sehr kritisch und manchmal geradezu vernichtend in ihrem Urteil.«

»Aha.«

»Tod durch Ertrinken. Für den Nachweis reiche nicht, dass der Junge im Wasser liegend aufgefunden wurde, meinte sie.«

»Gab es Auffälligkeiten?«

»In der Akte ist nebulös von diffusen Verletzungen die Rede, die der Vater als Abschürfungen durch Steine im Uferbereich benannte. Meine Tochter meinte, es sei sehr schade, dass keine Fotos gemacht und der Akte beigefügt wurden. Möglicherweise habe es sich um Abwehrspuren gehandelt.«

»Sie haben das nicht weitergeleitet?«

»Nein. Meine Tochter hatte mit den zuständigen Kollegen Kontakt aufgenommen – die winkten aber ab, meinten, damals sei alles recherchiert worden, was möglich war, es habe sich nicht der geringste Anhalt für einen kriminellen Hintergrund ergeben. Es existiert kein Beweis für die gewagte Hypothese meiner Tochter. Außerdem lag der Fall damals schon Jahre zurück. Und: Klar, Ärzte machen Fehler. Gerade die Nähe zu den Menschen im Ort ist manchmal wie eine Augenklappe. Der Kollege verstarb wenige Monate nach Übergabe der Praxis. Ein tragischer Verkehrsunfall. Die Familie des Kindes hatte nie Zweifel angemeldet und zu allem Überfluss wurde der Knabe auch noch feuerbestattet. Es gab keine Möglichkeit, nachzuweisen, dass die Feststellung des Kollegen leichtfertig oder bewusst falsch getroffen wurde. Viel Rauch – aber womöglich brannte nie ein Feuer.«

Ramona nickte verstehend.

»Das kann ich nachvollziehen. Die Akte existiert noch – ich würde sie gern unserer Rechtsmedizin vorlegen.«

Dr. Hummel ächzte sich aus dem Drehsessel in den Stand. »Bekommen Sie sofort. Meine Fachkraft wird sie raussuchen. Bitte verhalten Sie sich diskret, erregen Sie kein Aufsehen. Ich möchte dringend vermeiden, dass meine Praxis dieses alten Falles wegen ins Gerede gerät.«

Ramona versprach, sich unauffällig an den Tresen zu stellen und auf die Übergabe zu warten.

Wenig später verließ sie die Praxis mit einem unauffälligen, braunen DIN-A4-Umschlag, in dem sich das Geheimnis um den Tod des Jungen befand.

Hoffte sie jedenfalls.

39

Pfarrer Schulze öffnete selbst.

Idiot, schalt sich Bredow im Stillen, du bist Opfer deiner eigenen Vorurteile und der Klischees, die von Vorabendserien transportiert werden. Natürlich macht hier keine junge Schönheit die Tür auf!

»Kriminalpolizei. Mein Name ist Bredow«, stellte er sich vor, nestelte seinen Ausweis aus der Brusttasche.

»Ich habe Sie schon erwartet«, lautete die überraschende Antwort. »Treten Sie bitte ein.« Die Worte begleitete der Geistliche der kleinen katholischen Gemeinde in Heidesaum mit einer einladenden Geste.

»Danke.« Bredow sah sich neugierig um.

Ein schlichtes Holzkreuz im Eingangsbereich konnte als Hinweis auf eine klerikale Verbundenheit gewertet werden. Mehr würde er vielleicht im Wohnzimmer zu sehen bekommen.

Sollte es einen etwaigen Duft nach Weihwasser gegeben haben, so wurde der im Augenblick von Zwiebeldunst vollkommen überlagert.

Bredow wurde auf dem grauen Sofa platziert. Auf dem Couchtisch zwischen ihm und dem Pfarrer stand eine Kerze, auf der »Pax« zu lesen war. Die Möblierung war modern, skandinavisch reduziert.

»Sie kommen wegen der ungeklärten Mordfälle?«

An den Wänden hingen großformatige Fotos von Ausflügen und Reisen, die der Geistliche allein oder mit Reisegruppen unternommen hatte. Raue See, Sonne, dräuende Himmel waren zu entdecken. Momentaufnahmen mit vielen Begleitern, die eine Gletschertour gewagt und viele andere Ziele besichtigt hatten.

»Ja.« Die Antwort kam ein wenig zeitversetzt. »Wir würden gern ein bisschen besser verstehen. Zum Beispiel das Verhältnis des Ehepaares Bergmann untereinander und zu den Einwohnern von Heidesaum.«

»Gestern Abend erst sprach ich mit Angela Liebetanz. Sie ist Ihre Frau, nicht wahr?« Er lächelte entschuldigend. »Dorftratsch erreicht auch den Pfarrer.«

»Ja, so ist das wohl.« Der Ermittler zuckte mit den Schultern. »Sie sind sicher gut über alle Belange der Menschen hier informiert.«

»Sie ist Ihre Frau, dann tauschen Sie sich doch sicher regelmäßig aus. Wir haben über das Beichtgeheimnis gesprochen. Ihnen ist bekannt, dass ich vertrauliche Informationen nicht weitergeben darf. Es ist Sinn der Beichte, dass die Menschen sich mit allen Belangen und Sorgen dem Pfarrer gegenüber öffnen können, ohne befürchten zu müssen, dass die ganze Gemeinde am nächsten Tag eingeweiht ist.«

Ja, ich weiß, dass polizeiliche Ermittlungen gelegentlich an die Grenzen des Beichtgeheimnisses stoßen. Aber ich weiß auch, dass Sie allgemeine Informationen geben können.«

»Nun, Anne war bei mir, nachdem sie vom gewaltsamen Tod ihres Mannes erfahren hatte. Die Schmerzen im Arm waren unübersehbar. Hans-Ludwig hatte sie mit einer schweren Rohrzange oder einem Schraubenschlüssel geschlagen und war dann zornig aus dem Haus gelaufen. Obwohl die Verletzung durchaus schwer war, das Auge blau und das Jochbein verletzt waren, wollte sie keinen Arzt aufsuchen. Und sie räumte ein, nicht nur Trauer über seinen Tod zu empfinden.«

»Verständlich. Scheidung war keine Option?«

»Fest im Glauben verhaftet, stellt sich diese Frage gar nicht. Der Mensch soll nicht trennen, was Gott zusammengefügt hat. Das gilt noch heute – aber eher theoretisch. Praktisch lassen sich viele kirchlich geschlossenen Ehen scheiden. Es wird geduldet. Manche kirchliche Einrichtung setzt der Freiheit in diesem Bereich Grenzen. Man darf sich scheiden lassen, aber danach keinen neuen Partner heiraten. Halbherzige Lösungen. Oft genug hinkt meine Kirche den aktuellen gesellschaftlichen Entwicklungen hinterher, man bemüht sich im Hintergrund um Anpassungen. Gleichgeschlechtliche Ehe ist nur eines von vielen Stichworten.«

»Verlassen hätte sie ihn aber können? Einfach einen Koffer packen und den nächsten Zug oder Bus nehmen?«

»Ja, hätte sie. Aus Ihrem Mund klingt das so einfach. Anne Bergmann denkt in diesem Punkt anders. Sie sieht es als Verpflichtung, zu bleiben und all die Schmerzen und Erniedrigungen zu ertragen.«

»Ach.«

»Menschen werden Prüfungen auferlegt, um die Festigkeit ihres Glaubens zu testen.«

»Davon habe ich schon gehört. Aber ein prügelnder Ehemann fällt doch nicht in diese Kategorie. Eine Pandemie wäre sicher eher so zu verstehen: als auferlegtes Schicksal. Sie trifft den Einzelnen – aber der hatte oder hat nicht unbedingt einen Handlungsspielraum, den er ausschöpfen könnte.«

»Das ist eine Frage der Interpretation. Anne interpretierte die Situation als schicksalhaft.«

»Als Berthold-Maria starb, dachte sie auch, das sei eine dieser Prüfungen?«

»Tja.«

Aha, dachte Bredow, Beichtgeheimnis.

»Die Heidesaumer haben sich nicht zusammengeschlossen, um ihr zu helfen?«

»Nein. Das habe ich Ihrer Frau schon erklärt. Anne Bergmann ist schwierig, hat viele Hilfsangebote abgelehnt. Als sie Trost nach dem Mord an ihrem Mann bei mir suchte, hatte ich ihr angeboten, sie zum Arzt im Nachbarort zu fahren. Heidesaum hätte nichts davon zu erfahren brauchen. Der Arm ist gebrochen, man kann ihn schienen. Doch sie wollte nicht. Es erinnere sie an ihre Schuld. Wenn jemand eine Überzeugung hat, für diese lebt – was passiert, wenn Sie ihm diese Überzeugung nehmen?«

»Es bleibt ihm nichts mehr, wofür er leben kann, und seine Aufopferungen wären völlig sinnlos gewesen.« Der empathische Bredow spürte diese klar formulierte Verlorenheit in sich selbst aufsteigen.

Pfarrer Schulze nickte vehement.

Schien erfreut darüber, dass er dieses wichtige Detail hatte vermitteln können.

»Sie hat ihren Sohn verloren, konnte keinen letzten Blick auf ihn werfen, es gibt nicht einmal ein Grab, an dem sie trauern konnte. Und dennoch ...«

»Ja. Das hat die Heidesaumer auch sehr überrascht. Und, um ehrlich zu sein, auch abgestoßen. Hans-Ludwig Bergmann war ohnehin keine geschätzte Persönlichkeit, man wusste gerüchteweise um die häusliche Gewalt – und nun das! Für viele war es der Gipfel der Grausamkeit. Und doch: Seine Frau stellte sich vor ihn, behauptete, es geschehe alles genau nach Plan. Das kam hier nicht gut an. Der Abscheu zog sich durch die gesamte Gesellschaft.« Der Pfarrer hatte sich in Rage geredet. Atmete tief durch. Versuchte auf diese Weise, seinen Puls wieder unter Kontrolle zu bringen.

»Könnte es sein, dass ihr Mann etwas gegen sie in der Hand hatte?«

»Über solche Dinge wird in Heidesaum nicht gesprochen – nur getuschelt. Daran wird der Pfarrer in der Regel nicht beteiligt.«

»Er hat sie bei seinen Übergriffen häufig schwer verletzt, sie psychischen Belastungen ausgesetzt ...« Bredow machte eine beredte Pause.

Wartete geduldig.

Der Vertreter der Kirche atmete hörbar tief ein und aus.

Zögerte.

Rang sich dann doch zu einer Erwiderung durch. »Sie

sind doch schon lange im Polizeidienst. SSoll ich Ihnen etwas über sonderbare Rituale, Exzesse, sadistischen Spiele erzählen? Die es in manchen Beziehungen gibt? Durchaus in gegenseitigem Einverständnis?«

Bredow wiegte den Kopf langsam hin und her. »Ich verstehe schon. Wahrscheinlich wird sie mit mir auch nicht darüber sprechen.«

»Mit niemandem. Solche Themen sortiert man unter peinlich ein und teilt sie nicht mit dem Ort, nicht mit der besten Freundin, wenn man eine hat, nicht mit dem lokalen Geistlichen. Wahrscheinlich weil man glaubt, der könne von solchen Dingen nun wirklich keine Ahnung haben.« Er lächelte nachsichtig. »Der Zölibat macht uns nicht zu Ahnungslosen, schließlich erfahren wir über all diese Dinge aus der entsprechenden Literatur, die sich der Psychologie in Partnerschaften zuwendet, und in persönlichen Gesprächen, die selbstverständlich unter das Gebot der Verschwiegenheit fallen.«

»Für unsere Ermittlungen ist von Bedeutung, dass Anne Bergmann durchaus ein Motiv hatte, ihren Mann zu töten. Aber das zweite Opfer? ... Männerhass?«

»Dazu kann ich nichts sagen. War bei unseren Gesprächen nie ein Thema.« Er schwieg erneut. »Wenn ich es genau überlege, hätte ich sie wohl bei Gelegenheit danach fragen sollen.«

»Dieser Fremde im Wald war Thema vieler Gespräche?«

»Ja! Und wie!«, lachte Pfarrer Schulze. »Er bewegte sich entspannt und gelassen durch den Ort, sprach wenig, wirkte durch seine unglaubliche Präsenz. Das machte ihn interessant – ein bisschen wie Mr Spock aus dieser Serie ›Raumschiff Enterprise‹, dem man in jeder Folge versuchte, emotionale Reaktionen zu entlocken. Als Vulkanier habe er so etwas nicht, so das Narrativ, das zu widerlegen war. Der Fremde aus dem Wald blieb ebenso geheimnisvoll. Zu mir kam er ein einziges Mal, fragte nach Marten Rumland. Ich verwies ihn an Ottilie Rumland. Aber neben der allgemeinen Faszination für das Fremde hagelte es Beschwerden über Beschwerden. Was macht der eigentlich mit seinen Fäkalien? Können wir die Hunde noch frei laufen lassen – oder müssen wir befürchten, dass sie seinen Kot fressen und erkranken? Würmer? Hat er vielleicht ansteckende Krankheiten, Parasiten jeder Art? Und der Müll? Badet er in der Spree, oder vielleicht gar nicht? Und seine Wäsche? Womöglich ist er aus einer psychiatrischen Einrichtung entsprungen oder aus dem Strafvollzug, gar aus einer Maßregel wie der dauerhaften Unterbringung in der Forensischen Psychiatrie geflohen. In meinen Predigten habe ich mich gegen unglaubliche Unterstellungen und Vorurteile gewandt, deutlich Stellung bezogen. Möglicherweise vergeblich, er wurde Opfer eines Mörders.«

»Eine Beziehung zu Frau Bergmann sehen Sie nicht?«

»Nein. Aber natürlich könnte es sein, dass er auch bei ihr geklingelt und nach Marten gefragt hat.«

»In Heidesaum war man zwar von diesem Fremden in gewisser Weise angetan, an seiner Persönlichkeit allerdings hatte man nicht wirklich Interesse. Wie bei einem exotischen Tier, das, weil potenziell gefährlich, erst einmal spannend ist, angenehme Gruselschauer auslöst – aber mehr nicht? Niemand war um Kontakt zu ihm bemüht?«

»Doch. Ihre Frau zum Beispiel.« Er lachte warm, beobachtete, wie sich Erstaunen in Bredows Zügen ausbreitete.

Hagen zuckte heftig zusammen.

»Na ja. Jeder in Heidesaum weiß das. Ich habe gestern …«

»Meine Frau ist verschwunden«, presste Bredow mühsam hervor, registrierte das unerwartet anflutende Gefühl von Angst, das Tränen in seinen Augen brennen ließ.

Die warme Hand des Kirchenvertreters umfasste fest seinen Unterarm. »Verschwunden?«

Der Ermittler war sich seiner Stimme nicht sicher, also nickte er schlicht.

»Ich verstehe Ihre Sorge. Aber sie weiß, was sie tut, geht keine unüberlegten Risiken ein. Ich bin sicher, dass sie schnell zurück sein wird.«

40

Die Auftraggeber trafen sich konspirativ im Wald.

Sportbekleidung und im Nacken liegende Mikrofaser-handtücher sollten die ausdauertrainierende Absicht des Treffens belegen und beiläufigen Begegnungen harmlosen Gesprächsstoff in Bernd Malkos Metzgerei oder der »Gurke« bieten.

»So. Das Problem ist gelöst, scheint mir.« A war dennoch nicht entspannt. Seine Worte waren nicht mehr als eine kurze Eröffnung, die bei den anderen für ruhig Blut sorgen sollte.

»Die Ermittler sind ratlos, habe ich gehört. Besonders die Brandleiche passt nicht ins Konzept.« B strich sich unbewusst zufrieden über seinen Wanst. Es sah aus, als streichle er sich selbst höchst liebevoll. Sein Grinsen spiegelte große Zufriedenheit. »Sie rätseln über den zweiten Brandort. Im Café wird auch darüber spekuliert.«

»Na, dann krieg mal bei deiner Frau raus, was genau da diskutiert wird.« C sah noch immer gestresst aus.

»Bleibt die Suche«, führte A zum Thema zurück.

»Hier ist nichts zu finden. Der Erkennungsdienst hat alles auf den Kopf gestellt.« C sah sich suchend um. »Hätten die es gefunden, wüssten sie schon mehr. Die können ja heutzutage sogar Drucker identifizieren.«

»Ja. Aber nur, wenn sie vermuten, wo der steht. Dann

machen sie einen Abgleich. Aber die haben keine Ahnung!«, frohlockte B.

»Tinte wird analysiert, Verteilung auf dem Papier und viele Aspekte mehr. Sogar den Typ finden sie raus«, dämpfte A die gute Stimmung. »Was also kann er damit gemacht haben?«

»Ins Wasser geworfen. Dann löst es sich langsam auf. Mach ich auch so – zum Beispiel mit Kassenbelegen, die ich nicht rumzeigen will. Weich ich ein – und dann knautsche ich die zusammen, bis kein Wasser mehr rauskommt. Bleibt eine kleine Papierkugel. Alles unlesbar. Kann in den Müll.«

B, nach so viel Text deutlich keuchend, atmete tief durch.

»Finden wir es nicht, können wir die Suche nicht einfach abhaken. Nur weil die Nachricht hier nicht gefunden wird, heißt es nicht, dass sie aus der Welt ist. Das muss euch doch klar sein! Er kann die sonst wo deponiert haben. Die Beamten haben sie bisher nicht gefunden, das bedeutet nur, dass wir besser sein müssen als die. Denn sollten sie das Ding finden ...« A erwies sich als echter Stimmungskiller.

»... sind wir dran!«, beendete C.

»Teilen wir uns auf. Einer nimmt das Ufer, einer den Waldrand, einer den Lagerplatz.« A, Organisator durch und durch.

A schickte B an den Fluss und C zum Rand des Waldes.

Er ahnte, dass die beiden anderen nur oberflächlich

stöbern würden. Das war nicht seine Art, mit Problemen jedweder Art umzugehen. Gründlichkeit bringt Sicherheit, dachte er.

»Er wird es eher in seiner Nähe behalten haben«, murmelte er vor sich hin und setzte vorsichtig einen Fuß vor den anderen. »Wo also würde ich ein so wichtiges Dokument verstecken? Erste Frage. Zweite: Wie kann ich B loswerden, ohne dass C Verdacht schöpfen kann?« Schon begann ein Teil seines Denkens, auch das zweite Problem zu bearbeiten.

Unfall, schlug es vor.

Der andere Teil meinte: Guck mal da! Ein Nistkasten. Das wäre doch ein gutes Versteck. Leider ein bisschen hoch. Klettern!

Der Nistkasten war allerdings bewohnt. Nicht von brutpflegenden Vögeln. Ein Hornissenschwarm sah sich empfindlich gestört und ging sofort zum Angriff über.

41

Hagen Bredow war nicht unbedingt ein Fan dieser Art Termine.

Dr. Julia Brand wartete bereits₁ auf ihn, hielt die Schutzkleidung parat.

Er seufzte.

Schlüpfte in Kittel und Überschuhe, setzte die Haube auf.

»Beim letzten Mal hat dir die kleine Größe noch gepasst«, neckte die Rechtsmedizinerin. »Ein bisschen mehr Sport würde dir nicht schaden.«

Bredow brummte etwas, das besser unverständlich blieb. Dr. Brand zwinkerte ihm zu. »Mundschutz.«

Er zog die Maske über Mund und Nase. »Ey, ich bin Zuschauer. Ich könnte mich auch ganz weit hinten in die Gästetribüne stellen!«

»Protest nützt nichts. Weißt du doch längst.« Die Medizinerin lachte leise.

Auf dem Edelstahltisch lag der verkohlte Leichnam des dritten Opfers.

»Euch war es tatsächlich möglich, an diesem Körper noch verwertbares Material zu sichern? Alle Achtung!«

»Glück. Der linke Daumen war weitgehend verschont geblieben, ich konnte dessen Kuppe für einen Abgleich sichern und im Computer checken. Match. Hat uns auch überrascht, dass es so schnell geklappt hat. Bisher steht die Todesursache noch nicht fest, aber vielleicht finden wir sie jetzt heraus. Einen Verdacht habe ich schon.« Während sie sprach, tasteten ihre blau behandschuhten Finger den Schädel des Opfers ab. »Das bildgebende Verfahren zeigt eine deutliche Zerstörung der knöchernen Struktur des Schädels. Zum Teil ist das der Hitze geschuldet.«

»Aufgesprengt?«, keuchte Bredow entsetzt.

Dr. Brand trat an den Monitor und rief ein Bild auf. »Viele kleine und größere Knochenfragmente. Am Kopf kann man eine Verletzung durch stumpfe Gewalt an der Schwarte ertasten und hier sieht man sie auch. Wir haben ein Programm, das die einzelnen, versprengten Teile wieder zusammenfügt.«

Mit einer gewissen Faszination beobachtete Bredow, wie Knochenstücke über den Bildschirm flogen und sich zu einem Gesamtbild verbanden.

»Dieser Mann wurde erschlagen. Als Tatwaffe kommt möglicherweise ein Hammer mit einem abgeplatteten runden Ende infrage. Die Haut hielt stand, der Knochen brach ein. Hier, diese kleineren Teile gehören zur Zerstörungsstelle. Bei der Hitzeentwicklung gaben die Schädelnähte nach und die großen Stücke lösten sich voneinander.

Sie trat an den Obduktionstisch zurück.

»Der Befund deckt sich genau mit der Stelle an seinem Kopf.«

»Also wurde er ganz eindeutig Opfer eines Angriffs. Danach presste der Täter den Körper in den Metallschrank.«

»Ja. Er war zu breit in jeder Richtung – und das, obwohl die Spinde bei Gerlach extrabreit sind. Vielleicht Sonderanfertigung. Der Täter schob ihn mit dem Gesicht zum Gang hinein, weil das noch am ehesten möglich war. Vielleicht hoffte er, der Schrank sei deutlich tiefer als breit. Die Tür musste er mit Gewalt schließen. Dabei entstanden Spalten, durch die das spätere Feuer in den Schrank ...«

»Er war aber definitiv tot, als die Flammen in den Schrank züngelten?«

»Ja. Es wurde Gewebe an den breiten Hüften abgeschabt. Eine Fibrinbildung fand nicht statt. Aber es muss ein kräftiger Täter gewesen sein.«

»Warum quetschte er einen toten Mann in diese Metallbox? Danach entzündete er das Feuer – wäre es nicht einfacher gewesen, ihn schlicht auf dem Boden liegen zu lassen?«

»Täterverhalten ist nicht immer erklärbar. Möglich wäre ein Aus-den-Augen-aus-dem-Sinn. Oder er wollte keinen ›Zuschauer‹ bei der Brandstiftung. Oder er räumte ihn aus dem Weg, hatte ursprünglich nicht geplant, jemanden in diesem Keller zu treffen, musste schlicht einen Zeugen verschwinden lassen, der die Vorbereitungen beobachtet hatte und Schlüsse hätte ziehen können.«

»Die Körperhaltung ist sonderbar.«

»Nun, die eher für Brandopfer typische ›Fechterstellung‹ konnte er nicht vollständig einnehmen. Die Box limitierte den Bewegungsspielraum.« Dr. Brand beobachtete das Zusammenzucken des Ermittlers.

»Hm.« Bredow hatte genug Stoff für belastende Träume bekommen.

»Na dann«, meinte Dr. Brand und begann mit der Obduktion, zog mit dem Skalpell einen langen Schnitt vom Kinn zum Schambein. Das seltsam knirschende Geräusch klang anders, als Bredow es kannte. Die Rechtsmedizinerin bemerkte den überraschten Blick und ergänzte: »Trockene Körper. Ist eben anders als ein Schnitt durch noch feuchte Haut. Das Gewebe im Inneren ist häufig auch bei Brandleichen noch gut erhalten. Mal sehen, was uns noch erwartet.«

Bredow trat einen Schritt vom Tisch zurück.

»Ah, das sichere ich auch noch.« Dr. Brand isolierte vorsichtig eine Faserverbindung von der Haut des Opfers, legte das Stückchen in eine Edelstahlschale. »Davon habe ich schon ziemlich viele. Wir haben den gesamten Körper mit der UV-Lampe abgesucht. Vielleicht können die Forensiker im Bereich Faseridentifikation damit herausfinden, was er zum Todeszeitpunkt trug.«

Während sie mit den blauen Fingern den Körper an den Schnittstellen auseinanderzog, um an die Organe heranzukommen, warf sie dem Ermittler einen langen Blick zu. »Das hier wird dauern. Wenn du möchtest, kannst du nach Heidesaum zurückfahren. Wie ich sehe, ist Gordon dort hinten auf der Tribüne. Das ist ausreichend. Alle Informationen übermittle ich dir sofort nach der Autopsie. Gordon, komm runter zu mir an den Tisch, dann siehst du alles besser.«

Der junge Beamte schluckte, stand auf.

Schwankte.

»Na gut, bevor du gleich umkippst: Setz dich vorne hin. Ein Zeuge, der nichts sieht ... geht gar nicht.«

Inzwischen verließ Bredow erleichtert die Rechtsmedizin.

Atmete vor der Eingangstür tief durch.

Kehrte zurück zu den Schrecken von Heidesaum.

42

Hagen folgte dem Brandmeister erneut in den Keller.

»Hier ist nun alles sicher. Wären wir nicht so schnell vor Ort gewesen ... Also ehrlich, das Ding war richtig groß angelegt.« Der Körper des schweren Mannes, der selbst Bredow um einige Zentimeter überragte, bebte und ließ die Empörung über diesen Angriff und seine potenzielle Zerstörungskraft spürbar werden. Bredow hätte ihn ohne seine Montur fast nicht erkannt. Das blonde, schulterlange Haar war unter dem Helm gut versteckt gewesen und erst jetzt, wo er die Handschuhe abgelegt hatte, waren seine schmalen, feingliedrigen Finger zu sehen. Klavierspieler hätte er werden sollen, dachte er automatisch. So schöne und gepflegte Hände hatte er bei einem Mann in diesem Job noch selten gesehen.

»Diese Umkleideräume hier verfügen über angegliederte Waschräume. Aufgrund der Zerstörung können wir noch nicht mit Sicherheit sagen, wo der Täter eingestiegen ist. Alle Fenster sind geborsten – eines könnte natürlich auch eingeschlagen worden sein. Das finden wir bei unseren Ermittlungen raus. Allerdings wäre ein Eindringen schwierig gewesen. Sind eigentlich keine Fenster, sondern eher Oberlichter. Verflixt schmal – und die Kanister mussten auch noch mit. Schwer vorstellbar, wie die in den Keller hätten gelangen können.«

»Abgeseilt?«, schlug der Ermittler vor.

»Haben wir im Blick. Im Moment gehen wir davon aus, dass er die geknackte Hintertür benutzt hat. Allerdings können wir das nicht mit letzter Sicherheit so formulieren – schließlich sind es zwei Täter gewesen, einer kam durch die Tür, der andere durchs Fenster, wäre ebenfalls denkbar. Fasern von Kleidung, einem Seil oder Ähnlichem konnten wir bisher nicht sicherstellen, aber drei Kanister. Die Reste gehen zur Analyse.« Er zeigte auf drei eher kleine, unförmige Kunststoffklumpen. »Das ist von ihnen noch übrig. Allerdings müssten es deutlich mehr gewesen sein.«

»Aha. Woraus schließen Sie das?«

»Wir haben im gesamten Bereich Brandbeschleuniger nachgewiesen. In diesem Fall Benzin. Es wurde großzügig eingesetzt. Selbst im Flur. Hätten sich die Flammen in jedem Bereich ausbreiten können, wäre es für uns Feuerwehrleute sehr schwierig geworden.«

»Dieser Spind, in dem der Tote stand – der war nicht abgeschlossen? Jedermann hätte den Leichnam dort hineinstellen können?« Bredow versuchte angestrengt, das Bild, das er gesehen hatte, aus seinem Denken zu verbannen.

Panik brandete in ihm auf. Würde er seine Frau in einem ähnlichen Setting wiederfinden? Er lehnte sich an eine der Spindreihen. Stöhnte vernehmlich.

»Das geht vielen hier unten so«, behauptete der Brandmeister verständnisvoll, ohne Kenntnis der Hintergründe. »Liegt an der miserablen Luftzirkulation. Die Lüftung funktioniert nicht mehr.«

»Wir gehen bisher davon aus, dass der Brandstifter eher überraschend auf den anderen Mann traf. Einen Zeugen für sein Tun konnte er nicht wollen, also entschied er sich dafür, den anderen zu töten. Schlag von hinten auf den Kopf. Stumpfe Gewalt. Der Angreifer packt sein Opfer, stellt es in den offenen Schrank – wobei er Glück hatte, wenn man das so sagen will, dass die Spinde hier Sonderanfertigungen in Überbreite sind, sonst hätte er den Kerl nicht reingekriegt – und arbeitet weiter an den Vorbereitungen zur Brandlegung.«

»Nein!«

»Nein?«

»Nein. Er musste die Tür aufbrechen. Und die Leiche hineinpressen. Danach war es nicht wirklich leicht, die Tür wieder zu schließen. Er klemmte einen Holzkeil zwischen Schrankwand und Tür. Dieser Keil wurde von den Angestellten verwendet, um nach Dienstschluss die Tür zu den Duschen offenzuhalten, damit die Feuchtigkeit schneller verdampfen konnte.«

»Der Gedanke, einen Menschen getötet zu haben, hat ihn nicht allzu sehr belastet!«

»Der Brand war der übergeordnete Plan ...«

»... der Tote nur eine Art Kollateralschaden. Sehe ich auch so.« Hagen sah sich um. »Selbst die Farbe an der Wand hat gebrannt.«

»Wir haben durchaus noch weitere Fragen an Herrn Gerlach bezüglich der Einhaltung der Brandschutzauflagen.«

»Zwei Einbrecher in einer Nacht. Es ist unklar, wie sie

hereingekommen sind. Hypothese ist, dass der Mann, der später tot aufgefunden wurde, schon hier war, bevor der Brandstifter kam und mit seinen Vorbereitungen begann. Was wollte der erste Eindringling hier? Haben Mitarbeiter auf größere Werte in ihren Schränken verwiesen?«

»Nein. Kein Koffer mit Geld, keine wertvolle Kette mit Brillis. Nicht einmal ein teures Smartphone, Laptop oder Tablet. Es war nach Schichtende. Die Leute nehmen ihre Kommunikationstechnik mit nach Hause.«

»Der Essig lagerte wo?«

»Gegenüber befindet sich ein Lagerraum, gesichert durch eine Stahltür. Leider hatte sie ausreichend Bodenfreiheit. So konnte sich der Brandbeschleuniger auch dorthin ausbreiten und die Vorräte an Gewürzen erreichen. Der Kunststoff der Verpackungen ... na ja. Wie hier eben. Was in Glas lagerte, wurde zum Teil auch beschädigt.«

»Geplatzt.«

»Ja. Oder Deckel abgesprengt. Herr Gerlach meinte, das sei schließlich alles ersetzbar, aber das Leben eines Menschen nicht. Er wolle also nicht wegen der Gewürze und der anderen Schäden lamentieren.«

»Wie das Feuer von hier ins Büro kam ...?«

»Ist leicht zu erklären. Das war schlicht ein zweiter Brand.«

»Vom selben Täter gelegt?«

»Das kann ich nicht beurteilen. Ich habe mir das Büro angesehen. Sieht so aus, als habe eine defekte Steckdose

... aber tatsächlich ist die Leitung vollkommen unbeschädigt. Wir sind dran.«

Bredow bedankte sich. Warf einen Blick in den schmalen Schrank. »Dies ist der Spind des ersten Mordopfers, das wir am Spreeufer gefunden haben. Zufall oder nicht, ist offen. Die Rechtsmedizinerin meint, es sei viel Kraft notwendig gewesen, den Mann in diesen Schrank zu pressen. Wenn ich mir das genau ansehe: Vom Bodenbelag bis zum Spindboden sind es etwa drei Zentimeter. Der Brandleger schultert den Leichnam. Schon das ist ein Problem, der Mann war etwa hundert Kilogramm schwer. Dann stellt er die Füße des Toten auf dem Bodenblech ab und richtet den Toten auf. Rigor Mortis hatte noch nicht eingesetzt, also sackte der Körper in sich zusammen. Offenbar sollte er aber stehend entdeckt werden, außerdem hätte der Täter die Tür nicht schließen können. Da er ihn presste, muss er gleich richtig gestanden haben. Korrigieren war nicht möglich. Verstehen Sie, was ich meine?« Dabei deutete der Ermittler die Körperhaltung an, die der Täter hätte einnehmen müssen, um den Toten in die Auffindeposition zu bringen.

Der Brandermittlungsfachmann beobachtete Bredow neugierig.

Wartete.

»Hm. Das ist beinahe unmöglich. Das Opfer war zu schwer. Schließlich kann man auf dem Foto, das Sie mir geschickt haben, erkennen, dass er den Platz komplett ausfüllt. Der Täter muss ein Riese und Bodybuilder gewesen sein.« Der Mordermittler machte eine kurze Pause, runzelte die Stirn. »Oder es waren zwei«, setzte er dann hinzu.

»Drei Fremde treffen hier zusammen. Sehr unwahrscheinlich, meinen Sie nicht?« Der Brandexperte war skeptisch. »Und ob er runterrutschen konnte, kann Ihnen die Rechtsmedizin beantworten. Wir haben noch ein anderes Problem. Es ist unklar, wie der Spind geschlossen wurde, der Holzkeil konnte sicher dem Gewicht des Mannes, das gegen die Tür drückte, nicht lang standhalten und gab nach. Dann wäre der Leichnam schnell herausgestürzt. Wir suchen noch nach eventuellen Resten einer Kette, eines Schlosses oder dergleichen. Der Täter könnte aber auch einen Gegenstand vor die Tür gestellt haben, der dann im Feuer verbrannte. Wie gesagt, wir suchen noch. Die Flammen konnten jedenfalls ohne Probleme in den Schrank gelangen. Die Tür hatte einen Abstand zum Bodenblech von etwa einem Zentimeter, und wenn die Tür zugeschoben wurde und gesichert, beulte sie sich wohl ein wenig aus. Der Mann brauchte auch nach vorne viel Platz. Ich melde mich, wenn wir etwas finden.«

43

Irmgard sah Nele zu, wie sie kleine Tütchen abwog.

Es ist falsch, dass wir hier sind. Es ist unser Problem – also unsere Aufgabe, es zu lösen. Wenn man die Angelegenheit in Ruhe betrachtete, wurde klar, dass sich hier und jetzt eine Chance auftat, die sie ergreifen mussten. Eine Art Befreiungsschlag. Schade, dachte sie, dass Angela im Moment nicht hier ist. Sie könnte uns genau erklären, welche Risiken für Heidesaum entstünden.

Sorge breitete sich in Irmgard aus.

Was, wenn ihre Freundin doch in große Gefahr geraten war? Weil sie selbst geschwiegen hatte?

Angela hatte nur gesagt, sie habe einen unerwarteten Termin, den sie unbedingt wahrnehmen müsse – mehr nicht. Und nun ging sie nicht einmal an ihr Handy. Sehr ungewöhnlich. Und, das hatte die ältere Dame sofort gesehen, die Besorgnis des Ehegatten war echt!

Sie gab sich einen symbolischen Stoß.

»Frau Dr. Nachtmann, können wir uns mal ganz kurz unterhalten?«

Nele nickte, Neugier im Blick. »Ist ja heute nicht viel los hier. Angela würde sich wundern, wenn sie wüsste, wie leer es hier ist, wenn sie nicht persönlich hinter dem Tresen steht.«

»Das ist der Zauber ihrer Persönlichkeit«, formulierte Irmgard lyrisch die Tatsache, dass die Chefin der »Gurke«

von den Heidesaumern ohne viel Federlesens ins Herz geschlossen wurde. »Gurken, Quark und Leinöl« war neben der Metzgerei Malko der beliebteste Treffpunkt im Ort.

»Angela hat sich mit der Chronik von Heidesaum befasst. War ein echtes Hobby von ihr. Und dabei ist sie auf einige Geschichten gestoßen ...«, begann Irmgard dann und während sie eine alte Geschichte aus der Ortschronik knapp zusammenfasste, allerdings eine abgemilderte Form der Ereignisse aufleben ließ, verfärbte sich das Gesicht der Tierärztin, wurde aschfahl. »Angela kennt all diese Märchen? In dieser Chronik stehen lauter erfundene ›Wahrheiten‹. Wer weiß, in was sie sich da verrannt hat«, krächzte die Freundin entsetzt.

»Oh, ich fürchte, ›verrannt‹ ist nicht der richtige Ausdruck«, flüsterte die Tierärztin. »Sie hat mir gestern Abend noch gezeigt, was Jonas entdeckt hat, im Wald, am Ende eines Trampelpfades, der von der großen Lichtung abgeht. Menschliche Gebeine.«

Jonas winselte.

Sensibel erspürte er eine dräuende Gefahr.

44

A und C waren beunruhigt. Der eine mehr, der andere weniger.

»Ich habe die Fäden in der Hand«, behauptete A dennoch. Allerdings mit viel mehr Überzeugung, als er tatsächlich empfand.

»Sicher?« C war schon immer ein ängstlicher Typ. A hatte schon damals gewusst, dass es ein grober Fehler war, die anderen beiden einzuweihen. Manche Dinge erledigte man eben besser allein – obwohl, räumte er ein, die Sache vor Ewigkeiten nicht halb so viel Spaß gemacht hätte, ohne Konkurrenz der beiden, ohne jemanden, dem man ungefährdet davon erzählen konnte.

Die beiden raushalten? Dummerweise war das in diesem Fall unmöglich.

»Warum der Typ im Keller war, ist klar. Warum er tot ist auch. Aber wie konnte B nur auf die Idee verfallen, ihn in den Spind von Hans-Ludwig zu stellen? Nun weiß die Polizei, dass außer dem Idioten noch jemand dort war! Ausgemacht war: Der Typ verbrennt. In einer der Blechbüchsen? Nein! Der Plan sollte die Ermittler glauben machen, der Kerl sei der Feuerteufel, kam um, weil er sich nicht rechtzeitig aus der Gefahrenzone retten konnte. Dazu quetscht er sich in einen Spind? Blöd! Und ganz abgesehen davon war es auch eine blöde Idee, wie ich wohl eigentlich nicht extra erwähnen muss, ein zweites Feuer im Büro von Gerlach zu legen.« A war eindeutig stinksauer.

»Heute Morgen war dieser Bredow, der die Ermittlungen leitet, vor Ort. Ist echt ziemlich lang im Keller gewesen.«

Alarmiert hakte A nach: »Heißt das etwa, du bist auch dort rumgekrochen?«

»Nu werd' mal nicht gleich hysterisch. Jede Menge Schaulustige waren da, ich nur einer von vielen. Fehlte eigentlich nur noch die Würstchenbude und der Bierstand. Volksfestatmosphäre. Als der Bredow wieder hochkam, sah er ziemlich nachdenklich aus.«

»Das ist gut. Solange der Fall vertrackt aussieht, ist es perfekt. Wo ist seine Frau?«

»Das ist komisch. Die ist nämlich nicht im Café. Da bedient heute Irmgard. Gestern Abend habe ich sie aber noch gesehen. War mit dem Hund und Else unterwegs. Und vorhin habe ich ihr Auto auf dem Parkplatz an der Spree stehen sehen. Das ist aber auch komisch, denn warum geht sie da allein spazieren? Der Hund ist in der ›Gurke‹.«

»Wenn sie den Hund nicht dabeihat, was treibt sie dort?«

»Woher soll ich das denn nun schon wieder wissen? Hä? Könnte sein, dass sie in den Resten des Lagers etwas sucht. Aber, wie wir wissen, ist dort nichts zu finden.«

»Wir haben insgesamt dreimal nachgesehen. Er ist nicht zu finden. Nicht einmal an eher unzugänglichen Stellen.« A grinste schief und wies seine Stichbeulen nach dem Hornissenangriff vor. »Tut ziemlich weh. Aber selbst dort war er nicht. Und aufgefressen haben wird er ihn auch nicht. War schließlich ein Beweisstück. Solche Probleme lösen wir in Zukunft besser wieder mit eigener Hand! Das momentane Chaos haben wir uns selbst zuzuschreiben. Bei zukünftigen Problemen werden wir das vermeiden!«

C warf einen verschlagenen Blick auf A, grinste schief. »By the way – wo ist eigentlich B?«

45

Angela hatte den Wagen unweit des Parkplatzes abgestellt.

Ein wenig verborgen hinter dichtem Gebüsch.

Musste ja nicht gleich jeder Vorbeikommende sehen, dass sie hier unterwegs war.

Obwohl natürlich um diese Zeit, weit von der Morgendämmerung entfernt, kaum jemand hier spazieren gehen würde.

Als sie am Lagerplatz des Campers vorbeikam, spürte sie, wie Panik in ihr aufstieg. Ihre Lampe leuchtete die Umgebung aus, sorgte dafür, dass sie das Gefühl bekam, die angestrahlten Bäume und Büsche rückten näher an sie heran. Ein bedrohlicher Eindruck entstand. Sie zwang sich für wenige Augenblicke zu verweilen, beruhigte sich langsam. Wusste, dass sie diesen Weg bisher noch nie allein gegangen war. Ihr aufgeweckter Begleiter Jonas fehlte. Der Camper war tot, das Rätsel um seine Identität nicht geklärt und sie fühlte sich verlassen, einsam.

Nimm dich zusammen, rief sie sich zur Ordnung. Du hast die Lösung des Falles in den Händen, also sieh nach, ob du wirklich auf der richtigen Spur bist. Sobald du es herausgefunden hast, kehrst du ins Café zurück und schließt deinen Jonas wieder in die Arme. Gut – vielleicht auch Hagen, dem du erklären musst, was du dir bei dieser Aktion gedacht hast.

Leicht amüsiert legte sie sich die Worte zurecht, die sie verwenden würde. Schließlich konnte sie im Wald herumstreunen, wo sie wollte. Ha! Und wenn sie dabei zufällig den aktuellen Fall löste – umso besser!

Mit entschlossenem Schritt setzte sie den Weg fort.

Fand eine Grube an der Abzweigung zum Trampelpfad, die am Vortag noch nicht zu sehen war.

Neugierig leuchtete sie das nahezu quadratische Loch aus.

Im Licht der Taschenlampe entdeckte sie in der Tiefe eine Art Plakette. Mit der ausgestreckten Hand konnte sie sie nicht erreichen. Also schob sie sich im Sitzen über den Rand und ließ sich in das Loch fallen, so, dass sie nicht mit den Füßen auf der Plakette landen würde. Vornübergebeugt fingerte sie die lose Erde durch, fand die kleine Metallscheibe, steckte sie ein, forschte weiter.

Plötzlich knackte ein Ast in der Nähe. Mit einem Ruck richtete sie sich auf. Versuchte, sich aus der Grube zu schwingen, was gründlich misslang.

Niemand zu sehen.

Und dann – erfasste der Lichtkegel plötzlich zwei Herrenschuhe.

»Ach, Sie? Was tun Sie denn hier?«

»Ich bin Jagdpächter hier.« Damit präsentierte der Besitzer der Schuhe ein Gewehr, dessen Lauf direkt auf Angela deutete.

Die Cafébesitzerin hielt den Atem an.

46

Dr. Brand warf einen investigativen Blick auf den Leichnam des jungen Mannes.

Ramona Bitter stand auf der gegenüberliegenden Seite des Obduktionstisches und beobachte, wie die Rechtsmedizinerin akribisch den Körper absuchte.

»Äußere Inspektion: Distale Unterarmfraktur, Callusbildung, etwa 2 Jahre alt, Insektenstiche an den Extremitäten und am Rumpf, wahrscheinlich dem Ort des Zeltlagers geschuldet. Gepflegte Erscheinung, manikürte Fingernägel, gepflegte Zehennägel, Haare mit blutigen Verklebungen. Verletzungen großen Ausmaßes im gesamten Gesichtsschädel, Kopfverletzung hinterer Oberkopf.«

Ramona wusste, der Anblick des Mannes würde diese Nacht überschatten. Aber, dachte sie dann, so schlimm ist das gar nicht, nach der letzten Besprechungsrunde des Teams ist von dieser Nacht nicht mehr viel übrig.

Dr. Brand trat an den Monitor, rief ein Bild des Schädels auf. Ramona sah das gesamte Ausmaß der Zerstörung. »Es wurde wieder ein Stein benutzt. In der Schädelverletzung konnten wir die Mineralien nachweisen, die wir auch schon in der Wunde des ersten Opfers gefunden haben. Manchmal ist diese Art von Gewalt gegen das Gesicht ein Hinweis auf emotionale Beteiligung, der Versuch der Entpersonalisierung, völlige Auslöschung des Opfers – aber natürlich könnte es schlicht bedeuten, dass der Täter uns bei der Identifizierung Steine in den Weg legen wollte.« Sie verstummte abrupt, räusperte sich. »Entschuldigung, das war keine glücklich gewählte Formulierung.« Dr. Brand trat an den Edelstahltisch und arbeitete konzentriert weiter. Schweigend.

Kurzes, hartes Klopfen.

Eine Kollegin kam herein, reichte Dr. Brand ein bedrucktes Papier. Die Augenbrauen der Rechtsmedizinerin zogen sich über der Nasenwurzel so weit zusammen, dass sie sich beinahe berührten. »Na, das wird das Team interessieren: In der Probe aus der Schädelverletzung des dritten Opfers wurden mineralische Bestandteile isoliert. Gleiches Ergebnis wie bei den ersten beiden Opfern. Diese Häufung ist eher überraschend. Vielleicht war der Stein nur eine praktische Tatwaffe – man kann solch einen Stein niemandem persönlich zuordnen, wenn man nicht das blutverschmierte Objekt in seiner Manteltasche findet. Lässt er es am Ufer liegen ... Es ist eine unauffällige Waffe, viele Menschen sammeln Steine beim Spaziergang. Darauf angesprochen, kann der Täter behaupten, er liebe diese Art Fundstücke und benutze sie als Briefbeschwerer. Selbst wenn wir die Tatwaffe finden, wird sie uns wahrscheinlich nicht zum Besitzer führen.«

»Stimmt«, meinte Ramona. »Aber wenn wir den Stein entdecken und neben den Blutanhaftungen des Opfers auch Haare des Täters zu finden sind ...«

»Klar, dann müsste der Täter aber dumm genug sein, ihn bei sich aufzubewahren.«

»Wir wissen doch genau, was Täter so als Erinnerungsstücke oder Trophäen aufheben und sammeln.« Ramona schüttelte den Kopf. »Sogar Gliedmaßen.«

»So, weiter. Gesichtsschädel zertrümmert. Fragmente in der Größe von wenigen Millimetern ... bis einigen Zentimetern ... Trümmerfrakturen der Augenhöhle und des Jochbeins beidseits, der Nase und des gesamten Kieferbereichs. Todesursächlich war wahrscheinlich der initiale Schlag gegen den oberen Hinterhauptsbereich. Ich sehe gleich nach, ob vielleicht Blut und Knochenfragmente die Atmung verlegt haben.«

»Alter?«

»Etwa fünfunddreißig bis vierzig Jahre. Durchtrainiert, guter Ernährungszustand, guter Allgemeinzustand.«

Die Rechtsmedizinerin entnahm ein Organ nach dem anderen, ließ es vom Assistenten wiegen und vermessen. »Organe ohne krankhaften Befund. Beginnende knöcherne Anbauten L4, L5 und an H3, H4. Ich gehe davon aus, dass er noch keine Beschwerden hatte. An den Fingern sind leichte Verdickungen der Grundgelenke feststellbar. Das ist eine beginnende Arthrose. Könnte sein, dass er manchmal Schmerzen hatte, wenn er etwas in festen Griff nehmen wollte.«

»Einen Chip trägt er nicht?«

»Nein, es handelt sich nicht um ein Haustier.« Dr. Brand klang verärgert.

»Ich dachte ja nur, dass es superpraktisch wäre. Wir könnten den Chip auslesen und wüssten genau, mit wem wir es zu tun haben. Name, Adresse, Handynummer – alles mit einem Blick auf das Auslesegerät erfasst.«

Dr. Brand warf der jungen Ermittlerin einen langen Blick zu. »Dann gäbe es auch mobile Auslesegeräte. Winzig, praktisch unsichtbar, die im Vorbeigehen Ihren Chip auslesen und alle Daten auf dem Handy eines Fremden sichtbar werden ließen. Geschäfte könnten live Ihre Adresse erfassen und zusammen mit den Daten Ihres Einkaufs wären Sie gläsern. Befindet sich auf dem Chip auch Ihre Bankverbindung, könnte ein jeder im Vorbeigehen auf Ihr Konto zugreifen, ohne dass Sie es auch nur bemerken. Sie sehen den Übergriff erst, wenn Sie das nächste Mal Ihre Auszüge checken. Toll, was?«

»Nein!«

»Die Füllungen in seinen Backenzähnen sind in Deutschland unüblich. Ich gehe davon aus, dass er für längere Zeit im Ausland gelebt hat. Er hat auch zwei Edelstahlkronen. Ich mache mich kundig.« Dr. Brand kehrte ohne Umschweife wieder zum eigentlichen Thema zurück. »Er starb am Schlag auf den Schädel. Die Schläge gegen das Gesicht wurden ihm später zugefügt?«

Ramona rettete sich auf sicheres Terrain.

»Ja. Es gibt keinerlei Abwehrverletzungen an Armen und Händen – keine Hämatome oder Schnittverletzungen, keine akuten Brüche der Hand- oder Fingerknochen. Atemwege nicht verlegt, im Magen findet sich kein Blut. Er hat nicht mehr geschluckt. Ich gehe von der ›bewährten‹ Methode aus. Der Täter schlich im Dunkeln von hinten heran und überwältigte das Opfer. Todeszeitpunkt liegt, grob geschätzt, etwa dreißig Minuten nach dem des Anglers.«

»Bewährte Methode?«

»Ja. Überraschungsmoment wird direkt zur Tötung genutzt, das Opfer hat keine Gelegenheit zur Gegenwehr oder etwa lauten Hilferufen. Ich denke, es handelt sich um einen Rechtshänder. Die Schläge haben einen Drall von rechts nach links. Über die mögliche Größe des Angreifers kann ich keine Angaben machen. Vielleich saßen die beiden Opfer am Ufer und sahen aufs Wasser hinaus. Dann ist es selbst für einen untersetzten Täter leicht, den ersten Schlag ›gut zu platzieren‹.«

»Genetisches Material des Angreifers wurde nicht gefunden?«, bohrte Ramona weiter. »Wenn der Täter sich über das Opfer beugt und die Schläge gegen das Gesicht führt, könnte doch Material vom Täter an den Körper des Opfers gelangt sein.«

»Ja. Könnte. Wir suchen natürlich danach. Aber in der Regel findet sich Fremd-DNA an der Kleidung. Erst wenn wir sagen können, es findet sich an beiden Opfern dieses Material, könnte das eine für die Ermittlungen relevante Information sein.«

»Die Tatwaffe? Keine Spuren des Täters«

»Der Täter trug Handschuhe. Es ergibt sich ein für einen Griff typisches Faserverteilungsmuster. Den Befund habt ihr schon im Computer. Findet ihr den passenden Handschuh, wären wir auch ein Stück weiter.«

47

Hagen Bredow versuchte es nun zum x-ten Mal.

Seine Frau meldete sich nicht.

Das Handy leitete ihn nur auf die Mailbox weiter.

Er fuhr sich ächzend mit den Fingern durch das dichte Haar. Selbst in jeder Phase der Auflösung des gemeinsamen Haushalts hatte der Kontakt über WhatsApp immer problemlos funktioniert.

Er wurde sich von Stunde zu Stunde sicherer: Angela war etwas passiert, sie steckte in gewaltigen Schwierigkeiten.

»Wo bist du bloß?«, murmelte er, spürte, wie seine Hände schweißfeucht wurden. »Scheiße, Angela. Du weißt doch, dass du dich jederzeit auf mich verlassen kannst! Du hast eine Spur gefunden, von der ich nichts weiß? Gut. Wir hätten dieser Spur gemeinsam nachgehen können! Natürlich weißt du, dass es für ›Normalbürger‹ gefährlich ist, Verdächtigen nachzuspionieren. Schien es dir nicht riskant? Oder dachtest du, du habest alles im Griff?« Die Hand, die durchs Gesicht fuhr, wischte Feuchtigkeit ab. War das auch Schweiß – oder weinte er gar schon vor Sorge, Panik – oder schlimmer: Selbstmitleid?

Sein Handy klingelte. Das Café! Angela war wieder aufgetaucht!

Doch zu seinem Schrecken meldete sich Nele.

»Angela ist noch nicht zurück«, informierte ihn die Tierärztin sofort, wollte Hoffnung gar nicht aufkeimen lassen. »Im Briefkasten steckte ein an Sie adressierter Umschlag.«

Entschlossen fuhr Bredow zur »Gurke«.

Nele und Jonas freuten sich über diesen zweiten Besuch.

Er nahm den Umschlag vom Tresen.

Die Hand zitterte deutlich. Jonas drückte sich fest an Bredows Bein, lief dann zur Tür, fiepte, kehrte zurück, lief wieder zur Tür, fiepte erneut. »Na, mein Lieber, dir ist auch klar, dass hier etwas nicht stimmt.« Hagen ging in die Hocke und flüsterte direkt in Jonas' Ohr: »Die Freundinnen hier decken dein Frauchen. Sie ermittelt. Von Gefahr spricht hier keine. Dabei haben Frauen angeblich so ein tolles Einfühlungsvermögen! Wir beide – wir wissen!«

Er versuchte, das Tier durch Streicheleinheiten zu beruhigen.

Was nicht gelang.

Im Umschlag steckten zwei gefaltete DIN-A4-Seiten.

Neugierig betrachtete Bredow Plan und Text. Offensichtlich gehörten die beiden zusammen. Ein Drohbrief? Seltsam unscharf. Sollte er nun annehmen, damit waren Hans-Ludwig und der Unbekannte an die Spree gelockt worden? Ein paar erklärende Worte seiner Frau entdeckte er nicht. Hatte sie die Gefahr nicht erkannt?

»Das war alles?«, fragte er vorsichtshalber nach. »Sie

hat nicht etwas gesagt, was an mich ausgerichtet werden sollte?«

Nele schüttelte den Kopf.

»Wo ist Irmgard?« Hagen warf der Tierärztin einen misstrauischen Blick zu. »Muss ich jetzt etwa nach zwei verschwundenen Frauen suchen?«

»Nein, sicher nicht. Sie ist beim Friseur. Ich denke, ich sollte Ihnen meinen Schlüssel für das Häuschen von Angela überlassen. Sie hat in letzter Zeit bei Spaziergängen mit Jonas seltsame Dinge gefunden. Fahren Sie vorbei, sehen Sie sich das an, ziehen Sie Ihre eigenen Schlüsse.« Ein Einzelschlüssel fiel in die Hand des Ermittlers, kalt, fremd, vielleicht gar abweisend. Hagen seufzte. Gut, er würde sich umsehen – doch sollte seine Frau unerwartet auftauchen, wäre wütend von Vertrauensbruch die Rede, nicht von liebevoller Besorgnis.

Die Tür öffnete sich, Peter stand auf der Schwelle. »Ich glaube, du solltest mitkommen.«

Bredow sackte ein wenig in sich zusammen.

Mit schwerem Herzen und schleppendem Schritt begleitete er den Polizisten nach draußen. Als er sich in der Tür noch einmal umsah, begegnete er dem Blick des Hundes. Eine Mischung aus Enttäuschung und Sehnsucht.

Rasch wandte der Hauptkommissar sich ab.

Was hätte er auch sagen sollen? Er war kein Freund von Versprechen, die er am Ende womöglich nicht einlösen konnte.

»Ich habe herausgefunden, dass Angela glaubte, eine Spur entdeckt zu haben. Ihr Nachbar hat beobachtet, wie sie nachts einen Spaten und andere, wie er meinte sonderbare, Dinge in ihr Auto geladen hat.«

Hagen nickte, zeigte dem Heidesaumer Polizisten Brief und Plan. »Wo ist das?«

»Keine Ahnung. Sieht aus wie jede andere Stelle im Wald. Marc könnte wissen, welcher Platz hier markiert worden ist.« Dann las er den Brief. »Hm. Erpressung? Eine Drohung? Und wer hat damit angefangen? Glaubst du, Angela ist deshalb so früh aufgebrochen? Sie will herausfinden, was da im Wald markiert wurde, wer hier wem womit gedroht hat?« Peter wurde erst rot, dann bleich. »Scheiße!«

»Mir kommt es schon wie eine deutliche Drohung vor«, meinte Hagen. »Der Schreiber scheint zu glauben, dass der andere etwas weiß, was er gern geheim halten würde. Sieh mal hier – und hier auch. Jemand hat den Brief angetackert. Wer hat hier keinen Briefkasten?«

»Der Mann im Wald. Aha. Deshalb hat man ihm die Drohung an einem Baum zugestellt. So weit, so schlecht. Aber worum geht es hier eigentlich?«

»Für mich sieht es so aus, als sei der Unbekannte nicht allen in Heidesaum unbekannt gewesen. Und er wusste um ein Geheimnis, dessen Aufdeckung massive Konsequenzen für jemanden gehabt hätte.«

»Kofler?«

»Möglich. Knastgespräche. Da werden die dollsten Informationen ausgetauscht.«

Shit, dachte Hagen, zum Teufel, in was für einen Schlamassel war seine Frau da reingeraten?

»Wir versammeln das Team? Ramona Bitter hat sicher auch neue Informationen, sie war doch bei der Rechtsmedizinerin. Wir sollten abgleichen.«

»Ich will erst wissen, wo diese Stelle ist. Die wurde schließlich mit Absicht markiert, hatte also in diesem Kontext eine Bedeutung. Sollte dieser Brief tatsächlich an den Camper gerichtet gewesen sein, stellte sein Wissen auf jeden Fall für jemanden eine Gefahr dar. Und wir können nicht ausschließen, dass dieser Jemand nun glaubt, der Fremde aus dem Wald habe sein Wissen mit Angela geteilt.«

Peter telefonierte bereits.

»Marc kommt her und sieht sich den Plan an. Er ist derjenige, der sich hier besonders gut auskennt. Könnte sein, dass er auch irgendeine Hintergrundgeschichte zu der Stelle kennt.«

»Angela ist weg!«, erklärte Hagen unvermittelt.

Peter starrte ihn an. »Was?«

»Sie geht nicht an ihr Handy, im Café ist sie auch nicht – ich bin zutiefst besorgt. Diese beiden Dokumente hat sie mir zugespielt. Wenn jemand davon weiß ...«

»Ich würde mir auch Sorgen machen, wenn meine Frau plötzlich ... Du meinst, Angela hat angefangen zu ermitteln. An der markierten Stelle.«

»Wäre doch denkbar, dass unsere Grundthese schon falsch war. Was, wenn die Morde gar nichts miteinander zu tun haben?« Bredow seufzte.

»Hast du nicht gesagt, du glaubst nicht an Zufälle?«

»Ja.«

Marcs dröhnendes Motorrad war schon von weitem zu hören.

Mit quietschenden Bremsen und einem letzten Aufheulen kam die edle, schwere Maschine vor dem Café zum Stehen.

»Guten Tag, die Herren«, grüßte er gut gelaunt und setzte den Helm ab. »Ich soll mir was ansehen?«

Bredow reichte Brief und Plan an den jungen Polizisten weiter.

Nach wenigen Augenblicken pfiff dieser anerkennend durch die Zähne.

»Wow! Ein echter Drohbrief. Ist allerdings nicht ganz klar, um was es hier geht. Aber: Der Einzige, der etwas wusste, wollte es preisgeben. Warum ist der Adressat nicht gleich damit zu uns gekommen?«

»Vielleicht hat er es nicht als Drohung verstanden. Sicher scheint nur zu sein, dass der andere weiß, dass es Wissende gibt. In Heidesaum. Allein diese Tatsache scheint schon ausgereicht zu haben, um geeignete Maßnahmen zu ergreifen. Das Treffen sollte er nicht überleben.« Hagen grübelte laut.

»Wer war gemeint? Hans-Ludwig oder der Mann aus dem Wald?«

»Sieh mal, hier sind Löcher von Heftklammern. Wir glauben, dass der Brief an einen Baum getackert wurde. Hans-Ludwig hat einen Briefkasten.« Peter wies auf die vier kleinen Löcher im Papier. »Hans-Ludwig war wohl keine Gefahr. All die Jahre hatte ich nie das Gefühl, er fühle sich etwa bedroht. Neu und ohne Briefkasten: Der Camper.«

»Also ist die Annahme, dass er etwas Belastendes wusste«, murmelte Marc.

»Ja. Irgendwie sieht es so aus, als sei die Unsicherheit mit ihm in den Ort gekommen. Er fragte überall nach Marten Rumland. Andere Geschichten kochten auch wieder hoch. Dabei schwieg der Mann über sich, seine Absichten, seine Herkunft ...«

»Angela ist verschwunden.« Peter legte eine düstere Prognose in diese Worte.

»Echt jetzt?« Marc eben.

»Kein Kontakt über Handy, im Café ist sie auch nicht.«

»Wer könnte etwas über einen alten Fall wissen, der nun für Unruhe sorgt?«

»Anne Bergmann und Else.« Marc war sich absolut sicher.

»Fragen wir nach«, entschied Bredow.

»Wie jetzt? Zu dritt?«, fragte Marc ungläubig nach. »Dann erfahren wir nix. Gerade bei Anne, die so selten vor die Tür geht. Drei Männer gleichzeitig in ihrer Küche, das geht gar nicht.«

»Stimmt«, räumte Peter ein. »Marc, weißt du, welche Stelle auf dem Plan markiert ist?«

»Klar«, lachte Marc nach einem kurzen Blick. »Ist deutlich zu erkennen.«

»Gut, denn du wirst mit dem Kollegen Bredow dort hinfahren. Ich besuche Anne.«

»Erst zu Angelas Haus. Ich muss dort etwas überprüfen!«

48

Marc war nur widerwillig bereit, seinen Sitz auf dem Motorrad gegen einen Platz in Hagens Auto zu tauschen. Murrend und nach einer längeren Diskussion nahm er auf dem Beifahrersitz Platz.

Das kleine Haus lag im schwächelnden Licht der heraufziehenden Abenddämmerung.

Nur über der Eingangstür schaltete sich ein Licht ein, das wohl beim späten Nachhausekommen das Finden des Schlosses erleichtern sollte.

Hagen schob mit dem Gefühl, etwas Unrechtes zu tun, den Schlüssel ins Schloss und betrat Sekunden später das neue Zuhause seiner Frau. Es roch zart nach ihrem Parfum. Hagen schnupperte, fühlte sich noch deutlicher als Eindringling. Das alles war privat, ging ihn nichts mehr an.

Und doch, Nele Nachtmann hatte es für wichtig gehalten, ihn herzuschicken.

Im Wohnzimmer stand eine rot gepolsterte Couch, darauf lag eine grüne Kuscheldecke.

Er sah Angela fast dort liegen, auf der Seite, damit Jonas genug Platz fand, sich an sie zu kuscheln.

Die beiden hatten ein Zuhause, in das man gern nach Feierabend zurückkehrte.

Hagen seufzte.

Auf den ersten Blick sah alles normal aus, wie in vielen Wohnzimmern, die er kannte.

Auf den zweiten entdeckte er hinter der Tür eine Pinnwand.

Fotos, Wegbeschreibungen, Namen und Verbindungspfeile.

Er hatte es gewusst! Sie konnte das Ermitteln nicht lassen! Verdammt, Angela!

Ein Bild zeigte das Lager des Waldmannes, bevor jemand es zerstört hatte. Alles ordentlich, kein Müll, keine Anzeichen von gewolltem Außenseitertum. Eher wirkte es wie ein aufgeräumtes Baumhaus, in das Papa Regale eingebaut hatte, damit jedes Ding seinen Platz haben würde.

Jonas saß neben dem Zelt. Selbst der Hund verstand sich mit dem jungen Mann. Er musste eine positive Ausstrahlung gehabt haben.

Auf der anderen Seite der Pinnwand: völlig andere Aufnahmen! Eine Grube. Am Rand saß Jonas. Wartete. Am Rand steckte der Klappspaten, den Hagen seiner Frau vor vielen Jahren geschenkt hatte, weil sie bei den Ermittlungen immer bis zum Bodensatz grub – ein Scherz. Damals. Ein weiteres Bild zeigte wohl, was die beiden in dem Loch gefunden hatten: einen Schädel! Ein Schulterblatt, eine skelettierte rechte Hand, viele kleinere Knochen. Vielleicht Mittelhand der Linken, die sich gelöst hatten. Er sah das Becken, die Beine, verstreute Wirbel. Klein.

Wo hatte sie diese Knochen gefunden, wo aufbewahrt?

In der Küche über den grünen Hängeschränken mit roten Türen stand eine große Pappkiste. Sie störte den Gesamteindruck, war vielleicht erst vor Kurzem dort abgestellt worden.

Ein kleiner Tritt mit drei Stufen verschaffte Hagen genug Höhe, um sie problemlos herunterheben zu können.

Ein Blick genügte: Es war die richtige Kiste.

»Mein Gott, Angela! Ein Anruf bei mir und wir hätten die Knochen untersuchen lassen können, einen Forensischen Archäologen hinzugezogen. Warum hast du dich in Gefahr begeben?«

An der Seite des Kühlschranks eine magnetische Pinnwand.

Er trat näher heran. Namen, Pfeile, die Verbindungen aufdeckten, Grabkreuze ... Kein Zweifel, Angela verfolgte eine konkrete Spur.

Jesper Gerlach – was sollte der Gurkenverarbeitungsbetrieb mit dem Tod der beiden Männer am Fluss zu tun haben? Zwei weitere Kärtchen ohne Namen, nur mit Buchstaben versehen. Und den Camper hatte sie neu hinzugefügt. Bennos wahrer Name fehlte, den hatte sie also nicht recherchieren können.

Hagens Magen krampfte schmerzhaft.

Nele hatte davon gewusst – wer noch?

Er rief im Café an.

»Nele Nachtmann: Café Gurken, Quark und Leinöl.«

»Frau Nachtmann, wer außer Ihnen wusste noch, dass meine Frau im Hintergrund ermittelte?«

»Wenn ich ehrlich sein soll: Der ganze Ort«, lautete die wenig beruhigende Antwort. »Selbst bei Malko wurde darüber spekuliert«

»Sie wussten von den Knochen, die sie gefunden hatte?«

»Ja, sie kam damit in meine Praxis. Wollte wissen, wo im Körper der jeweilige Knochen zu finden war.«

»Schädel brachte sie auch mit?«

»Nein, zunächst nicht. Oberarm und Handknochen, später ein Becken.«

Hagen überlegte fieberhaft, was diese Information nun bedeuten konnte. Vertraute seine Frau der Tierärztin nicht vorbehaltlos, wollte sie die Freundin nicht in Schwierigkeiten bringen ...

»Hat sie Ihnen erzählt, wo sie die Knochen entdeckt hatte?«, bohrte er weiter.

»Ja. Jonas hatte in der Nähe des wilden Lagers angefangen zu buddeln. Dabei förderte er erst die Handknochen und kurz darauf den Oberarmknochen ans Licht. Angela war ziemlich entsetzt. Kleine Knochen. Aber ich musste ihr daraufhin erzählen, dass die Menschen früher ihre Toten nicht immer auf dem Friedhof beisetzen konnten. In Heidesaum war man hart zu Fremden, die sich ansiedeln wollten. Das hat Ihrer Frau nicht gefallen. Vielleicht wollte sie diesen Toten im Nachhinein ein Grab auf dem Friedhof ermöglichen.«

»Ja, das wäre ein Gedanke, der sehr gut zu Angela passt.« Hagen beschloss, nicht zu erwähnen, dass er die Knochen auf dem Küchenschrank gefunden hatte.

»Von diesem speziellen Fund wusste ebenfalls der ganze Ort?«

Schweigen am anderen Ende.

Zögernd kam die Antwort: »Nein. Ich glaube jedenfalls nicht, dass sie jemandem davon erzählt hat. Möglich, dass sie sich mit Else oder Anne ganz allgemein über solche Dinge ausgetauscht hat. Aber sicher hat sie nicht erwähnt, dass sie sterbliche Überreste gefunden hat. Und mit den beiden Schädeln kam sie erst gestern zu mir. Davon wusste außer mir niemand.«

Er beendete das Gespräch.

Fotografierte die Pinnwand. Was hatte Gerlach mit Malko zu tun?

Fleischbestellungen für Betriebsfeiern? Oder spezielle Stücke für den riesigen Rottweiler?

Er drehte sich abrupt um, löschte das Licht und kehrte zu Marc zurück.

»Und jetzt?« Der Kollege sah den Hauptkommissar neugierig an.

»Zurück zum Café, ich muss den Schlüssel zurückbringen, die Vertreterinnen schließen demnächst. Und dann in den Wald.«

Fünf Minuten später waren sie auf dem Weg zum Parkplatz am Waldrand.

»Ich weiß nicht genau, wie ich fahren soll – also?«

»Oh, 'schuldigung.« Marc senkte den Blick. »Wir müssen laut Plan zum Lagerplatz. Von dort aus gehen wir zu Fuß. Ich weiß, dass deine Frau sich auch für die Stelle interessiert hat. Ein Freund von mir hat sie dort gesehen – mit geschultertem Spaten und Hund ist sie im Wald verschwunden.«

»Aha. Na, sehen wir nach, ob sie wirklich an der markierten Stelle gegraben hat. Wäre ja denkbar, dass sie eher ein interessantes Kraut entdeckt hat und es in ihrem Garten ansiedeln wollte.«

Langsam steuerte Bredow den Wagen durch die Straßen, in die schon Dunkelheit fiel. In einigen Häusern wurde das Licht eingeschaltet.

Gemütliche Gemeinsamkeit, durchzuckte Hagen ein Gedanke, der von einem Gefühl unterlegt war, das er sonst stets zu vermeiden suchte: Neid; schon wieder. Familien kamen zusammen, kochten gemeinsam, sprachen über die Ereignisse des Tages, während Hund und Katze ihre Streicheleinheiten einforderten und Futter bei ihren Menschen bestellten. Lieferservice auf zwei Beinen: flexibel, freundlich, zugewandt.

Seit Jahren war Angela seine Familie gewesen. Der finstere Gedanke, dass sie ihm nun vielleicht für immer genommen wurde, stieg lastend schwarz in ihm auf. Sein Puls beschleunigte sich, die Atmung wurde zum Keuchen.

Wäre ich auch bereit gewesen, den Beruf an den Nagel zu hängen, wäre sie jetzt wahrscheinlich nicht in Gefahr. Sie hätten sich doch auch auf eine Reduzierung der Arbeitszeit einigen können. Mit ihm an ihrer Seite, wäre die momentane Situation eine ganz andere – redete er sich ein.

Marc schwieg. Beobachtete das Mienenspiel des Kollegen. »Das ist alles Quatsch«, schaltete er sich in die Grübeleien Bredows ein. »Vorwürfe an dich oder sie bringen jetzt nichts. Angela wollte das Rätsel lösen. Selbst wenn du hier gewesen wärest – du hättest sie davon nicht abbringen können. Schon gar nicht als privater Hagen Bredow! Als Ermittler bist du jetzt viel nützlicher für sie!«

»Weil ich ihren Mörder finden kann?«, gab Bredow desillusioniert und aggressiv zurück.

»Nein. Weil du den Mord an ihr verhindern wirst und den Kerl in den Knast bringst.«

»Und wenn nicht?«

»Dann kriegen wir ihn alle zusammen, logisch«, erklärte Marc in einem Ton, der keinen Widerspruch duldete.

Bredow empfand den jungen Mann als übergriffig, mischte er sich doch in Dinge ein, die ihn nichts angingen.

Dennoch fühlte er sich seltsam getröstet.

»Vorne links. Dort siehst du gleich den Parkplatz. Wenn sie zu diesem Kreuz auf dem Plan wollte, dann hat sie ihren Wagen auch dort abgestellt. Ist eigentlich kein offizieller Parkplatz – mehr so ein Geheimtipp unter den Einheimischen.« Marc strich zufrieden seinen Moustache in Form.

Bredow beobachtete ihn dabei aus dem Augenwinkel. Wen glaubte er im Wald zu treffen? Eine lokale Schönheit? Um diese Zeit? Und bei einsetzender Dunkelheit würde ihr am Ende der schön geschwungene Oberlippenbart gar nicht auffallen – die ganze, wie Bredow sie empfand alberne, Zwirbelei vergebliche Liebesmüh.

»Ich habe im Kofferraum Taschenlampen.«

»Das ist prima. Meine sind nämlich in den Satteltaschen meines Motorrads, das ich ja nicht benutzen durfte.« Beleidigt stieg der Beamte aus Heidesaum aus.

»Marc – ein Motorrad würde unser Kommen schon Kilometer vor unserem Eintreffen ankündigen. Mein E-Auto schnurrt leise und unauffällig. Niemand wird von mir von deinem uncoolen E-car-Trip erfahren. Versprochen. So. Hier sind die Lampen. Wo geht's lang?«

»Links. Und siehst du – dort steht ihr Auto! Im Busch. Wen sollte das wohl täuschen?«

Automatisch fasste Bredow im Vorbeigehen auf die Motorhaube. Kalt. Logisch.

Marc machte raumgreifende Schritte.

Bredow beeilte sich, ihm zu folgen.

49

Peter klingelte bei Anne.

Als sie öffnete, prallte sie förmlich zurück.

»Oh, entschuldige, ja, äh hallo, Peter. Ich hatte mit jemand anderem gerechnet. Ist etwa schon wieder jemand gestorben?«

»Ich kann mir gut vorstellen, dass du mich nicht erwartet hast, Anne. Wir stehen meist ungebeten und uneingeladen vor der Tür. Gehört irgendwie zum Berufsbild.« Peter schenkte der Witwe ein freundliches Lächeln. Vertrauensbildende Maßnahme sozusagen.

»Komm rein. Ist denn irgendetwas passiert? Das letzte Mal hast du mir von Hans-Ludwigs Ermordung erzählt.«

»Tatsächlich ist es so, dass wir uns auf ein paar Dinge keinen Reim machen können. Deshalb habe ich noch ein paar Fragen an dich.« Er zog die schweren Schuhe aus, bevor er eintrat, und folgte Anne auf Socken in die Küche.

»Hast du die Todesanzeige von Gerlach für Hans-Ludwig in der Zeitung gesehen? Das war wirklich sehr nett von Jesper. Und die Firma wird sich an den Kosten der Beisetzung großzügig beteiligen, hat man mir versichert. Aber die Beerdigung kann ich noch gar nicht planen – er ist noch in der Rechtsmedizin.«

»Die melden sich bei dir, wenn sie ihn freigeben. Ist ein Mordfall, da kann das schon mal ein bisschen dauern«

»Im Moment haben die schon mit Heidesaum viel zu tun in der Rechtsmedizin. Wir sind gut vertreten.« Anne Bergmann seufzte. »Ich weiß gar nicht, was man dazu sagen soll! Und nun auch noch dieser Brand bei Gerlach. Wenn ich mir das vorstelle: Ein Toter in Hans-Ludwigs Spind! Wie gruselig. Das hätte meinem Mann nicht gefallen, das kann ich dir sagen.«

Sie nahmen am Küchentisch Platz. »Kaffee? Tee?«

»Nein, danke. Ich habe gerade im Revier ... weißt du, es kommt uns so schrecklich vor, weil es normalerweise ganz beschaulich und ruhig zugeht in unserem kleinen Ort. Aber du hast recht, schön ist diese Häufung wahrlich nicht.«

»Na, immer war das auch nicht so.« Als Anne eine raumgreifende Bewegung mit den Armen machen wollte, zuckte sie vor Schmerz zusammen und zischte leise. Warf Peter einen Blick zu, der ihm jeden Kommentar dazu verbat.

»Was war nicht?«, hakte er stattdessen nach.

»Ruhig.«

»Also dann muss unruhig vor meiner Zeit gewesen sein, würde ich meinen. Seit ich im Ort Polizist bin, war es ruhig. Kleinere Blechschäden, mal eine Beleidigung über den Gartenzaun, Falschparker in der Feuerwehrzufahrt bei Gerlach. Ruhig.«

»Wie lange bist du denn schon bei uns im Einsatz? Du leitest schon seit einigen Jahren die Dienststelle – oder bin ich nur aus dem Takt?«

»Nein, nein, das stimmt schon. Seit zehn Jahren bin

ich hier.« Peter hatte das Gefühl, ihre Rollen seien vertauscht: Anne befragte ihn – nicht er sie. Aber in all den Jahren hatte er gelernt, dass dieses Umgekehrte eine gute Methode war, wenn er etwas erfahren wollte. Man brauchte ein bisschen mehr Geduld, aber die aufzubringen, konnte sich lohnen.

»Nun, so hast du tatsächlich eine friedvolle Phase erwischt. In Heidesaum war es beileibe nicht immer beschaulich – und friedlich schon gar nicht. Jeder Ort hat sein Geheimnis. Es ist besser, nicht daran zu rühren.«

»Unsere Ermittlungen lassen uns durchaus glauben, dass es Zusammenhänge mit vergangenen Zeiten gibt.«

»Ja, mag sein, dass das stimmt. Ich warne dich, die Heidesaumer können durchaus grantig, wenn man sie aufscheucht. Du solltest deine Finger davon lassen. Geheimnisse heißen Geheimnisse, weil sie geheim bleiben sollen!« Sie legte ihre kalte Hand auf seine warme.

»Auch wenn im Jetzt Menschen sterben müssen?«

»Ach, Peter.« Die Witwe stützte die Arme auf den Tisch und barg das Gesicht in beiden Händen.

Der Polizist wartete.

Für ihn war dieses Gespräch noch lange nicht beendet.

50

Marc blieb nach kurzem, zügigem Lauf unvermittelt stehen.

»Tja, sieht so aus, als habe Angela diesen Ort gekannt.«

Die beiden Männer starrten in ein nicht allzu tief ausgehobenes Loch.

»Und was für ein Ort ist das genau?«

»Nichts Konkretes bekannt. Allerdings halten sich Gerüchte, dass hier geheime Hinrichtungen stattgefunden haben sollen. Zum Kriegsende hin, aber angeblich auch noch später. Die Heidesaumer meiden diesen Waldabschnitt. Ist ihnen zu gruselig hier.« Marc drehte sich einmal um sich selbst. »Also ehrlich, ich sehe nur Wald. Der sieht hier nicht gruseliger aus als an anderen Stellen.«

»Hinrichtungen?« Bredow konnte ein Zurückzucken gerade noch verhindern.

»Ja. Die Alten reden auch gern von Erschießungen. Nichts davon ist belegt. Ehrlich gesagt, ich glaube, die Leute vom Ort wollen mit solchen Geschichten Touristen anlocken. An dem Gerede ist bestimmt kein wahres Wort.«

Bredow leuchtete in die Grube. »Sieht aus wie ein Grab.«

»Wenn du dieses Gerede glauben willst, gut: Irgendwo mussten die Toten ja hin – oder?« Wieder ein typischer

Marc-Kommentar. »Ist doch wahr. Bringt doch nix, die Leute erst herzuschaffen, sie zu erschießen und dann wieder wegzutransportieren.«

»Hast du nicht gerade behauptet, an der Geschichte sei kein Körnchen wahr?«

»Ja. Das ist auch so. Aber wenn ... dann ...« Marc wiegte in der Hüfte hin und her.

Wie ein Grashalm im Wind, dachte Hagen abfällig, flexibel, auch was die eigene Meinung angeht. Ihm persönlich waren Leute lieber, die bereit waren, sich in bestimmten Dingen festzulegen.

Er sprang in die ausgehobene Grube.

Stöhnte laut auf.

»Was gebrochen?«, erkundigte sich Marc sofort erschrocken, ging in die Knie und streckte seine Hand aus. »Ich helfe dir raus.«

Doch Bredow hatte sich nicht verletzt.

Er starrte in seine Hand.

Dort lag eine Kette mit Anhänger.

»Die habe ich Angela vor zwei Jahren zum Geburtstag geschenkt. Sie trägt sie fast immer.«

51

A machte einen sehr zufriedenen Eindruck.

C wirkte nervös.

B glänzte durch Abwesenheit.

»Wo ist denn der ...« Mit einer schnellen Bewegung stoppte A den Redefluss des anderen.

»Seit Jahrzehnten gilt bei uns diese Sprachregelung in Krisenzeiten. Wir werden sie beibehalten! Sie hat sich in allen Fällen bewährt.«

»Mag ja so sein. Als Kind fand ich es toll! Supergeheimnisvoll, superexklusiv. Ein Club, nur drei Mitglieder, alles faszinierend. Aber damals fand ich auch die drei Musketiere von Dumas noch spannend. Heute sehe ich die Sache anders.« C verzog das Gesicht in einer Mischung aus Abscheu und Unverständnis. »Man entwickelt sich schließlich!«

»Es ist besser, niemand weiß um unsere Verbindung. Das galt früher und gilt auch jetzt!«

C duckte sich vorsichtig. Wenn A diesen Ton anschlug, wurde es gefährlich.

»Es gab einige, die bei uns ›mitspielen‹ wollten. Aber diese Schwächlinge haben unsere Erwartungen nie erfüllt. Eben echte Weicheier!« A unterstrich seine Worte gestenreich. »Wir müssen beschützen, was wir uns aufgebaut haben. Schließlich haben wir uns bewährt, sind sehr wichtig für Heidesaum. Wo wäre dieser Ort denn, wenn wir nicht alles im Griff hätten?«, zischte er wütend. »Und dabei wusste niemand, wer der Helfer in der Not war. A, B und C blieben anonym, so wie es sich für ehrenhafte Retter gehört. Rette die anderen und sorge dafür, dass du unerkannt bleibst. Ehrenkodex!«

»Mal was anderes: Weißt du vielleicht, wo die Cafébesitzerin ist? Im Ort wird sie vermisst, den ganzen Tag über hat man sie nicht gesehen. Ans Handy geht sie angeblich auch nicht. Es herrscht ziemliche Aufregung deswegen.« C versuchte, A in ruhigeres Fahrwasser zu schubsen.

»Keine Ahnung. Diese Frau ist mir so was von gleichgültig.«

Und plötzlich wusste C, dass der andere log. Besser, er glaubte ihm kein Wort mehr.

52

Angela untersuchte mit den Fingerspitzen die Verletzung.

Es blutete noch immer.

Hm. Wie lange konnte man das überleben?

Ihre Hände fuhren erkundend über einen hölzernen Boden, gepolsterte Seiten, die sich durchaus seidig kühl anfühlten, und die Innenseite eines lackierten Deckels, der sich nicht bewegte, selbst als sie sich mit ganzer Kraft dagegenstemmte.

Gut, das bedeutete wohl, dass sie nicht an der Schussverletzung sterben würde. Verbluten war nicht das Ziel – Ersticken durchaus kalkuliert. Ziemlich qualvoller Tod.

Ihre Gedanken wanderten zu denen, die ihr das Liebste waren. Jonas und Hagen würden den Verlust nicht gut verkraften, gern hätte sie vor ihrem Tod noch mit den beiden gesprochen – das war ihr aber eher nicht vergönnt, wenn man ihre momentane Lage nüchtern in Betracht zog.

»Ich werde hier verrecken – von friedlich einschlafen kann dabei wirklich nicht die Rede sein. Selbst in der CO_2-Narkose werde ich mich noch dagegen wehren, das verspreche ich dir, du Monster! Um mich werden viele Menschen trauern. Mein Café war ein großer Erfolg, man mag mich in Heidesaum.«

Und all der Aussichtslosigkeit zum Trotz spürte sie,

dass sich ein Teil von ihr nicht diesem Schicksal ergeben würde. Beinahe hätte sie gelacht. »Hagen wird mich retten! Wie komme ich nur auf diesen absurden Gedanken! Schon Sauerstoffmangel? Ganz bestimmt!«

Dann versuchte sie, mit all dem, was ihr zur Verfügung stand, die Blutung unter Kontrolle zu bringen.

Aktion, Widerstand. Fühlte sich gut an.

Vielleicht ...

53

Marc starrte unverwandt auf den sternförmigen Anhänger.

»Stimmt, die Kette habe ich immer an ihr gesehen«, murmelte er betroffen. »Sie muss also hier gewesen sein.«

Bredow, bleich und kalt entschlossen, sah den jungen Mann an. »Erschossen? Du hast angedeutet, dass hier Menschen erschossen wurden?«

Marc nickte. »Ewig her.«

»Was, wenn nicht? Wir haben doch diesen Parka aus der Spree. Mit zwei Löchern, die von einem Schuss stammen könnten. Aber so alt ist der natürlich noch nicht. Wurde hier später noch Schießen geübt?«

»Na ja, es gibt in jeder Generation wieder irgendwelche Freaks, die im Wald auf Dosen zielen. Aber seit Längerem habe ich von solchen Aktionen nichts mehr gehört. Ist wohl was, das sich mit dem Alter auswächst.« Der junge Beamte schmunzelte nachsichtig. »Mit den Dosen ist das Ganze so langweilig unblutig. Da verliert sich der Spaß ziemlich schnell. Außerdem hat es immer wieder Anzeigen aus dem Ort gegeben. Ist sehr laut mit den Blechdosen. Das mögen die Heidesaumer nicht. Und die jungen Leute erschießen andere lieber in Ego-Shooter-Games. Da müssen sie nicht bei jedem Wetter vor die Tür.« Er bemerkte die kritische Miene seines Gegenübers und setzte trotzig hinzu: »Na, ist doch so!«

Bredow trat zur Seite, tippte eine Kurzwahltaste an. »Ramona? Vielleicht ist im Labor jemand, der uns weiterhelfen kann. Wir haben diesen Parka, mit den Löchern, die wir für die Spuren eines Durchschusses halten. Ich muss wissen, von welcher Firma dieser Parka hergestellt wurde und wann und wie lange er im Handel angeboten wurde.«

Er lauschte auf die Antwort.

»Ja. Wir wissen jetzt, dass sie hier war. Ich habe ihre Kette gefunden.«

Marc nickte anerkennend.

Der neue Ton von Bredow gefiel ihm. Entschlossenheit und Kraft. So würde er selbst diese Angelegenheit auch angehen.

»Der Bericht des Forensischen Psychiaters liegt vor«, informierte der Hauptkommissar wenig später den Kollegen. »Ich versuche, kurz zusammenzufassen, was dort steht. Er meint, ohne den Menschen sprechen zu können und in der Kürze der Zeit sei eine Beurteilung schwierig, aber er gehe davon aus, diese Präparate seien das Produkt eines Menschen mit massiver Persönlichkeitsstörung. Allmachtfantasien spielen dabei eine Rolle, Kontrollzwang und perverse andere Störungen. Und – wenigstens das ist positiv – menschliches Material wurde nach den Erkenntnissen der Bio-Kollegen für diese sonderbaren Mischwesen nicht verwendet.«

»Der Hans-Ludwig. Der war schon immer ein spezieller Kunde.« Aus Marcs Mund klang das durchaus bewundernd.

Bredow war irritiert. Beschloss, das Thema zu wechseln. »Gut. Hier ist vielleicht erst in größerer Tiefe etwas zu finden. Wir brauchen ein Team, das mit Sonde – oder noch besser – mit Bodenradar arbeitet. Und nun zu uns: Ich bin sicher, dass es hier in der Nähe noch einen zweiten geheimnisumwitterten Platz gibt, um den sich im Ort viele Erzählungen ranken. Wo ist der?«

Sollte Marc überrascht sein, so ließ er es sich nicht anmerken, wand sich allerdings ein wenig. Von den Zehen bis zum Kopf.

»Ist ganz in der Nähe. Also?«, insistierte Bredow.

»Hm, ja. Könnte gut sein, dass die Lichtung auch vom Kreuz abgedeckt ist. So eine Markierung auf dem Plan ist nicht immer supergenau platziert. Das ›Prüfungstal‹ vielleicht. War mal beliebt bei den jungen Leuten. Ist allerdings schon länger bei der Freizeitgestaltung nicht mehr en vogue.«

Bredows Handy meldete sich. »Ramona?« Er schaltete die Wiedergabe über Lautsprecher frei.

»Ja. Ich habe eine Reaktion auf das Phantombild, das Angela gestern beim Kollegen ›gezeichnet‹ hat. Wir hatten es sofort an verschiedene Medien und Social Media weitergeleitet – und tatsächlich hat jemand den Mann erkannt. Demnach heißt das zweite Opfer Sibelius Rumland. Der Anrufer war der Bruder des Großvaters mütterlicherseits, also der Großonkel. Der Großvater selbst ist vor Jahren verstorben. Sein Bruder hat neben allem anderen auch jede Menge Fotoalben von ihm geerbt. Er hat mir per Mail eines geschickt und ich war damit eben bei Frau Rumland, die darauf ihren Besucher von neulich erkannte. Bei einigen der Kinderbilder meinte sie, der junge Sibelius habe viel Ähnlichkeit mit Marten. Nun ist sie ein wenig traurig darüber, dass er sich nicht als ihr zweiter Enkel zu erkennen gab. Da er tot ist, kann sie ihm kein zweites Mal begegnen. Das hat sie wirklich sehr beschäftigt.«

»Danke. Ich stehe noch im Wald, komme nachher aber ins Büro. Heute gab es so viel Bewegung in diesem Fall. Marc hat schon die Spurensicherung darüber informiert, was wir vor Ort nun dringend brauchen.«

Damit war das Gespräch beendet.

Bredow sah Marc auffordernd an. »Nun, Marc? Wo ist diese andere Stelle? Wie hast du das genannt? Prüfungstal?«

*

Angela versuchte, ruhig und flach zu atmen. Konzentrierte sich darauf, Geräusche von draußen wahrnehmen zu können.

Doch entweder war diese Kiste gegen Schall gut geschützt – oder sie stand schlicht an einem gottverlassenen Ort.

Es war totenstill.

Wie passend, dass mir ausgerechnet dieses Wort einfällt!, dachte sie verärgert.

Sterben hatte sie nicht vor.

Ohne eine Spur zu verschwinden, lag ebenfalls nicht

in ihrer Absicht. Sie musste unbedingt hier raus, musste diesen feigen Kerl an den Pranger stellen, all die genommenen Leben brauchten endlich eine laute Stimme, die das Unrecht ans Licht zerrte. Sollte sie hier auf ewig verschwinden,, würde sich mit Sicherheit niemand mehr auf diese Toten besinnen. Es liegt in deiner Verantwortung, Angela Liebetanz, rief sie sich zur Ordnung.

Was tun?

Tatenlos herumliegen und darauf warten, dass jemand sie fand?

*

Bredow rief noch einmal bei Ramona an.

»Wie ich das verstehe, bist du gerade in Heidesaum?«

»Ja.«

»Gut, dann machen wir Folgendes: Du fährst im Café vorbei, das hat vielleicht noch auf, und bringst Jonas her. Wenn dort niemand mehr ist, fahr bei Dr. Nele Nachtmann vorbei, dann hat sie Jonas mit zu sich genommen. Vielleicht kann er sein Frauchen finden. Und die Spurensicherung soll auch eine Hundestaffel anfragen. Ich fürchte, wer auch immer Angela aus dem Loch gezerrt hat, der ist nicht daran interessiert, dass sie die Begegnung mit ihm überlebt.«

Als der Ermittler das Handy in die Tasche zurückschob, hörte er im Hintergrund Marcs gemurmelten Widerspruch. »Jonas? Der Kuschelhund? Der weiß doch gar nicht, was du von ihm willst.« Marc, der Skeptiker.

»Einen Versuch ist es wert«, entschied Bredow.

Schweigend führte Marc den Kollegen tiefer in den Wald. In der Ferne verrieten Gesprächsfetzen, dass ein Team des Erkennungsdienstes das Lager erreicht hatte. Lichtpunkte irrten zwischen den Bäumen umher.

Dichte Wolken, die den Rest des Tageslichts abschirmten, erschwerten die Arbeit des Teams.

Marc stapfte weiter. Hielt den Lichtkegel konzentriert auf den Boden gerichtet, denn dies war kein Weg, eher ein selten genutzter, fast wieder vom Wald zurückeroberter Trampelpfad für Einzelgänger.

Völlig unerwartet trat der Wald zurück und sie standen auf einer Lichtung.

Kreisrund.

Grasüberwachsen.

Marc ging weiter, bis er etwa die Mitte des Runds erreicht hatte.

Wenn man an diesem Punkt stand, waren Wege zu erkennen, die in unregelmäßigen Abständen wie Schneisen in den Wald führten.

Zunächst hielt Bredow diese Wege für unbefestigte Straßen, die dem Abtransport geschlagener Bäume oder von geerntetem Holz dienten. Doch bei genauerer Betrachtung erschienen sie für schweres Gerät viel zu schmal.

»Was ist das für ein Ort?« Bredow flüsterte. Die Wirkung der sonderbaren Aura des Platzes.

Marc schüttelte den Kopf. »Keine Ahnung. Komische Atmosphäre hier. Nicht nur bei Neumond. Ich war manchmal mit meiner Mutter in Gedenkstätten für Gefallene, Opfer der Naziverfolgung und Katastrophen aller Art, oder in Folterkellern, die dem Quälen von Frauen bei Hexenprozessen dienten. Und wenn man an solch einem Ort steht, schleicht das Grauen von den Zehen bis zum Scheitel. Kennst du das auch?«

Hagen Bredow schwieg.

»Und genau so fühlt es sich auch hier an. Seltsam – oder? Meine Mutter hat mir nie von dieser Lichtung erzählt. Klassenkameraden haben mich dann mal mitgenommen.«

»Die haben auch nichts über diesen Ort gewusst?«

»N-Nein«, stotterte Marc.

»Also ja. Und was genau?«

»Hexen waren das große Thema. Zu Walpurgis kommen verkleidete Frauen hierher und führen sonderbare Rituale durch – so hieß es –, sie entzündeten Feuer und sprängen durch die lodernden Flammen, was schon damals nicht erlaubt war. Wilde Tänze und fauler Zauber eben. Kinder sind von so etwas schnell beeindruckt.«

»Ein Hexenkult.«

»Na ja. Heute wissen wir, dass das alles nur Show ist. Die waren seit vielen Jahren nicht mehr hier. Wahrscheinlich springen sie jetzt im Homeoffice durchs Feuer und tanzen in virtuellen Räumen wild und ungehemmt.« Marc grinste schief. »Damals war es für uns toll!«

»Ramona hat jetzt herausgefunden, dass der Waldmann Martens Bruder Sibelius war. Kannte Marten diesen Platz?«

»Das kann ich nicht sagen. Er war ein bisschen jung

für diese Art Abenteuer. Aber die anderen haben behauptet, er sei oft hier gewesen. Schule war nicht sein Ding, da wurde er von vielen gemobbt. Er kam lieber hierher, saß dann stundenlang auf der Wiese. Was er gemacht hat, wusste niemand. Wir verbrachten die Vormittage ja brav im Unterricht. Meine Tante war Lehrerin an unserer Schule, keine Chance für mich abzutauchen. Außerdem gab es gar keinen Bruder. Das ist Quatsch, die Ähnlichkeit ist sicher zufällig. Niemand sieht sich auf seinen Kinderbildern wirklich ähnlich.«

»Der Bruder des Vaters von Martens Mutter – kannst du noch folgen? – hat ihn nach dem Phantombild erkannt.«

»Erstaunlich.«

Marc drehte sich langsam um die eigene Mitte. »Magisch!«

Sie schritten das Gelände ab.

Suchten nach Hinweisen darauf, dass erst kürzlich gegraben wurde.

Fanden nichts.

*

»Dieses neue Café ist ein gemütlicher Ort. Gehst du dort auch manchmal hin?«

»Aber nein! Du weißt doch, Hans-Ludwig duldet keine Geldverschwendung.« Anne sah direkt erschrocken aus. Die Vorstellung, für eine Tasse Kaffee zu bezahlen, schien ein Schaudern auszulösen.

»Aber Angela magst du schon?« Peter blieb eng am Thema.

»Ja, diese Frau muss man einfach mögen. Du weißt sicher, dass sie mir jeden Abend einen Picknickkorb mit Leckereien vorbeibringt? Obwohl ich nicht bezahlen konnte. Wenigstens habe ich jetzt ein bisschen Bargeld. Die Bank ... na ja.« Anne seufzte. »Ist alles kompliziert mit dem Erbschein und so.«

Peters Geduld wurde auf eine harte Probe gestellt. Er spürte, wie sich Ärger in ihm ausbreitete. Selbst die Füße wurden unruhig.

Unerwartet setzte Anne fort: »Ist eine liebe Frau. Aber zu neugierig. Ihr Hund auch. Der hat neulich einen ziemlich großen Knochen ausgebuddelt. Hans-Ludwig hat die beiden dabei beobachtet. Und als er sah, was Angela und Hund aus dem Wald trugen, hat er sich so aufgeregt, dass ich schon dachte, ich muss einen Arzt rufen. Herzinfarktgefahr. Er hatte die beiden ganz in der Nähe von diesem wilden Lager gesehen, über das Hans-Ludwig sich endlos wüten konnte.«

Peter verabschiedete sich freundlich. Versuchte, nicht den Anschein zu erwecken, er habe etwas Spannendes erfahren.

Auf der Fahrt zum Waldrand überlegte er, warum ein Knochen so viel Wirbel verursacht haben könnte.

»Gordon, du übernimmst am besten die Wache«, wies er wenig später über Handy den Kollegen an. »Ich habe so ein mulmiges Gefühl, als wäre heute Nacht unsere Präsenz im Ort besonders notwendig.«

»Oh, na ja, wenn es sein muss. Ich fahre in etwa einer halben Stunde hin. Bin gerade beim Einkaufen.«

»Beeil dich.«

Als Peter auf dem Parkplatz ausstieg, versammelte sich gerade ein weiteres Team der Spurensicherung. Über den Plan auf der Motorhaube gebeugt, erklärte der Einsatzleiter seinen Leuten die Aufteilung der Suchgebiete.

»Hallo, ich weiß inzwischen von einem Knochen, der für Aufregung gesorgt hat. Der Hund aus dem Café hatte den ausgegraben. Angeblich in der Nähe des illegalen Lagerplatzes«, informierte Peter die Kollegen.

»Einige von uns sind schon dorthin unterwegs. Vielleicht findet das Team Spuren des Ausgrabens.«

Ramonas Wagen hielt neben Peter.

»Na, Großeinsatz?«, erkundigte sie sich besorgt.

»Viele neue Informationen. Und ganz eindeutig ist Tempo in die Ermittlung gekommen.«

Jonas sprang aufgeregt aus dem Wagen. Schnupperte. Ramona hielt ihm eine Jacke Angelas vor die Nase, das Schnuppern wurde ekstatisch. Jonas winselte leise. Tatendurstig.

»Der soll sein Frauchen suchen – oder?«

Peter nickte. Unsicher, ob der Hund verstehen könnte, was man von ihm erwartete.

Bredow erreichte den Parkplatz wenig später. »Marc wird euch die Stelle zeigen und einen weiteren Ort, der sehr geheimnisvoll ist.«

Die Teams brachen auf.

In der rasch fortschreitenden Dämmerung bewegten sich die Lampen und Stirnleuchten wie lumineszente, große, hungrige Insekten.

Peter berichtete über die Beobachtung Hans-Ludwigs.

»Vielleicht hatte der Hund nur ein großes Tier ausgegraben«, mutmaßte er. »Jedenfalls weiß wohl der ganze Ort davon, weil der Angler so ein Gewese um die Sache gemacht hat. Er regte sich so sehr auf, dass seine Frau schon um seine Gesundheit fürchtete.«

»War kein Wild. Eher menschlich.« Bredow seufzte. »Irgendjemanden hat diese Sache aufgeschreckt.«

»Ich habe übrigens die Firma kontaktiert, bei der Jesper Gerlach angeblich seine Finanzen verwalten lässt. Denen hat er vor einem Jahr ganz plötzlich gekündigt. Das könnte bedeuten, dass seine Behauptung, alle Transaktionen würden in Echtzeit online bei einer Finanzfirma gespeichert, so vielleicht nicht stimmt. Und nun wurde das Büro verwüstet, alle Unterlagen, die Festplatte des Computers ... Alles ein Raub der Flammen. Im Ort wird darüber kräftig gemunkelt.« Peter zuckte mit den Schultern.

Ramona wurde von Jonas, der an langer Leine lief, entschlossen in den Wald gezogen.

»Such, Jonas. Weißt du, wo dein Frauchen ist?«

Der Hund schien gar nicht zuzuhören.

Die Nase dicht über dem Boden, liefen die beiden an

einem der Spurensicherungsteams vorbei, passierten den alten Lagerplatz und verschwanden im Wald.

Ramona versuchte sich zu erinnern, wie sie ihrem Handy die GPS-Daten entlocken konnte, damit sie die Kollegen über ihren Standort informieren konnte. Falls sie Angela fanden – oder sich zu zweit hoffnungslos verirrt hatten.

Das Spurensicherungsteam, ausgerüstet mit Spaten, Sonden, mobilen Scheinwerfern, machte sich an die Arbeit.

Dunkelheit würde sie nicht aufhalten.

Der Lagerplatz war in kürzester Zeit taghell ausgeleuchtet.

Bredow blieb nichts anderes übrig, als zu warten.

Er setzte sich auf einen Baumstamm und sah dem hektischen Treiben zu.

Rief dann auf dem Handydisplay das Foto von der Pinnwand in Angelas Küche auf.

Sie hatte Beziehungen ermittelt – warum? Was war daran so überraschend, dass drei Menschen aus dem Ort schon gemeinsam in die lokale Grundschule gegangen waren? Bestimmt hatten sie auch viel ihrer Freizeit miteinander verbracht. Zum Ärger der Eltern im Wald nach Abenteuern gesucht. Warum war Angela davon überzeugt, das sei wichtig? ABC – standen die Lettern für Vornamen? Albert, Baltus und Christof? Adalbert, Bertram und Clemens?

Er vertiefte sich in die Bemerkungen am Rand, Pfeile

und die Fakten, die unter »Abhängigkeiten« zusammengefasst waren. Aber es ließ sich beim besten Willen kein Motiv erkennen, das die drei Morde hätte nach sich ziehen können. Nicht einmal einen deutlichen Verweis auf den jungen Mann im Wald. Angela hatte nur eine Punktlinie gezogen, aber keine Erläuterung dazu vermerkt.

Seine Gedanken schweiften in eine neue Richtung.

Diese sonderbare Lichtung.

Eine alte Kultstätte – oder nur Ergebnis der Bedingungen für die »Waldernte«?

Und während er in Gedanken mit der Wirkung des Ortes beschäftigt war, drängte sich eine ganz andere Frage dazwischen.

»Was hat eigentlich die Untersuchung der Jacke ergeben, die aus der Spree geborgen wurde?«, erkundigte er sich bei einem der Kollegen. Ärgerte sich, dass er vergessen hatte, bei Ramona nachzufragen, bevor sie mit dem Hund in den Wald ging.

»Du meinst den Parka, den ihr aus dem Wasser gezogen habt? Mit den beiden Löchern? Das weiß ich nicht. Vielleicht wurde der auch noch gar nicht untersucht. Frag mal im zuständigen Labor nach.«

»Mach ich.«

Wenig später meldete sich eine fröhliche Fistelstimme.

»Bertil. Immer noch bei der Arbeit.«

»Das ist für mich sehr erfreulich! Hagen Bredow hier. Wir haben einen Parka vorgelegt. Mit zwei Löchern, die wie Einschusslöcher aussahen.«

»Ja. Gerade erst. Die Kollegin Bitter hat auch vorhin ...
Und nun glaubt ihr, wir können schon nach zwei Tagen
eine Auswertung vorlegen?« Er machte eine dramatische
Pause. Erlaubte dem Gesprächspartner, kurz über dieses
Ansinnen nachzudenken. Dann setzte er fort. »Können
wir! Es handelt sich tatsächlich um eine durch ein Projektil verursachte Beschädigung des Gewebes. Einschuss
hinten – Ausschuss an der Vorderseite. Und wir wissen,
dass der Schuss aus der Distanz abgegeben wurde, das
Gewebe um das Einschussloch weist keine Brandspuren,
Verschmelzungen des Gewebes oder ähnliche Dinge auf.
Zunächst wurde das Kleidungsstück an einem Ort aufbewahrt, der es unzureichend vor Insektenbefall schützte.
Der Befall wurde erfolgreich bekämpft, das Kleidungsstück in einen Leinensack gelegt. Fasern davon konnten
wir nachweisen. Vielleicht war über dem Leinenbeutel
noch ein Plastiksack, damit sich der Parka gut erhalten
würde. Aber das können wir nicht mit Sicherheit sagen. Auffällig ist der insgesamt gute Erhaltungszustand.
Diese Art Jacke ist lange aus der Mode.«

»Material vom eventuellen Träger der Jacke?«

»Wir suchen. Zaubern können auch wir nicht. Es ist
ein Parka in Kindergröße 158, extra lang. Gab eine Zeit,
da wurden solche Kleidungsstücke enorm oversized getragen. Was bedeutet, dass er auch einer größeren Person gepasst haben könnte.«

»Das Projektil hat ein Kind getroffen? Von hinten?
Tödlich?«

»Sieht so aus. Wobei wir zwar erkennen können,

dass das Projektil von Ein- bis Ausschuss deutlich abgebremst wurde, aber das Ausmaß der Verletzung ist nicht beurteilbar. Blutanhaftungen im Innenfutter, ziemlich zersetzt. Ob die Kollegen die noch auswerten können, weiß ich nicht. Aber ist gut möglich. Vielleicht Lungendurchschuss. Kaliber noch unklar, Waffentyp auch, wir sind dran. Die Jacke hätte aber auch von einem schmalen Erwachsenen getragen worden sein können. Meine Frau zum Beispiel hat auch ab und zu Kleidung aus der Kinderabteilung an.«

»Hm. Wann war diese Mode?«

»Achtziger bis neunziger Jahre – glaube ich.«

»Danke. Die Informationen sind sehr hilfreich.«

»Immer gerne!«, flötete Bertil zurück.

Hinter Bredows Stirn formierten sich albtraumhafte Bilder zu einer erschreckenden Filmsequenz.

Wusste Angela davon?

Warum konnte sie mir nicht genug vertrauen, um mich einzuweihen? Ich Idiot, dachte er, ich bin ihr mit meiner Besorgnis nur auf die Nerven gegangen! Statt Liebe hat sie nur Bevormundung gespürt.

Er wandte sich an Marc.

»Ein Kind? Hier? Das kann ich gar nicht glauben! Aber wenn Angela das gewusst hat ... ist die Gefahr für sie ...« Er brach ab. Das wusste Bredow schließlich selbst.

»Die Angaben sind eindeutig. Einschuss hinten. Wahrscheinlich trug ein Kind das Kleidungsstück – es bleibt die Möglichkeit, dass ein schmaler Erwachsener in der Jacke steckte.«

Marc schüttelte den Kopf. »Warum sollte jemand einem Kind in den Rücken schießen?«

*

Angela hörte nichts. Als gäbe es kein Außerhalb.

Wenn sie die Augen schloss, konnte sie das Gefühl nicht abschütteln, schon längst gestorben zu sein, den Moment des letzten Abschieds irgendwie verpasst zu haben. Ihre Mutter hatte schon immer behauptet, ihre Tochter habe ein Problem damit, Realitäten zu akzeptieren. Aber wie war es möglich, den eigenen Tod zu verdrängen? Würde sie erst akzeptieren, wenn die Verwesung einsetzte?

Sie schüttelte sich.

Stieß mit den Ellbogen schmerzhaft gegen die Außenwand der Kiste, riss die Augen weit auf.

Aha, tot bin ich wohl doch noch nicht. Schmerzen schließen das aus.

Hagen wird mich finden, bevor das Schicksal zuschlagen kann, ließ sie als tröstlichen Gedanken inzwischen zu.

Wehrte sich im selben Moment gegen das Wort Schicksal in diesem Gedankengang. Für diese Lage war ein Mörder verantwortlich, keine geheime Macht!

Sie tastete die Spalten ab.

Ganz dicht war dieser Sarg nicht.

Wieder stemmte sie die Hände gegen den Deckel, der sich nicht bewegte.

Schade, überlegte sie, dass ich die Beine nicht zum

Drücken einsetzen kann. In denen steckte viel mehr Kraft als in den Armen.

Ich muss mich auf den Bauch drehen.

Sich umzudrehen, war schon schwierig. Die Wunde meldete sich zurück, es blutete heftiger.

Vier Liter, überlegte sie, drei bis vier Liter sind mindestens im Körper – bleiben mir schon noch ein paar.

Arme und Beine unter den Körper zu ziehen – keine einfache Aufgabe. Als der Rücken sich gegen den Widerstand hob, war sie längst von der Vergeblichkeit der Bemühungen überzeugt. Tja, dachte sie übellaunig, warum habe ich nicht an eine solche Möglichkeit gedacht und wenigstens einen stabilen Schraubendreher im Hosenbein versteckt?

Den Schmerz in der Wirbelsäule ignorierend, presste sie weiter gegen den Widerstand an. Hatte überraschend den Eindruck, sie könne zwischen Deckel und Wand einen Spaltbreit nach draußen sehen, war sich aber nicht sicher, ob das stimmte oder sie Opfer ihrer Einbildung wurde.

Egal. Es spornte jedenfalls an.

Ein unangenehmer Geruch. Was war das?

Scheiße, dachte Angela, Benzin.

*

Gordon staunte.

Peter hatte recht behalten. Es gab heute tatsächlich Menschen mit Gesprächsbedarf.

Der Metzger saß ihm gegenüber.

Weniger imposant als sonst in seinem Laden. Klein-laut fast.

»Ich mache mir Sorgen. Mein Freund ist nicht zu erreichen. Bei unserem Treffen war er auch nicht. Können Sie rausfinden, ob ihm etwas passiert ist?«

»Seit wann haben Sie keinen Kontakt mehr zu ihm?«

»Seit gestern. Wir waren verabredet, er kam nicht. Verstehen Sie, das passiert nicht! Er ist hoch zuverlässig. Ich möchte auch nur sicher sein, dass er nicht in einen Unfall verwickelt wurde, irgendwo in einem Krankenhaus liegt. Ich würde mich dann kümmern.«

Die Formulierung ließ Gordon aufhorchen.

»Kümmern? Ihr Freund hat eine Familie? Die ihn aber nicht vermisst?«

»Äh, ja. Nein. Er hat keine Familie. Aber einen Hof. Jemand muss sich dann um die Hühner und das andere Getier kümmern. Ich bin hingefahren zum Hof. Keiner da. Hühner habe ich gefüttert, die Katzen auch, das mit dem Melken kriege ich nicht gut hin, darum würde ich mich kümmern, jemanden suchen, der das kann.«

»Ihr Freund hat den Vier-Seiten-Hof am Wald?«

»Genau. Und normalerweise organisiert er immer alles sorgfältig, wenn er mal weg ist. Aber diesmal ...«

»Gut. Wie heißt Ihr Freund genau, alle Vornamen und den Nachnamen brauche ich, sein Geburtsdatum. Mal sehen, was ich für Sie tun kann.«

Gordon tippte gewissenhaft alle Angaben zur Person in eine Maske auf dem Computer ein. Johannes Lembert, der Name kam ihm entfernt bekannt vor. Der Kontext wollte ihm aber partout nicht einfallen.

»Hören Sie, ich mache mir ernsthaft Sorgen! Wir haben so viele Todesfälle in Heidesaum, da kann man für niemanden nix ausschließen!«

»Man muss nicht das Schlimmste annehmen – ermordet zu werden ist nicht ansteckend.«

»Das sagen Sie so.«

»Sie sind sich sicher, dass Sie dort auf dem Hof Viehzeug gefüttert haben? Ich dachte, der Hof sei unbewohnt?«

»Ne, ist er nicht. Aber es gibt ein paar Nebengebäude. Zum Beispiel ein Leibgedinghaus. Da wohnt schon lange niemand mehr. Aber auf dem Hof ist er eben nicht.«

»Meine Kollegen sind gerade in diesem Gebiet unterwegs. Ich schicke jemanden bei Ihrem Freund vorbei. Sobald wir ihn gefunden haben, melde ich mich bei Ihnen oder bitte ihn, sich bei Ihnen zu melden.«

Malko stand umständlich auf. Fragte im Rausgehen: »Mord verjährt wirklich nicht? Oder ist das gar nicht wahr?«

»Doch, das ist wahr.« Nun war Gordon endgültig alarmiert. »Warum fragen Sie?«

»Na, weil ... ist nicht so wichtig.«

»Sie sehen das doch in den Nachrichten. Manchmal stehen Mörder erst Jahrzehnte nach der Tat für den Mord vor Gericht – und werden verurteilt.«

»Eben.«

»Herr Malko! Nehmen Sie noch einmal Platz. Ich

denke, unser Gespräch ist noch nicht beendet. Während ich nach dem Verbleib Ihres Freundes forsche, sortieren Sie Ihre Gedanken und erzählen mir dann am besten alles.«

*

Jonas verweilte nur kurz an der Stelle, die vom Team der Spurensicherung untersucht wurde.

Schnupperte eher uninteressiert am Rand der Grube. Zog dann wieder an der Leine, folgte einem Trampelpfad tiefer in den Wald. Zögerte einen Moment, als sie die Reste des Lagers erreichten, stöberte angespannt zwischen Fetzen der Zeltplane. Sah sich unruhig um, drängte zum Aufbruch.

»Hagen? Wir sind am Lager. Der Hund schnuppert. Ich glaube, sie war hier, hat sich aber nicht aufgehalten. Wir gehen weiter.«

»Ich bin inzwischen auf einer Lichtung, dem Trampelpfad nach rechts, weg von der Spree. Vielleicht will er auch dorthin.«

Der Hund schien das Gespräch belauscht zu haben. Er zerrte Ramona förmlich hinter sich her.

Im Dunkel des Waldes glich diese Tour eher einem Extrem-Hindernislauf um Mitternacht, bei Neumond und ausgefallener Stirnlampe. Ramona musste sich nach Stürzen über Baumwurzeln mehrfach aufrappeln, fluchte, als ihr Handgelenk mit lautem Knacken nachgab.

»Na, Jonas, ein bisschen langsamer wäre vielleicht schnell genug.«

Doch bei diesem Punkt lagen die Meinungen weit auseinander.

Sie erreichten Bredow, der mitten auf der Lichtung stand. Jonas freute sich eindeutig sehr über das erneute Zusammentreffen, zeigte aber entschlossen, dass man weitermüsse, er zumindest wolle sich nicht aufhalten lassen, man möge ihm mehr Leine geben. Die Zweibeiner behinderten ihn in seiner Bewegung. Er signalisierte Ungeduld.

»Was ist mit deinem Arm?«

»Hingefallen. In diesem Punkt war ich von jeher ungeschickt.«

»Du kehrst zum Team zurück. Man wird dir entweder direkt helfen oder einen Arzt zu Hilfe rufen. Geh langsam und unterstütze jederzeit das Gelenk. Du willst doch nicht, dass der Schaden größer wird. Hier, nimm meine Lampe. Dann siehst du wieder, wohin du trittst.«

»Und du?«

»Mach dir um mich keine Sorgen. Ich habe immer eine Zweitlampe in der Tasche.«

Jonas beobachtete genau, wie seine Leine von einer in die andere Hand wechselte.

Erfasste die Situation, bellte knapp und rau, stürmte los.

»Prima, Jonas! Das machst du toll«, lobte Bredow seinen neuen Verbündeten. »Such dein Frauchen. Wir sind vielleicht beide nötig, um deine Mitbewohnerin zu retten!«

Über einen der strahlenförmig angeordneten Wege führte der Hund ihn zu einem kleinen See, um den See herum, durch eine kleine Senke, über eine kürzlich frequentierte Suhle der Wildschweine, durch eine dichte Hecke, die stachelbewehrt alles Lebende fernhalten sollte, zu einer kleinen Gartenhausruine, deren verwilderte Parzelle noch die Spuren vergangener gärtnerischer Aktivitäten eines Menschen aufwies. Selbst Obst hing an Sträuchern und Bäumen, Bodendecker wucherten über ein Areal, das vielleicht einmal ein Beet war.

Der Hund winselte.

»Ja, ich rieche es auch. Benzin.«

Vorsichtig pirschten sich Mann und Hund näher an das verfallende Gebäude heran.

Duckten sich hinter einen Busch.

Der Gestank war unerträglich. Jonas wischte sich ständig mit der Pfote über seine empfindliche Nase.

Geräuschlos löste Bredow das Halsband vom Karabiner der Leine.

Signalisierte dem aufmerksamen Tier, was er von ihm erwartete – hatte allerdings nur wenig Hoffnung, verstanden zu werden.

Jonas legte die Vorderpfoten lang auf den Boden, fixierte den dunklen Schatten vor dunklem Haus.

Bredow machte sich auch zum Sprung bereit.

Als der Schatten ein Feuerzeug aufflammen ließ, rannten Tier und Mensch gleichzeitig los.

*

Angela hörte das Blaken, als die Benzinlache Feuer fing.

Entschlossen kämpfte sie weiter, wissend, dass sie es gar nicht aus diesem Gefängnis rausschaffen konnte. Sie schrie. Spürte die Hitze langsam näherkommen.

Es war aussichtslos. Sie würde bei lebendigem Leib verbrennen.

Wie diese armen Frauen, die der Hexenverbrennung früherer Jahrhunderte zum Opfer fielen.

Irgendjemand hatte diese Tötungsmethode auch für sie vorgesehen.

Sie begann zu husten.

Jonas hatte den Flüchtenden gestellt. Drohend, mit gesträubtem Nackenfell stand er vor ihm, entschlossen, ihm keine Chance zur Flucht zu geben.

Doch der Mann leistete keine Gegenwehr, setzte sich auf den Boden.

Jonas verfolgte jede noch so kleine Bewegung aufmerksam.

Knurrte vorsichtshalber in unregelmäßigen Abständen, damit der Mensch nicht glauben solle, er habe ihn aus dem Blick verloren oder lasse sich von der Regungslosigkeit täuschen.

Bredow rannte zeitgleich in die Ruine hinein.

»Angela! Angela!«

Er leuchtete mit der Taschenlampe in den einzigen Raum.

Sah die Kiste. Wusste sofort, was das zu bedeuten

hatte, riss sein Multitool aus der Tasche und begann mit dem Lösen der Schrauben.

Er konnte Angela schon husten hören! »Noch drei Schrauben! Gleich ist es geschafft!«, rief er, hoffte, Angela könne ihn hören. »Gib nicht auf! Noch eine!«

Das Feuer raste brüllend auf den Eingang zu, sie würden einen anderen Weg nach draußen finden müssen.

Das Dach der Kiste rutschte zur Seite.

Hagen hob seine keuchende Frau heraus, rannte los. Zum Glück konnte sie noch die Arme um seinen Hals schlingen. An der hinteren Wand schien es eine Öffnung zu geben. Vielleicht ein Fenster? Er hielt darauf zu. Als er Angela in den Garten hinuntergleiten ließ, explodierte hinter ihm ein vorbereiteter Kessel. Mit einem beherzten Sprung rettete er sich ebenfalls ins Freie.

Erst als Angela anhaltend schrie, wurde ihm bewusst, dass seine Jacke Feuer gefangen hatte. Er wälzte sich auf dem Boden, während er gleichzeitig versuchte, aus den Ärmeln herauszuschlüpfen. Der Schmerz, den er zunächst nicht wahrgenommen hatte, flutete gnadenlos an, breitete sich nun mit Vehemenz über den gesamten Rücken aus.

Angela zerrte an den Bündchen, riss dann die Jacke hoch, sodass ihr Mann zur Seite rollte, dann befreite sie den zweiten Arm, drückte ihre Jacke in die Flammen, die sich zögernd ergaben.

Bredow stöhnte leise.

Marc kam angerannt, erfasste die Lage, informierte einen Rettungswagen, brachte die beiden aus der unmittelbaren Gefahrenzone.

Bredow stützte sich schwer auf Marcs Arm, Angela umfasste der junge Beamte um die Taille, schob beide weiter und weiter weg vom Haus und den Flammen, die in den Garten züngelten, das marode Dach stürzte krachend ein, schleuderte Funken meterweit.

»Mensch, Angela! Alles in Ordnung mit dir?«

»Nein. Aber Hagen hat es schlimmer erwischt. Wo ist das Schwein, dem wir das hier zu verdanken haben?«

Sie entdeckte in einiger Entfernung Jonas, der sehnsüchtig zu ihr herübersah, hin- und hergerissen zwischen Bewachen seiner Beute und Sehnsucht nach ihr. Marc schaffte neue Verhältnisse. Half dem Mann auf, sicherte ihn mit Handschellen. »Lauf zu Frauchen!« brauchte er nicht mehr zu sagen.

Selig schmiegte der Hund seine Schnauze in Angelas Hand, ließ sich von ihren eifrigen Fingern intensiv streicheln, von ihrer tränenerstickten Stimme immer wieder loben.

Sie warf einen Blick zu ihrem Mann, der erschöpft auf einem Stein saß, das Gesicht schmerzverzerrt.

»Weißt du, Bredow«, begann sie dann zögernd, »du hast mir das Leben gerettet. Und ganz ehrlich, als ich eigentlich schon aufgeben wollte, habe ich gedacht, Hagen wird mich retten, und daraus Kraft gezogen.«

Sirengeheul kündigte die Ankunft der Löschfahrzeuge an. Gleich mehrere Löschzüge. Feuerwehrmänner sprangen aus den Wagen heraus und begannen sofort damit, Schläuche zu entrollen.

»Hat geklappt, er war rechtzeitig zur Stelle«, meinte

Marc. »Er hatte auch die Idee mit deinem Hund. Keiner wollte ihm so recht glauben, dass Jonas dich findet. Aber der hat seine Sache gut gemacht.«

»Ja. Er kennt dieses Haus. Wir waren schon mal hier.«

Marc gab dem Festgenommenen einen Stoß. »Stell dich hin. Auch dich holt hier gleich jemand ab.«

Er sah den Mann nachdenklich an. »Ach, der Herr Lembert. Schulleiter. Oh, und Chemielehrer am Gymnasium im Nachbarort.«

»Warum?«, fragte Bredow gepresst.

»Warum was?«

»Die Toten, der Brand – warum? Sie haben billigend in Kauf genommen, dass meine Frau und ich in diesem Feuer umkommen.«

»Ich sage nichts dazu.«

»Das müssen Sie auch nicht. Wir werden Brandbeschleuniger an Ihren Händen, Ihrer Kleidung und vielleicht gar in Ihren Haaren sichern können. Ihre Schuheindrücke finden wir auf dem Weg durch den Wald, dem Weg zum Haus und auf dem, den Sie zur Flucht nutzten. Vielleicht finden wir Ihr Feuerzeug. Keine Bange, wir weisen Ihnen alles nach.«

»Ich weiß schließlich, wer mich verschleppt und hier eingesperrt hat. Dachten Sie ernsthaft, ich würde jetzt schweigen?«

»Sie alle haben keine Ahnung!«, behauptete der Schulleiter. »Sie kennen die Zusammenhänge nicht. Wissen nicht um die Tatsache, dass es Notwendigkeiten gibt, denen man sich stellen muss.«

Bredows Zorn überlagerte den Schmerz.

Er baute sich vor dem Fremden auf. Brüllte, wie Angela es bei ihm noch nie gehört hatte: »Sie glauben, es gäbe eine Notwendigkeit, die Cafébesitzerin des Ortes zu ermorden? Das glauben Sie wirklich? Eine Frau, die leidenschaftlich gern Kekse backt, leckere Gerichte kocht, mit Menschen spricht und sich in Ihrem Ort sozial engagiert? Meine Frau! Ich wäre nur ein Kollateralschaden gewesen. Wenn Sie glauben, wir wüssten nicht über die Hintergründe Bescheid, sind Sie im Irrtum!«

Der Lehrer schien erleichtert zu sein, als Beamte nach seinen auf dem Rücken fixierten Armen griffen und ihn in ein Polizeiauto setzten.

Ein Sanitäter der Feuerwehr warf einen Blick auf die beiden Brandopfer. »Mit ein bisschen Salbe ist da nichts zu machen. Sie müssen beide ins Krankenhaus und die Verletzungen einem Fachmann zeigen. Ist mein Ernst. Diese Art Wunden infiziert sich leicht. Das kann sogar tödlich ausgehen. Kein Scherz.«

*

Gordon wurde von Marc per Handy über die Geschehnisse informiert.

»Echt jetzt?«, hörte der Gast mit. »Ein Feuer und beide mittendrin?«

»Aber den Brandstifter konntet ihr dingfest machen? Wow, großartig.«

»Ne, ich bin nicht alleine hier. Vermisstenanzeige. Ja, das habe ich schon veranlasst. Bisher kein Treffer.«

Der Mann vor dem Schreibtisch wurde zunehmend nervös.

»Ihr bringt ihn her? Na, da wird er nicht lang bleiben. Drei Morde, ein Mordversuch und bei Bredow? Ist auch Mordversuch. Okay, dann formuliere ich das so für ihn, wenn er herkommt. Ey! Halt! Bleiben Sie stehen!«

Klappern im Gerät.

Der Anrufer schloss daraus, dass der Typ mit der Vermisstenanzeige abgehauen war.

Gordon war früher ein Ass im Langstreckenlauf. Dem entkam keiner, war Marc überzeugt.

Er sah dem Rettungswagen nach, der die Brandopfer ins Klinikum bringen würde.

Fand sich plötzlich mitten im Feuerwehrtrubel ziemlich allein.

Kehrte mit Jonas zu Peter und den anderen zurück.

»Angela wurde befreit. Hagen und sie sind allerdings verletzt, werden behandelt. Den Hund bringe ich zu Nele Nachtmann. Angela will ihn später bei ihr abholen. Wir haben nun einen Lehrer und Schulleiter, der bereit ist, eine Frau in einer Kiste in den Feuertod zu schicken. Vielleicht hat der Lembert auch das Feuer bei Gerlach gelegt. Der Tote im Spind geht dann auch auf sein Konto. Ich meine, sonderbar war der schon immer – aber so sonderbar – hätte ich nun nicht gedacht. Psycho.«

»Wenn der Lembert an dem Mord im Keller und dem versuchten Mord an Angela schuldig ist, wer hat dann die anderen umgebracht?« Peter schüttelte den Kopf. »Wir haben bisher nur ein Bruchstück der Lösung.«

»Bredow weiß, glaube ich, alles. Er saß heute am späten Nachmittag auf einem Baumstamm und da muss ihm aufgegangen sein, wie alles zusammenhängt. Ich mag ihn nicht unbedingt – aber ein guter ›Bulle‹ ist er allemal. Der denkt auch schon mal um die Ecke. Bin gespannt.«

»Worauf?«

»Na, das weiß außer ihm noch keiner. Aber er war lange auf der Lichtung dort hinten, dem Hexentanzplatz. Und da muss ihm ein Licht aufgegangen sein. Er ist den einen Weg langgegangen, kam zurück und ging den nächsten entlang. Jedes Mal kam er mit grimmigerem Gesicht zurück. Gesagt hat er nichts. Vielleicht dachte er, seine Frau säße an einem der Pfade – und dann war er enttäuscht, sie nicht gefunden zu haben.«

»Das kann natürlich sein.« Peter kümmerte sich wieder um die Dokumentation der Fundstücke, die beim Graben entdeckt worden waren. Marc sah ihm über die Schulter. »Woa! So viele Patronenhülsen? Nur hier? Oder haben die anderen auch so viele gefunden? Zielschießen?«

*

Gordon holte den Mann entspannt und locker laufend schon nach wenigen Häuserblocks ein.

Keuchend lehnte der Flüchtige an einer Straßenlaterne.

Der junge Beamte blieb stehen, wartete, bis der andere zu Atem gekommen war und fragte dann freundlich: »Kann ich Ihnen vielleicht behilflich sein?«

»Wobei?«, schnaufte der andere.

»Bei Ihrer Wortfindungsstörung. Die kann ich nämlich behandeln. Geht relativ schnell, ist nicht ganz schmerzfrei, aber entlastet.«

»Scherzkeks, ja?«

»Nein, weniger. Wenn Sie es gern poetisch mögen: Wahrheitsschürfer würde mir sehr gefallen.«

»Haha!«

»Nun, Sie haben mich überstürzt verlassen – sozusagen mitten in der Schürfung. Das habe ich nicht gern. Wortfindungsstörungen beheben sich nicht von allein. Und je länger man sich ihnen nicht stellt, desto schrecklicher sind ihre Folgen.« Der Ton des Beamten blieb freundlich.

Malko kam es vor, als spräche der andere mit ihm wie mit einem Kind, das etwas angestellt hatte und nun nicht den Mut fand, seine Schuld einzugestehen. Er würde ja. Blöd nur, dass es hier nicht um einen Fußball ging, der durch die Scheibe in ein fremdes Wohnzimmer geflogen war.

»Wir haben eine Verhaftung vorgenommen. Der von Ihnen vermisste Herr Lembert wurde auf frischer Tat bei einem Mordversuch erwischt. Und ich bin fest davon überzeugt, dass Sie mir gern mehr über Motiv und Planung dieses Anschlags erzählen wollten, Ihnen aber nur die richtigen Worte gefehlt haben. Wenn die jetzt gefunden werden können, kann das für Sie nur von Vorteil sein. Sie haben sicher schon gehört, dass sich reges Geplauder positiv auf die Bemessung des Strafmaßes auswirken kann.«

»Meine Güte, Junge. Was für ein Gesülze!«

»Dann kommen Sie jetzt freiwillig mit – oder muss ich Sie noch um ein paar Blocks mehr jagen?«

*

Else ging, wie beinahe jeden Abend, »eine Runde«.

Im Schutze der Dunkelheit fand sie es besonders inspirierend.

Als sie an der Gurkenfabrik vorbeikam, sah sie Licht im Bürotrakt. Eine Silhouette huschte am Fenster vorbei und ließ das Rollo hinunter. Nicht schnell genug. Else konnte man nicht täuschen.

»Nanu, der Chef persönlich. Um diese Zeit ist er eigentlich immer schon drüben in der Villa. Na ja. War eine turbulente Woche – auch für ihn. Da ist vielleicht eine Menge Arbeit liegen geblieben.«

Sie ging weiter, ihre Gedanken hatten sich inzwischen an das Licht im Büro gewöhnt, empfanden es nicht per se als rätselhaft und schickten weitere Überlegungen nach. »Aber das Büro ist zerstört. Die Sekretärin hat gesagt, was das Feuer nicht vernichtet hat, wurde durch das Löschwasser kaputtgebraust. Selbst der Bodenbelag muss ausgetauscht werden. Und nicht nur in den beiden Büros, das Wasser hat sich weit über die Etage verteilt. Ist sogar durch die Decke ins darunterliegende Stockwerk eingedrungen. Was macht er also in einem Büro, in dem nichts mehr zu finden ist und die Technik nicht mehr funktioniert?«

Als sie Gordon und seinem Begleiter begegnete, war sie verblüfft. Dachte dann an ein privates Fest des jungen Mannes, erschloss sich, dass Metzger Malko das Fleisch liefern sollte. Doch zu diesem Ansatz passte die Stimmung der beiden nicht. Malko sah eher so aus, als habe man ihn beim unbefugten Naschen aus der Weihnachtskeksdose erwischt. Sonst redete er immer laut mit den anderen, pries dabei die Vorzüge des Fleischkonsums. Aber heute? Nachdenklich ging Else weiter. Gebeugt und schuldbewusst war er neben Gordon hergeschlichen. War verschwitzt. Vielleicht war ihm ein Schwein vor der Schlachtung abhandengekommen? Else kicherte schadenfroh.

In der »Gurke« brannte noch Licht.

Marc und Jonas standen vor dem Tresen, es wurde gestikuliert und gelacht. Dr. Nachtmann wischte sich sogar ein paar Tränen aus dem Gesicht.

Sie wartete ein paar Minuten – und richtig, Marc hatte den Hund nur abgegeben und machte sich auf den Weg zu seinem Motorrad.

»Hallo Marc, heute ist aber ein langer Tag für dich!«, sprach sie ihn an.

»Ja, bei der Polizei kann das schon mal vorkommen. Ist nicht immer Arbeitsende, wenn Schichtende ist.«

»Gordon habe ich auch schon gesehen.«

»Peter ist ebenfalls noch im Einsatz. Wir wollen doch keine weiteren Morde hier!«

»Und der Mann von Angela?«

»Den beiden geht es auch gut, Else. Läuft.« Damit schwang er sich auf den Sattel, startete das lärmende Fahrzeug und verschwand.

»Mist!«, fluchte Else vor sich hin. »Wenn alles läuft, wozu brauchtet ihr dann heute alle Löschzüge der Feuerwehr? Sogar die aus dem Umland? Ich bin doch nicht blöd!«

54

Bredow bestellte sein Team ein.

Sein Rücken hatte einen Spezialverband bekommen und er selbst eine Menge Auflagen, was Bewegung, Kontakt mit Wasser und Sport anging.

Neben ihm hatte Ramona Platz genommen, mit Gipsarm.

»Wir sehen aus wie ein Team von Invaliden«, scherzte Bredow. »Offensichtlich ein sehr durchschlagender Fall. Angela hat auch was abbekommen, aber ist, wie ich, entlassen worden. Ihr Hund sollte nicht länger als notwendig auf Frauchen verzichten müssen. Das Tier ist sehr anhänglich und heute der Star des Tages. Der muntere Kerl hat mich zum Gefängnis meiner Frau geführt und so war eine Rettung in letzter Minute möglich. Auch den flüchtigen Täter hat der Hund gestellt und ihn dann an Marc übergeben. Soweit die Informationen für euch zu diesem Teil des Einsatzes. Ramona hat andere Neuigkeiten.«

»Der junge Camper ist identifiziert. Sibelius Rumland. Er ist der Bruder von Marten Rumland, der wahrscheinlich gar nicht wusste, dass er einen jüngeren Bruder hat. Während der erste Sohn bei der Großmutter aufwuchs, durfte der andere die Eltern begleiten. Es gibt Fotos von Sibelius aus Kindertagen – Frau Rumland, die Großmutter, meint, er habe große Ähnlichkeit mit Marten gehabt.

Wir wissen, dass Marten vermisst wurde und nie mehr auftauchte. Möglicherweise musste Sibelius sterben, weil er herausgefunden hat, was mit Marten passiert ist. Ein Drohbrief, der an einen Baum im Lager des Sibelius angetackert war – wir haben sogar den Baum mit den Krampen gefunden! – lässt vermuten, dass manche im Ort dadurch aufgeschreckt wurden. In diesem Brief wird ein Treffen gefordert, er sollte sich um vier Uhr am Fluss einfinden, getarnt als Angler. Offensichtlich schickte der Absender aber einen gedungenen Mörder.«

»Wie, der hat einen Killer angeheuert?« Der Teamleiter der Spurensicherung staunte. »Also ist einer im Spiel, der viel Geld hat.«

»Tja, Das ist so. Aber klar wird auch, dass ihm die Sache so bedrohlich vorkam, dass er den Kerl, der überall im Ort nach Marten fragte, unbedingt zum Schweigen bringen wollte«, übernahm Bredow den Berichtsfaden. »Es war also in diesem Thema ›Marten‹ etwas, das dem Auftraggeber noch immer gefährlich werden konnte. Wir ermittelten – und Angela ebenfalls. Nach ihrem Verschwinden fand ich in ihrem Haus eine Schachtel mit Knochen und eine Pinnwand, an der sie ihre Erkenntnisse notiert hatte. Und dabei stieß ich auf A, B, und C. Eine Gruppe aus drei Personen, ein elitärer Club, wenn man so will. Sie gründeten sich in den Jahren ihrer Grundschulzeit und blieben bis heute als Bündnis bestehen. Seit heute wissen wir, wer A, B und C sind. Jesper Gerlach, der Metzger Bernd Malko und der Lehrer Johannes Lembert. Der Kitt der Verbindung ist ein Geheimnis, das alle drei zum Schweigen verpflichtet. Wir werden herausfinden, was es ist. Als Lembert Angela und mich töten wollte, konnte er überwältigt werden. Er ist vorläufig festgenommen. Malko saß zu diesem Zeitpunkt bei Gordon vor dem Schreibtisch.«

»Ja, er war bei mir. Er wollte eigentlich wissen, wo Johannes Lembert ist. Der war nicht zum vereinbarten Treffen gekommen. Nun war er in Sorge, der Freund könnte Opfer des Mörders geworden sein, der in Heidesaum sein Unwesen trieb. Er bekam meine Seite des Gesprächs mit und startete erfolglos einen Fluchtversuch. Nun haben wir zwei von drei.« Gordon war hörbar zufrieden mit seinem Einsatz.

»In der Pappkiste im Haus von Angela waren Knochen. Sie hat auch mit Jonas zwei Schädel gefunden. Keine Babyschädel, aber eben kleine. Ich habe der Rechtsmedizin das Material überlassen. Wir werden erfahren, wie alt die Verstorbenen ungefähr waren.« Ramona sah in die Runde. »Sie sind dran.«

»Die Jacke mit den Durchschüssen ist bearbeitet. Kindergröße 158/164. Auf Zuwachs gekauft. Aber als die Mode stark überschnittene Kleidung vorschlug. Nach Bertil aus dem Labor muss nicht notwendigerweise ein Kind diese Jacke getragen haben. Aber eindeutig sind die Löcher einem Durchschuss zuzuordnen. Bertil ist sicher, dass zu diesem Zeitpunkt ein Körper in dem Parka steckte. Wie das zu dem Fall passt, ist noch unklar. Das müssen uns die Herren erzählen. A, also Gerlach, fehlt. Die beiden anderen schweigen über den Namen.« Beim

Versuch, sich zu bewegen, zuckte Bredow zusammen. Wusste, das würde eine harte Nacht werden. »Also, nun sind alle auf dem neusten Stand. Verteilen wir die Aufgaben.«

55

Anne und Else saßen in Annes Küche.

»Weißt du, ich glaube, jetzt wird endlich diese Zentnerlast von uns genommen. Da musste erst eine Ex-Polizistin das Café übernehmen! Eigentlich peinlich, dass wir alles so lang akzeptiert haben!« Else bedachte Anne mit einem intensiven, fast versöhnlichen Blick.

Anne zuckte dennoch bei diesen deutlichen Worten zusammen. »Ja. Der Hans-Ludwig war speziell. Aber ermordet hat er keinen!«

»Er hat alles gewusst. Und darüber geschwiegen.«

»Nun, wie hätte er allein etwas unternehmen sollen? Er wusste nur zufällig von diesem ABC-Club.«

»Anne, es wird Zeit, dass du den Realitäten ins Auge schaust! Du weißt doch von dem Gold und Bargeld im Schließfach, den Bankkonten! Woher glaubst du, kommt das viele Geld? Ein Pförtner bei Gerlachs verdient keine Reichtümer. Woher also?«

»Mir hat er gesagt, er habe geerbt, als seine Mutter verstarb. Er hatte keine Geschwister und deshalb war er Alleinerbe. Er sei selbst über den Betrag erstaunt gewesen, den er dann im Haus und auf der Bank vorfand. Sein Vater hatte Land. Als es Bauland wurde ... aber das weißt du doch!«

»Anne!«

Frau Bergmann senkte den Kopf. Schwieg minutenlang.

Else wartete geduldig, wie zuvor schon im Garten.

Jetzt musste die Wahrheit auf den Tisch. Sonst bliebe Heidesaum für immer ein schlechter Ort.

»Malko sitzt bei der Polizei. Wenn er einer aus dem Club ist, dann wird er wohl schweigen. Verräter haben ein kurzes Leben.« Else wiegte weise den Kopf hin und her.

»Was war das vorhin für ein Sirenenlärm?«, wechselte Anne das Thema.

»Feuer im Wald.«

»Ach. Muss ein großer Brand gewesen sein. Ich meine etwa fünf Löschwagen gehört zu haben. Also waren auch Wehren aus der Nachbarschaft im Einsatz.«

»Soweit ich weiß, hat es hinten am Hexenhaus gebrannt. Vielleicht mal wieder zündelnde Jugendliche auf der Suche nach dem ultimativen Kick.«

»Am Hexenhaus?« Anne wurde noch blasser, als sie ohnehin schon war. »Wer geht dort schon freiwillig hin?«

»Anne, all diese Geschichten sind erfunden. So ähnlich wie Märchen. Das, was dort wirklich passiert ist, ist schließlich viel unfassbarer als das Gerede über Zauberei und Verfluchungen!«

»Nein.« Anne schüttelte den Kopf. »Jeder weiß, was passieren kann, wenn man sich dort herumtreibt. Man stirbt!«

56

Ramona Bitter übernahm das Verhör von Johannes Lembert.

Als sie den kleinen, spartanisch möblierten Raum betrat, schlug ihr der Geruch nach Benzin und Rauch entgegen. Und das, obwohl man die Kleidung des Mannes zur Untersuchung ins Labor gebracht hatte und er nun eine Art Polizeisportanzug trug.

»Guten Abend, Herr Lembert. Mein Name ist Ramona Bitter. Ich möchte mich gern mit Ihnen über die Brandstiftung heute im Wald unterhalten.« Sie schaltete das kleine Mikrofon ein. »Unser Gespräch wird aufgezeichnet.«

Der Schulleiter verschränkte die Arme demonstrativ vor der Brust. Schwieg. »Erst mal die Personalien. Ihr Name ist Johannes Lembert, geboren am 3.4.1971 in Heidesaum. Seit fünf Jahren sind Sie Leiter der Schule im Ort, unterrichten in den Klassen eins bis sechs die Fächer Mathematik und bei den älteren Schülern Chemie.«

Lembert nickte nur leicht.

»Fürs Protokoll: Der Beschuldigte nickt. Er wurde bereits bei der Festnahme über seine Rechte belehrt, weiß um den Tatvorwurf, der gegen ihn erhoben wird.«

Der Mann verzog keine Miene.

»Warum haben Sie sich heute beim ›Hexenhaus‹ aufgehalten?«

Keine Antwort. Lembert warf gelangweilt einen Blick auf die Fingernägel seiner rechten Hand, strich mit der Fingerbeere des Daumens über den Nagel des Mittelfingers. Tat, als sei dies das Wichtigste, das er nun zu erledigen habe.

»Es hat dort gebrannt. Sie wurden dabei beobachtet, wie Sie den ausgeschütteten Brandbeschleuniger in Brand setzten.«

Keine Reaktion.

»Zu diesem Zeitpunkt wussten Sie bereits, dass sich im Gebäude Menschen befanden. Sie sahen einem Kollegen von mir direkt in die Augen, als Sie den Brand auslösten.«

Ramona spürte, wie Zorn in ihr aufstieg.

Es war klar, dass Lembert auf etwas wartete. Wahrscheinlich auf den besten Anwalt, der bereit war, diesen Fall zu übernehmen. Er ging davon aus, dass sich »dort draußen« jemand darum kümmerte.

»Fürs Protokoll: Der Tatverdächtige schweigt. Ich beende das Verhör. Gebe Herrn Lembert Zeit, über sein Verhalten hier nachzudenken. Schließlich wird zeitgleich ein Zeuge im Nebenraum zum gleichen Sachverhalt aussagen.«

Zufrieden bemerkte sie, dass die Augenbraue über dem rechten Auge Lemberts heftig zu zucken begann.

Bredow und Peter saßen Bernd Malko gegenüber.

»Sie hatten Angst um Ihren Freund Johannes?« Nach der Feststellung der Personalien und der Belehrung startete der Hauptkommissar ansatzlos die Befragung.

»Ja. Er ist immer überpünktlich. Wenn er nicht kommen kann, meldet er sich bei mir ab. Und nach all den Morden im Ort wird man schon schnell nachdenklich, wenn jemand unerwartet nicht beim Treffen auftaucht.«

»Können Sie uns erzählen, was Sie als Motiv für diese Morde ansehen? Es müsste dann auch für Ihren Freund Johannes eine Bedeutung gehabt haben.«

Malko wand sich wie eine fette Made. Beschloss, die Antwort so nebulös wie möglich zu halten. Ging keinen was an, was er wirklich dachte! »Nein. Mir kam es eher so vor, als könne es jeden x-beliebigen aus dem Ort treffen. Ein Psycho eben. Hört man immer wieder.«

»Das ist, was Sie erwartet haben? Ihr Freund wurde Opfer eines Gewaltverbrechens? Mit wem waren Sie verabredet? Nur mit Johannes Lembert?«

Malko kaute auf der Unterlippe.

Schien nicht zu bemerken, dass die entstandene Wunde schon zu bluten begann.

Bredow öffnete eine Fotodatei. Drehte das Handy so, dass Malko problemlos erkennen konnte, was zu sehen war.

»Und? Jesper Gerlach ist ein alter Schulfreund.«

»Sie drei Freunde gingen in eine Klasse?«

»Ja. Es ist nicht verboten, Freundschaften in der Klasse zu schließen!«

»Ihr Schulfreund Johannes sitzt gerade bei meiner Kollegin. Er wurde noch am Brandort festgenommen. Er plaudert sicher in diesem Augenblick munter mit ihr über alle Aktivitäten. Ihr Freund Jesper wird auch bald in einem unserer Gesprächsräume Platz nehmen.«

Malko riss erschrocken die Augen auf. »Was?«

»Johannes Lembert wird versuchen, Ihnen alles in die Schuhe zu schieben.«

»Ne!«

»Er wird versuchen, Sie hinzuhängen und sich selbst zu entlasten. Wir wissen nämlich schon, dass der Drohbrief an den Camper mit dem Printer in der Schule ausgedruckt wurde.«

»Drohbrief?«, ächzte Malko heiser. »Ist ein viel zu großes Wort dafür. Der sollte doch den Kerl bloß erschrecken.«

»Sie stecken ziemlich tief in der Scheiße«, warf Peter ein. »Bis zum Hals.«

»Die Verbindung zu Jesper?«, hakte Bredow nach. »Wir wissen im Übrigen auch von den Gräbern.«

Malko legte die Arme auf den Tisch, bettete seinen Kopf darauf und begann zu schluchzen.

Bredow traf auf dem Gang überraschend Ramona.

»Na?«, erkundigte er sich.

»Schweigt.«

»Und dein Arm?«

»Tut weh. Deine Verletzung sicher auch.«

Bredow nickte. »Geht schon. Zurück zu unseren Gesprächspartnern. Erzähl ihm, dass sein Freund bei uns drüben schluchzend beichtet. Haben wir Gerlach?«

»Nein. Er ist abgetaucht, meint Gordon, der ihn zum Gespräch abholen wollte. Überall Polizei, Polizeisperren an den Autobahnauffahrten. Er fährt einen Lamborghini. Sonnengelb. Auffälliger Wagen.«

»In dem Fall hat er vielleicht die Luxuskarosse irgendwo abgestellt und ein Taxi genommen.«

»Das haben die Kollegen auch vermutet. Er kommt nicht weit.«

»Angelas Schusswunde ist behandelt worden – sie hat sofort das Projektil eingefordert und zur Analyse gegeben. Mal sehen. In der Notaufnahme war man sehr verblüfft. Einmal Polizistin ...« Er zuckte mit den Schultern.

»Bei Lembert haben die Kollegen keine Schusswaffe gefunden. Meinst du, die sind arbeitsteilig vorgegangen? Einer schießt, der andere übernimmt das Opfer, steckt es in die Kiste und legt das Feuer?«

»Möglich. Dann sollte Gerlach vielleicht die Flucht organisieren, sie wussten ganz bestimmt, dass wir ihnen dicht auf den Fersen waren. Erzähl dem Schulleiter von den Knochen. Behaupte, wir wüssten, wo sie beerdigt waren – und auch, wo die anderen sind.«

»Die anderen? Mehr als zwei?«

»Ist einen Versuch wert.«

Ein Kollege kam über den Gang. »Bei Gerlach brennt es im Bürogebäude. Die Wehr ist schon vor Ort. Er selbst ist weg.«

Bernd Malko hatte sich wieder gefangen.

Als Bredow zurückkam, saß er aufrecht am Tisch, hatte die Tränen abgewischt.

»Herr Malko, wir vernehmen Sie jetzt als Verdächtigen, wir beschuldigen Sie ...« Es folgte eine zweite Belehrung.

»Hm.«

»Im Moment fahnden wir nach Jesper Gerlach. Er war der Kopf Ihrer Dreiergruppe.«

»Ja. Wenn man das so sehen will.«

»Wie kann man es sonst sehen?« Peter bohrte nach.

»Hm. Ein Dreierclub braucht keinen ›Kopf‹. Wir entscheiden gemeinsam.«

»Wir wissen, wo die anderen Gräber sind. Unsere Spezialisten legen eines nach dem anderen frei.«

»So viele sind es nicht!«, empörte sich der Metzger prompt, schlug dann erschrocken die Hand vor den Mund.

»Nein? Wie viele werden wir finden?«, hakte Peter nach.

»Weiß nicht.« Die Miene des Verdächtigen verschloss sich. »Ich sag nichts mehr. Fragt doch die anderen.«

Ramona kehrte zu ihrem schweigsamen Tatverdächtigen zurück.

»Ein exklusives Dreierbündnis. Drei Schüler, die gemeinsam aufwuchsen und durch all die Jahrzehnte ihre feste Verbindung aufrechthielten. Wie bei den drei Musketieren. Die waren allerdings in Wahrheit vier.«

Der Schulleiter lächelte versonnen, als schaue er in die Abendsonne.

»Jesper Gerlach war der Anführer, Malko und Sie ordneten sich ihm unter.«

Sie öffnete nun ebenfalls die Fotodatei mit den Verbindungspfeilen.

Er sah nicht hin.

»Im Moment ist Ihr Freund Gerlach auf der Flucht. Wir wissen von den Kindergräbern, vom Drohbrief an den Camper, der leider erschlagen wurde ... Ihr Freund wird sich weder um einen Anwalt für Sie kümmern noch eine Kaution hinterlegen oder einen Zeugen bestechen, der Ihre Haut rettet. Er ist auf und davon. Als ich draußen war, habe ich erfahren, dass es wieder brennt bei Gerlach. Er hat versucht, letzte Unterlagen zu vernichten. Aber diesmal war die Feuerwehr schnell.«

Lemberts Blick verdüsterte sich.

Eine steile Falte bildete sich über der Nase.

»Sieht nicht gut aus. A, B, C hat sich ausgespielt.«

»Sie reden wirr.«

»Oh, Sie können doch sprechen!«

Wieder verschränkte der Verdächtige die Hände vor der Brust, presste die Lippen so fest wie möglich aufeinander. Sah aus wie ein trotziges Kind, das man beim Klauen von Geld aus Mutters Portemonnaie erwischt hatte.

Es klopfte.

Ein uniformierter Kollege streckte den Kopf durch den Türspalt und nickte Ramona kurz zu.

»Denken Sie nach. Sie stehen ziemlich allein.«

»Kommen Sie bitte mal kurz mit«, meinte der Kollege draußen. »Wir haben jemanden, der eine Aussage machen möchte.« Er zwinkerte. Ramona verstand. »Und eine Zeugin, die gekommen ist, um Sachverhalte zu klären. Ihre Worte, nicht meine. Wir haben die beiden getrennt gesetzt, sie wissen nichts voneinander. Schien uns sinnvoll.«

Ramona machte eine anerkennende Geste.

Sah um die Ecke.

»Ach. Gut. Gehen Sie bitte zu Hagen Bredow und sagen Sie ihm, Jesper Gerlach warte auf ein Gespräch mit ihm. Und tatsächlich weiß ich auch schon, was er aussagen wird. Die Dame übernehme ich. Setzen Sie wieder einen Kollegen zu Lembert. Er soll nur schweigend dort sitzen und vielleicht ein mitleidiges, wissendes Gesicht zeigen.«

»Frau Blau! Wie schön«, begrüßte sie dann die ältere Dame und verschwand mit ihr in einen der angrenzenden Räume, während Bredow langsam den Gang entlang auf Gerlach zuschritt.

Der keuchte überrascht: »Sie? Ich dachte, Sie hätten einen Unfall gehabt. Erzählt man im Ort.«

Wortlos bedeutete der Hautkommissar dem Unternehmer, ihn zu begleiten. Setzte sich ihm gegenüber an einen kleinen Tisch, legte ein Aufnahmegerät ab und fragte: »Herr Jesper Gerlach, Unternehmer aus Heidesaum, ist freiwillig hier und bittet um ein Gespräch. Warum sind Sie hier?«

»Ich habe gehört, dass Sie zwei meiner Bekannten festgenommen haben. Ich möchte helfen, die entsetzlichen Straftaten aufzuklären, die so viele Menschen beunruhigen.«

»Sie möchten eine Aussage machen?«

»Ja. Ich möchte darauf verweisen, dass ich seit Jahrzehnten bemüht bin, den Schaden, den die beiden – also Bernd Malko und sein besonderer Freund Johannes Lembert – anrichten, zu begrenzen. An den meisten Tagen leben sie unauffällig unter uns, doch gelegentlich bricht etwas durch, das ich als Psychose oder Psychopathie bezeichnen würde. Es war nun längere Zeit ruhig, aber das hat sich geändert, als der junge Mann in den Wald zog und sich überall nach Marten erkundigte. Das muss die Dämme eingerissen haben, die ich mühsam über all die Jahre errichtet hatte. Die Freunde haben einen Killer im Darknet angeheuert, der den Camper umbringen sollte. Leider erfuhr ich erst nach der Tat davon, konnte sie demnach nicht verhindern. Ich habe das Gefühl, dass die beiden nachholen wollten, was sie seit langer Zeit wegen meiner Kontrolle nicht ausführen konnten. Darum wurde der Killer getötet, damit er keine Aussage machen konnte, die Cafébesitzerin, diese nette Frau mit dem kecken Blick, wusste ihrer Meinung nach zu viel, war zu neugierig, sollte sterben. Na, und was heute passiert ist, habe ich gerade erst erfahren.«

»Es ist gut, dass Sie all diese Dinge geraderücken möchten. Wir sind noch im Gespräch mit den beiden.«

Bredow zog ein anderes Aufnahmegerät hervor. Spielte den aufgezeichneten Dialog ab.

Gerlachs Gesicht verfärbte sich. Sein Blutdruck stieg, Schweißperlen erschienen am Haaransatz.

»Herr Gerlach, ich nehme Sie vorläufig fest wegen des Verdachts, an mehreren Tötungsdelikten direkt und indirekt beteiligt gewesen zu sein.« Der Ermittler gab einem der Uniformierten ein Zeichen. Der Kollege würde nun Gerlach übernehmen.

Else Blau hatte ebenfalls ein immenses Mitteilungsbedürfnis.

Sie konnte kaum die Zeugenbelehrung abwarten.

»Frau Bitter, ich will nun reinen Tisch machen! Dieses Heidesaum ist wirklich idyllisch, aber leider fest in der Hand einzelner Menschen, die schreckliche Dinge getan haben und immer mal wieder tun. Der Hans-Ludwig wusste das auch, hat aber brav geschwiegen, hat sicher dafür Geld bekommen. Und seine Frau, na, die behauptet, sie habe nichts davon gewusst. Alles Quatsch! Angefangen hat die Sache vor vielen Jahren, als die Bande noch eine Bande von kleinen Jungs war. A, B und C haben die sich genannt. Ha! Sollte wohl geheimnisvoll sein! Die haben sich auf dieser Lichtung im Wald getroffen und nur Blödsinn gedacht. Einer von denen, ich nehme an, es war Jesper, hat einen Text in der Dorfchronik entdeckt, in dem etwas von einem Spiel mit tödlichem Ausgang stand.«

»Ja, den kennen wir. Man veranstaltete eine Art Wettbewerb. Wer nicht mithalten konnte, wurde getötet. Das war aber nur ein Gedankenspiel einer Person aus der fiktiven Geschichte.«

»Genau. Aber die Jungs haben sich ein Aufnahmeritual ausgedacht. Wenn jemand in ihren Club aufgenommen werden wollte, musste er es durchlaufen. Sie trafen sich auf der Lichtung. Aufgabe war, über einen der Sternwege so schnell zu laufen, dass die drei Verfolger ihn nicht einholen konnten. Bei den ersten Anzeichen von Schwäche bei den Bewerbern schossen sie mit Pfeilen auf die Renner. Das war nicht aufregend genug. Also lieh man sich zu Hause die Gewehre des Vaters. Jagd war früher bei uns in allen Familien verbreitet. Nun wurde scharf geschossen.«

»Ah. Wir haben die Gräber der Opfer inzwischen entdeckt. Am Ende der strahlenförmig abgehenden Wege wurden die verscharrt, die beim Lauf getötet wurden.«

»Angelas Hund hatte sie auch gefunden. HL hat es gesehen. Nach einem Starkregen war wohl eines freigespült worden und Jonas hat Frauchen gezeigt, was er entdeckt hatte.«

»Wissen Sie auch, wer sich das ausgedacht hat?«

»Jesper. Der ist genauso ein Psycho, wie es Hans-Ludwig war. Am Anfang hat man Ballons mit Farbe geworfen, danach Pfeil und Bogen verwendet und schließlich Papas Gewehre. Und immer war Jesper der, dem die neue Eskalationsstufe einfiel.«

»Warum hat der Ort geschwiegen?«

»Die Gurken. Plötzlich waren die hipp. Das Geschäft florierte. Der Ort blühte auf. Und es vergingen viele Jahre, in denen niemand mehr von A, B und C sprach. Doch die existierten weiterhin. Eine stabile Seilschaft. Als nun der junge Mann kam – da dachten die drei wohl, sie müssten einschreiten. In den Gräbern am Ende der Wege liegen schließlich ihre Leichen.«

Ramona bedankte sich herzlich, ließ die Aufnahme abtippen.

»Wenn Sie unterschrieben haben – gehen Sie nach Heidesaum zurück?«, erkundigte sie sich besorgt.

»Nein. Anne und ich verlassen den Ort. Sie sitzt unten im Auto und wartet auf mich. Falls Sie die sterblichen Überreste der Kinder geborgen haben, würden wir sie gerne an unserem neuen Wohnort beisetzen lassen. Der Berthold-Maria ist ganz sicher auch darunter, wir glauben, der Sarg damals war nur Ablenkung. Der wurde leer rausgetragen.«

Sie legte einen Zettel mit der neuen Adresse der beiden Witwen und den Handynummern auf den Tisch. »Ist erst mal für den Übergang. Wir suchen uns ein kleines Häuschen. Ja, Anne wird lernen, in einer modernen Welt zu leben. Das Handy haben wir auf dem Weg zu Ihnen gekauft, ich habe schon die nötigsten Funktionen aktiviert. Ich bringe ihr bei, frei und selbstbestimmt zu leben und sie wird es genießen. Vielleicht kommen wir manchmal nach Heidesaum in die ›Gurke‹ und erzählen von unseren neuen Abenteuern.«

57

Ramona ließ dem Kollegen eine Kopie ins Verhörzimmer bringen.

Sie selbst nahm auch eine zu Lembert mit.

»Ich habe hier einen sehr interessanten Text. Der fasst zusammen, was Sie drei als sadistisches Spiel eingeführt und immer weiter verschärft haben. Wir werden nun haarklein aufklären, was in Heidesaum passiert ist. Ach, Herr Gerlach ist inzwischen auch bei uns eingetroffen. Er wird vernommen. Eigentlich war er gekommen, um sich zu ent- und seine beiden Freunde zu belasten. Er hat behauptet, er habe jahrzehntelang ihre perversen Ambitionen unter Kontrolle gehalten, aber nun seien sie wieder aufgeflammt. Vielleicht möchten Sie das nicht so stehen lassen?«, fragte sie freundlich.

»Wie bitte? Er – uns im Zaum gehalten? Nein, das lasse ich selbstverständlich nicht so stehen! Er hat uns gezwungen, Dinge zu tun, die wir nie und nimmer ohne ihn überhaupt gedacht hätten. Wir sind Mörder geworden, weil das sein Spiel war. Wenn ihr nicht mitmacht, erzähle ich allen, was ihr schon getan habt, und behaupte, ich hätte nur beobachtet, sei machtlos gewesen, konnte euch nicht aufhalten. Was sollten wir tun? Und die Sache mit Hans-Ludwig war ein schrecklicher Irrtum. Jesper hatte doch diesen Brief aufgesetzt, den ich ausgedruckt habe, damit der nicht zu seinem Rechner rückverfolgt werden könne. Schule, da kommt doch keiner drauf, hat er behauptet. Und dann kam dieser Killer, kriegte den Brief und sollte es richten. Wir hatten ihm Fotos gezeigt, auch von HL, damit er sich nicht vertut. Und was macht der Idiot? Erschlägt den Falschen! Und danach den Richtigen. Setzt den Preis hoch, weil wir ja zwei statt einen Toten von ihm bekommen haben. Also schickte Jesper mich in den Keller, um den Brand zu legen. Den Killer sollte Malko erschlagen und dann, so der Plan, würde der Kerl in Flammen aufgehen. Aber Bernd Malko wollte das nicht mit ansehen. Also stopften wir den Kerl in den Spind, verbarrikadierten die Tür, steckten alles in Brand. Das Feuer im Büro waren wir nicht. Das muss Jesper selbst gelegt haben! Ehrlich.« Keuchend stoppte er den Redefluss.

»Na, wir werden sehen, wie weit sich das mit unseren Ermittlungen in Übereinstimmung bringen lässt.«

»Das mit der Polizistin wollte ich nicht. Echt! Er hat sie angeschossen und in die Kiste gepackt. Ich sollte das Ding ignorieren und den Brand legen. Und das Maul halten!«

Ramona sah echte Verzweiflung in dem bisher nur gelangweilt verzogenen Gesicht.

Gut, dachte sie, versuchter Mord an einer ehemaligen Polizistin – kommt nicht so gut an in der Gesellschaft.

»Fangen wir noch einmal ganz von vorne an. Sie besuchten gemeinsam die Schule in Heidesaum?«

Der Rest, dachte sie, wird sich schon finden.

Hagen Bredow wartete.

Der Metzger sah ihn mit offenem Mund an.

»Der Jesper hat was?«

»Er hat gesagt, er habe die aggressiven Schübe seiner beiden Freunde mühsam unter Kontrolle gehalten. Aber leider wären den beiden immer neue, grausamere Varianten des Spiels eingefallen. Jedes Mal, wenn eines der Opfer bei der Hatz verstarb, wurde es am Ende des genutzten Pfades beerdigt. Er sei dagegen gewesen, das ganze Spiel eine einzige Perversion. Es sei um die Aufnahme in den ABC-Club gegangen, der aber der Meinung seiner Freunde nach nicht vergrößert werden sollte. Exklusivität war das Zauberwort. Er selbst könne sich nicht daran erinnern, je einen der Bewerber getötet zu haben. Das hätten immer nur die beiden Freunde ...«

»NEIN!«, brüllte Malko. »Es war alles ganz anders. Also – jetzt hört mal gut zu, ich erzähle euch, was wirklich passiert ist ...«

Bredow ließ dem Mann Zeit, seine Version der Dinge klar darzulegen.

Peter schüttelte immer wieder sacht mit dem Kopf. Offensichtlich fiel es ihm schwer, sich vorzustellen, dass all diese Dinge von den Heidesaumern und der Polizei unbemerkt blieben.

Als der Metzger meinte, nun sei alles wahrhaft dargestellt, durfte er in einer Zelle übernachten.

Wusste nicht, dass sein Freund Lembert eine Wand weiter auch einen Schlafplatz bezogen hatte und Jesper nur über den Gang von ihnen getrennt nächtigen würde.

»Was für eine bescheuerte Idee von Gerlach, herzukommen, um die Freunde zu belasten«, murmelte Peter, als sie das Aufnahmegerät ausschalteten. »Kommt direkt her, erzählt krudes Zeug und glaubt, er kommt damit durch.«

»Er kam sein ganzes Leben lang damit durch. Warum also sollte es bei uns nicht auch funktionieren. Selbstgefälligkeit, chronische Selbstüberschätzung und Arroganz perlen an uns einfach ab, beeindrucken uns kein bisschen. Das wusste er nicht.«

Bredow checkte sein Handy.

Tippte eine Antwort auf die letzte Nachricht, verabschiedete sich beim Team und fuhr durch die Nacht.

Eine Stunde später spazierten Angela, Jonas und er in den ersten Stunden des neuen Tages durch das stille Heidesaum.

Vorsichtig umfasste er seine Frau an der Taille, Jonas lief in der Mitte, was das Umfassen ein wenig erschwerte.

»Geht es so?«, fragte er leise.

»Es ist gut. Seit die Schulter fixiert ist und die Brandstellen versorgt wurden. Und bei dir?«

»Es heilt wieder. Ein paar Narben werden bleiben, meinte der Arzt. Auf dem Rücken werde ich erst mal nicht schlafen können.«

»Das ist ganz gut so. Dann schnarchst du nicht so laut«, neckte seine Frau.

Nach einer langen Pause fügte sie fast flüsternd hinzu: »Weißt du, es stimmt, was ich vorhin gesagt habe: Als ich da in der Kiste lag, wusste ich, Hagen wird mich retten. Das hat mir so viel Trost und Kraft gegeben. Ohne den Gedanken an dich – und meinen Jonas – hätte ich vielleicht aufgegeben.« Sie beugte sich zu Jonas hinunter, strich ihm liebevoll über den Kopf.

»Und ich hatte noch nie so große Angst, dich an den Tod zu verlieren, wie in diesen Stunden, in denen ich nur sicher wusste, dass du in großer Gefahr bist – aber nicht herausfinden konnte, wer dir schaden wollte! Ich hätte mir nie verziehen, nicht rechtzeitig an deiner Seite gewesen zu sein!«

Sie blieben stehen, küssten sich. Vorsichtig.

Jonas sah von einem zum anderen, rieb seinen Kopf an allen vier Beinen, wurde sofort von vier Händen liebkost. Offensichtlich gefiel ihm das.

»Wenn du willst, könnte ich den Job an den Nagel hängen«, murmelte Hagen.

»Du?«

»Ja. Wenn ich diesen Beruf aufgebe, habe ich das, was du dir gewünscht hast: Geregelte Arbeitszeiten. Keine gefährlichen Einsätze. Vielleicht kann ich in deinem Café mitarbeiten.«

»Und wovon sollen wir dann leben?«, fragte sie zurück. »Einen festen Mitarbeiter kann ich mir nicht leisten.« Sie lachte leise. »Zu mir oder zu dir?« flüsterte sie dann, und er zog sie sanft ein wenig näher an sich heran.

Von ihrem Schlafzimmerfenster aus beobachtete Irmgard die Szene und lächelte zufrieden.